妖怪処刑人 HEARN THE LAST HUNTER

and the Esoteric Seven vol.1

小泉ハーン

本兌有＋杉ライカ＋トレヴォー・S・マイルズ

Honda Yu + Sugi Leika + Trevor S. Myles

[画] 久正人 *Hisa Masato*

筑摩書房

その蕎麦屋は
振り返ると
何・も・な・い・顔を
撫でてこう言った
「こんな顔
かい」ってな

アイエエエエ!!
何て恐ろしい
話だ……
オイ親父!
酒がねぇよ
おかわり
持ってこい

へい
ただいま
で そいつは
どうなった
んだ!?
そりゃあその
化け物に殺され
たんだろ

ザ
ッ

ギイ
でもそりゃあ おかしいだろ

そいつが殺され たんなら誰が この話を伝え たんだよ
だからよ

俺はその・・・のっぺらぼうを ぶっ殺して助けた奴が いるとふんでんだ
ギャリン
はあ？

妖怪を殺す？ そんな奴がいる もんかよ
お待ちどう 様でござい ます
ゴト

なあ親父
そんな奴が いるんなら
へえ

あんたたちも 死なずに済んだ でしょうねェ

もしいるなら
顔を見てみたい
ものよ
びきき

BLAM!!

こんな顔だよ
ギ

目次

妖怪処刑人　小泉ハーン

ブックデザイン　新上ヒロシ＋ナルティス
イラストレーション　久正人

荒野を往く狩人

時は十九世紀末。葵の御紋は未だ死せず。江戸城には無慈悲なる大老井伊直弼。永世中立交易都市たる京都神戸を境に、西部では薩長同盟が勢力を維持。坂本龍馬暗殺より三十年……再び倒幕の機運と緊張が高まる中、両陣営ともに性急なる近代化と軍備増強に余念無し。一方、強化アーク灯の光届かぬ荒野には未だ魑魅魍魎が跋扈し、開拓地に暮らす人々を脅かし続けていた。

一八九九年、夏。

がちゃり、がちゃりと、鉄鎖の音。

陽は天頂でぎらぎらと輝き、蒸し暑く、死臭を嗅ぎつけた蠅の群れが辺りを飛び回っていた。

がちゃり、がちゃり。

鳥居が落とす長い影の間をうなだれ歩む、黒い軍馬。三本の長い鎖を後ろに引きずっている。

その先に繋がれているのは、銛で撃たれた三つの死体。

黒馬に跨る偉丈夫の顔は、倫敦製鍔広帽の落とす深い影と、革製インバネス外套の高い襟に隠され、うかがい知ることはできない。

その鞍には「幽霊十両」「妖怪五十両」と毛筆で書かれたボロボロの幟旗が二本。乾いた辺境の風に揺れる。

ここは江戸から西へ四百マイルの開拓地、紀伊国。

照りつける太陽と粉じみた風は、男に南北戦争の夏を想起させた。

あの遠い夏の日と同じく、男が担ぐウインチェスターＭ１８７６Ｚ式ライフル銃の金具は火傷(やけど)しそうなほど熱く熱されている。そして死臭。蠅の群れ。

ぽたぽたと男の顎(あご)から汗が滴る。男は書きつけていた分厚い書物を閉じると、忌々(いまいま)しげに太陽を睨(にら)んだ。そして懐から眩(まぶ)しい真鍮(しんちゅう)製スキットルを取り出し、ありったけの反骨心を燃やすように、強い洋酒を呷(あお)った。喉が心地よく灼(や)けた。

その使い込まれたスキットル表面には、神秘的な隻眼(せきがん)のロゴマークと『我らは眠らじ』の言葉。ピンカートン・ヘルスポーン・ハンティング社の紋章。かつて彼はそこで妖怪狩りの全てを学んだ。そして妻と別れ、失意のうちに海を渡り、江戸幕府に招かれ、葵の紋。大公儀魑魅魍魎改方(おおこうぎちみもうりょうあらためかた)。通称、猟兵(ヤーヘル)。

だがそれも遠い昔の話だ。

乾いた街道の向こうに浮かび上がった陽炎(かげろう)の中には、かつての仲間たちの幻が揺らぐ。

皆、死んだ。

柳田(ヤナギダ)の裏切りによって。

偉丈夫はまた酒を呷った。

黄色い太陽が照りつける。蜃気楼(しんきろう)どもが手招きをする。偉丈夫は中指を突き立てる。

がちゃり、がちゃり。

宿場街は目と鼻の先である。

ぶるるる、と黒馬が鼻を鳴らした。

「あと少しで水にありつけるぞ、シャドウウィング」と呼びかけながら、彼は黒馬を鼓舞するように撫でた。

鳥居をくぐる。西部開拓地用に多く作られた、高さ二十四尺の色褪せた朱色の鳥居であった。

黒馬が街に入ると、どよめきが起こった。

煤(すす)けたシルクハットに燕尾服(えんびふく)の町長が、人ごみを掻き分けて現れた。

「こ、小泉殿、これは⁉」

「見ればわかるだろう、お望みのものだ」

小泉と呼ばれた馬上の男は、鎖の先に繋がれた死体三つを指差してから、町長に向かってこう告げた。

「紀伊国坂の暗黒の松林を住処(すみか)とし、道ゆく者らを狂気へと陥れてきた邪悪なるノッペラボウ三兄妹。その死体を確かに引き渡す」

小泉は町長を見下ろし、革手袋を纏(まと)った左手を差し出した。

「……しめて百五十両」

「ひッ、百五十両……⁉」町長は汗を拭(ぬぐ)った。

「どうした」

鍔広帽の下、偉丈夫の額と眉間(みけん)に深い皺(しわ)が刻まれた。

町長は見上げた。

そこには、風雨に吹き曝された厳しい猟兵の顔があった。年齢は五十近い。

肩口まである灰色の頭髪は波打ち、いかつい顎の周りにはやはり、灰色の無精鬚（ぶしょうひげ）。

加えて、彼は隻眼であった。

「いえ、まさか三兄妹であったとは、その、予想しておりませんで……」

町長は、全てを見透かすような青い瞳から目を逸（そ）らしつつ、しどろもどろに言った。

逸れた視線は、猟兵の左目を覆う黒い眼帯に引き寄せられた。

それは丹波山、天狗党（てんぐとう）の乱にて狩り殺した下級天狗（レッサー）の革をタンニンとヤドリギの液で丹念に鞣（なめ）して作られた、底無し井戸の穴のように黒い眼帯であった。

その眼帯には、白い漢字が一文字。ゴチック髭英字を思わせる威圧的な書体で、「半」（ハーン）と刺繍（ししゅう）されていた。

「それで？」

彼は町長を睨みつけた。

「は、はい……」

町長は深い畏敬の念に打たれ、額の汗を拭った。

噂通り、この偉丈夫には値切りも、懐柔も、脅しも通用しそうにはなかった。

それが妖怪猟兵の矜持（きょうじ）だからだ。

町長はゴクリと唾を飲んだ。

「……た、直ちに百五十両、用意させていただきます！」

町長は頭を下げ、役場へと走って行った。

ハーンは鎖を鞍のウインチから切り離すと、集まってきた蠅を手で払いのけながら、強い酒を呷った。

1

近代化が進む日本。その闇に今なお潜む魑魅魍魎。

そしていかなる組織にも属さず、これらを屠(ほふ)り続ける狩人がいた。

彼の名はハーン。通り名は「小泉八雲(こいずみやくも)」と言った。

ハーンによって狩られたノッペラボウ三兄妹の死体は、町役場の者の手で銛付き鎖から引き抜かれ、足首を荒縄で縛られて、ひとまず役場の前に逆さ吊りにされた。

蠅の次に寄ってきたのは、目ざとい路上写真屋であった。巨人の目のようなフラッシュ装置を構え、近くの宿屋から出てくると、町役場の者たちに掛け合い、この死体と記念撮影をする商売をやりたいので、許可をくれと言っているようだった。

荒い気性で知られる日本西部。その街道宿場においては、誅殺(ちゅうさつ)された罪人の晒(さら)し首や首吊り死体と並んで記念撮影を行うのは、西部気骨と近代性の欲求を同時に満たせる一種の流行であった。

それが類稀(たぐいまれ)なる妖怪の死体となれば、旅行者の目の色はたちまち恐怖から好奇に変わる。

これは町役場側の取り分も鑑み、一枚十銭(セント)（原註：一〇〇セント＝一両の価値）と決まった。

人だかりはすぐに、不吉な狩人と黒馬から、路上写真屋のほうへと流れていった。

ハーンにとっては好都合であった。

彼は黒馬から降り、これを酒場の横丁の日陰に繋いだ。

紀伊国はコロラド州のように暑く乾いた土地であり、日陰に入るだけで夜のように涼しく快適になった。いささか涼しすぎるほどに。

黒馬シャドウウィングは嬉しそうに尻尾を振り、木桶の水を飲み始めた。

「少し待っていろ。我輩も喉を潤さねばならん」

ハーンは言い、首のあたりを撫でてやった。

シャドウウィングは英国から輸入された規格外の軍馬であり、精強ではあるが、この通り暑さには弱い。その不快感もあったのだろう、かつて江戸の馬丁に懐こうとせず殺処分されかけていたところを、九年前にハーンが買い取ったのだ。結果的にシャドウウィングは、生涯でハーンが最も長く時間を共にしたともがらとなった。

ハーンは黒馬の労をねぎらってから表通りに出て、酒場へと向かった。

「やーへる様だ、やーへる様だ」

禿が、酒場へ向かう彼を指差しながら言った。「しッ」と母親が叱責し、子を家の中に連れ戻した。大通りの両脇に立ち並ぶ宿屋の窓からも、無数の好奇の目と、阿片で浮ついたような歓声と、あからさまな罵り声が降り注いでいた。「不吉なガイジン」「ショーグンの犬め」「呪われろ」と。

最後の妖怪猟兵、小泉八雲は家を持たぬ流浪の身である。どこを訪れても余所者である。この宿場街では、旧街道に出る邪悪なノッペラボウの殺害を引き受け、それを履行した。百五十両を受け取って巾着は重くなったが、彼の心もまた重く沈んでいた。かつて彼の愛した日本は、どこか遠い場所へと消え去ろうとしている。だが最後のヤーヘルとしての誇りと矜持は、決して消え去りはしない。己の胸の中の信念と気概は、決して失われはしない。

ハーンは厚ぼったい革コートを着た身長六フィートの偉丈夫である。ざっと見ただけでもライフル銃、刀、サーベル、手斧、そして二挺の拳銃で武装している。京都神戸やそれに匹敵する大都市ならいざ知らず、このような辺境の開拓地には、敢えてこの不吉な男を狙おうとする破落戸やヤクザ者もいないだろう。

だが、そうだとしても……彼は人目を集めるのが好きではない。

紀伊国の住人たちは皆、薩長同盟の支持者であり、坂本龍馬を聖人として神聖視している。逆に言うならば、既に公式には解散したといえど大公儀、すなわち幕府の犬であった魑魅魍魎改方通称ヤーヘルの小泉八雲は、長居されては困る目障りな厄介者なのである。

ハーンが鍔広帽を目深に被り直し、吉田酒場のスイングドアに手をかけようとした時……誰かが彼の肩に手を置き、呼び止めた。振り返るとそこには、黄土色のコートに山高帽、腰の大口径拳銃と胸の銀バッジを誇示する、厳しい口髭の男が立っていた。

「小泉八雲とやら、貴様、誰の許可を得てここで商売をしている？」

噂を聞きつけ市街からやって来た、地方判事と保安官であった。

「妖怪猟兵を知らんのか？」ハーンは噛み煙草を口に放り込み、しかめ面で言った。「ヤーヘルは何処にでも赴く。狩るべき妖怪や幽霊がいるならば、この日本中の何処へでもな」

「そして法外な料金を請求しているようだな」

「必要経費だ」

　ハーンは地方判事らの手を払いのけ、吉田酒場に向かおうとした。だが二人は回りこみ、スイングドアの前に腕を組んで立ちはだかった。このままでは、彼らを力ずくでどかさなければ酒場には入れない。だがそれは即時逮捕を意味する。

　ハーンは無法者ではあれど、殺し屋ではない。妖怪猟兵だ。

「我輩が酒を飲むことに何の問題がある？　長居はせん。明日になれば出ていく」

「駄目だ、貴様の滞在は許さん」

「なぜだ？」

「私がお前を気に食わんからだ」

　保安官は真顔で言った。

「特に、お前の外套に縫われたその紋章が気にくわん。それを今すぐ焼き捨て、偉大なる薩長政府のために通行税を百両支払うならば、考えてやってもいい。つまり三ヶ月程度の留置所拘束で許してやるということだ」

　妖怪猟兵団の紋には、葵の御紋が組み込まれている。この保安官はまず何より、それが気に食わぬと見えた。

「できん相談だな」

いまのハーンは国境に縛られず、またいかなる国にも仕える気はない。だが彼のような男が罷り通ることを気に食わぬものも大勢いる。それらの多くは、小泉八雲のように自由に生きる者がいては自らの権威や威厳が保てないと考える、この地方判事や保安官のような者たちだ。

しばし男たちは無言で睨み合った。

意地と意地の張り合いで、火花の散りそうな勢いであった。この事態に気付いた町民たちは声を潜め、成り行きを見守った。

辺りは急に静かになり、ミンミン蝉の鳴き声がいやにうるさく響いた。

天頂の太陽が輝き、小泉八雲の顎から汗が滴り落ちた。

「男らしく、拳か銃で決着をつけてやっても良いが……」

ハーンの右手がコルト・ピースメーカー銃の代わりに懐から引き抜いたのは、分厚い書状束の一枚であった。

「そんなに書面が好きならば、これはどうだ。日本西部の特別通行許可証」

「許可証だと？　お前のような無法者が……？」

保安官が顔をしかめた。

「そういう書面ならば、私が詳しい」

地方判事は黄ばんだ羊皮紙を受け取り、読み始めた。

「特別通行許可証。この書状を持つ小泉八雲は、稀代の傑物にして最後の妖怪猟兵なり。この男

は薩長同盟の宿敵たる葵の御紋を帯びているが、それは江戸幕府への忠誠ではなく、彼ひとりを残し全滅したる妖怪猟兵団の矜持と信念（グリット）、そして仲間への追悼の念によるものであることを保証するものなり。彼は幕府のために働くのではなく、猟兵団の紋章に忠誠を捧げ、幽霊や妖怪に苛（さいな）まれし者たちのために狩りを続けている。そして余は彼への恩義への見返りとして、この特別許可証をしたためるものなり」と。

「何だこれは？」

地方判事は文面を目で追いながら、怒りで顔を真っ赤に染め上げた。

「見たこともない形式だ！　私は全ての公的文書雛形に通じているのだぞ！　地方判事を舐（な）めおって！　このような捏（でっ）ち上（あ）げの許可証などで私を煙に巻こうなどと……！」

「なるほどな、即時逮捕だ！」保安官も腕を組んで笑った。

だが文末までゆくと、地方判事の顔は青ざめ、思わず口元に手をあてた。

「待て、これは……！」

そこには薩長政府の要人、東郷平八郎（とうごうへいはちろう）の名が肉筆で書かれ、捺印（なついん）が為されていたからだ。

またその横には、以下のような但し書きまで添えられていた。

「この特別許可証は極めて個人的な恩義に基づいてしたためられ、また半ば強引に彼に手渡されたものである。よっていかなる既存の政府公式文書にも類を見ぬものであるが、それは全く以て意図したるものなり。何故（なぜ）ならば、この後にも先にも同様の許可証を書くことは二度と無し」と。

その特徴的な口髭からも解るように、この保安官は東郷平八郎の熱烈な支持者であった。またそのような者は大抵、真の男である東郷平八郎の書画を愛好しているため、この書状の筆致に確かな見覚えがあるのである。

「納得したか？」

「も、もちろんです。なあ、そうだろう？」

「……」

地方判事はまだ困惑し、納得の行かぬ顔で、ハーンを睨んでいた。周囲の町民たちに一部始終を見られ、面子を潰されたことに気づくと、歯ぎしりの音が鳴った。

「なに、心配するな。面倒を起こす気はない。我輩は明日にもここを発とう。だが……」

ハーンは歯を見せてニヤリと笑い、東郷の書状を収めながら言った。

「まずはそこをどけ。冷えた麦酒が我輩を呼んでいる」

2

やがて日は暮れ、戌の刻。ホー、ホーと梟が松の木で鳴いていた。

「小泉殿、小泉殿ーッ」

うらぶれた民家の前に二人の藩士が立ち、引き戸を叩く。藩士はともに丸十字の紋。すなわち薩州島津家の兵であった。

紀伊国は島津ゆかりの地である。加えて京都神戸とほぼ同緯度、同経度に位置。その大部分が未開の荒野と山林であり、幕府軍との緩衝地帯にもあたるため、有事に備えて数百名単位の薩摩藩士レンジャーが常に駐屯し、東軍の不穏な浸透に目を光らせているのだ。

「おい、本当にここで合ってるンだろうな？」

藩士の一人、飛脚の富吉（とみきち）が問うた。相方のレンジャー藩士がそれに答える。

「間違いありません、町長にも確認しました」

「だが見たところ、この町一番の宿屋はさっきの吉田酒場だろう？　なのに何故、ハーン＝サンがこんなうらぶれた家に厄介になってんだ？」

「はい、何でもノッペラボウ狩りを履行したそうで」

その民家は吉田酒場からも町役場からも遠い、通りの外れにある二階建ての建物である。看板から察するに、かつては蕎麦屋（そばや）だったのだろう。しかし薄暗い店内は荒れ果てて黴（かび）臭く、軒先のガラスケースも割れ、蜘蛛（くも）の巣に占領されていた。

「それとこの蕎麦屋がどう関係あるってんだよ」

「この家の老店主が、最後にノッペラボウに襲われた町民なんですよ。旅人はその後もずっと被害に遭ってましたがね……」

レンジャー藩士は暗い顔で語り始めた。

「ここの老店主と、そのひとり息子の正一（しょういち）が、数ヶ月前、立て続けに紀伊国坂でノッペラボウに襲われて、蕎麦屋台を奪われたんです。正一に至っては、ノッペラボウを見たことが原因で発狂しちまったそうです。で、そのまま死んじまった。後継を失った老夫婦は自暴自棄になっちまいましてね、家も荒れ果てるがままだと……」

「ひでえ話だな。でも、だからって、本当にハーン＝サンがここに宿泊してるのか？　俺はいよいよお前の言うことがアテにならなくなってきたぜ。見ろよ、妖怪狩りの旗竿も軒先に立ってないし、この家にゃ厩も無い。ハーン＝サンは黒馬を連れてるはずだろ。なんて言ったか忘れたが、西洋風の名前のさ、人間でも食っちまいそうな恐ろしい軍馬を」

「そうですねえ」藩士は思案した。「宿代でもケチろうってんじゃないんですか。いや、百五十両も稼いでおいて、そりゃないか」

「なるほど、ありそうな話だぜ。業突く張りのあの人ならな」富吉は顎を撫でた。「それか、日が落ちる前にもうこの街を発っちまったかだ」

「そっちのほうがありうるかもしれませんね。地方判事とモメたそうですし」

「参ったな、そうすると完全な無駄足だぞ。街道をどっちに向かったかも……」

「あッ、誰か出てきましたよ……！」

藩士が囁き声で割り込んだ。指差す先を富吉が見ると、店の奥の戸が開き、そこから明かりが漏れ出していた。

開拓地には不似合いな角形ランタンの灯りである。その厳しい倫敦製のゴシック真鍮装飾が闇の中に浮かび上がった。

「よし、こりゃ間違いないぞ」

富吉は背筋を伸ばし、妖怪猟兵と対面するために深呼吸した。

だがランタンを掲げて出てきたのは、あの隻眼のヤーヘルではなく、艶々とした黒髪に黒い着物の若い女であった。年は二十代であろう。背丈は富吉たちよりもやや高い。

女は無言のまま、物珍しそうに目を見開き、富吉たちの顔を見渡した。美女である。

隻眼の偉丈夫が現れるものと身構えていた富吉は、大いに面食らった。

「や、夜分遅くに失礼いたします。富吉と申します。実はこちらに、とある有名なお方が宿泊されていると聞きまして……」

女は無言のまま首を傾げた。

（おい、どうなってんだよお前）富吉は肘で突いた。

（ここには老夫婦以外住んでないはずですよ）

（じゃあどういう事だよ）

富吉はすばやく女を観察した。目は丸々と優しげだ。彼女の表情は子供のように無垢で可愛らしく、それでいて、顔つき体つきは全くの大人の女であり、どこか無防備な妖艶さを漂わせていた。着物は簡素ではあるが汚れておらず、街で生きてきたにせよ荒野で生きてきたにせよ、何かが嚙み合っていない。

要するに、飛脚の目から見て、何かが異様であった。

そして彼女は一言も言葉を発さないのだ。

このように奇妙ではあったが、時間もないため、富吉はいっそ全てを明かして質問することにした。

「我々は島津藩士です。最後の妖怪猟兵、小泉八雲殿がこの家に宿泊していると……」

女は富吉の顔をじっと見つめていたが、ようやく言葉の意味を理解したようで、にっこりと微笑みながら三度頷き、踵を返した。そして富吉たちを先導し、荒れ果てた家の中へと彼らを案内した。

(うまくいったな)

(へい)

何故小泉はこのような場所に宿を取っているのか。富吉はそう考えながら、前を歩く女の腰に目をやった。肉付きが良く、着物の線に沿って豊満な尻の形が良くわかった。富吉は額の汗を拭い、ゴクリと唾を飲んだ。

女の身のこなしは洗練されていた。貴族のような礼儀作法を身につけているという意味ではない。体の運びが、である。奔放だが、ひどく均整の取れた所作であった。そして無防備なようで隙がない。迂闊に手を出せば唯では済まないだろうと、富吉はすぐに察した。無数の人間を見てきた飛脚の観察眼である。

富吉は島津兵らしい鋼鉄の規律で頬の緩みを隠し、紳士的に問うた。

「失礼ですが、小泉殿は本当にここに?」

女は振り向いて、にっこりと頷き、また歩き出した。奇妙な旋律の鼻歌を歌いながら。唖であろうかと富吉は訝しんだ。あるいは人の形をとった妖精か何かで、人間の使う言葉を喋らないのかもしれないという、他愛もない妄想すら抱かしめた。

家の中は薄汚く、黴の生えた蕎麦粉の袋が転がっていた。

富吉たちの足の間を、痩せた鼠がチョロチョロと走り抜けてゆくのが見えた。

（不気味な家だ、幽霊でも出そうな気配ですよ）

（シッ、お前、黙ってろ）

そう言いながら、富吉は自分の肝が冷え始めているのを感じた。彼は以前も藩の命令で小泉八雲に同行したことがある。そしてノッペラボウや一ツ目小僧などの恐るべき妖怪を目にしたのだ。その時のおぞましい光景が蘇り、怖気を震わせた。

富吉は決して勇気のあるほうではない。彼は早くも、今回の仕事を後悔し始めていた。

（この匂いはなんだ？）

ここで富吉は、何か香ばしい匂いを嗅いだ。

炊事場で火が焚かれたのだろう。だが何を調理したのか見当がつかない。富吉の嗅いだ覚えのない、どこか異国情緒のある良い香りであった。だがいずれにせよ、少し前にここで調理が行われたのだ。文明の光だ。

それが少しだけ、富吉の食欲を刺激し、また勇気を奮い立たせた。

ギシギシと階段を軋ませながら、女は二階へと上がっていった。

太った鼠が三匹ほど、入れ替わりに上の階からタタッと下り、富吉の横を走り抜けていった。

何かが腐ったような臭いがした。臭いの元を探すと、窓の脇に吊るされた魚だった。その下の床には真っ黒に腐った林檎と猫の死体が、空の酒瓶の群れとともに転がっていた。それは破滅したボーリング玉とピンを思わせた。

富吉は不安になり、

「いよいよ幽霊か妖怪が出そうだぞ」と小さく口に出していた。

鎧戸の隙間からは月明かりが差し込んでいた。

女はしばらく廊下を進み、立ち止まった。

女が指差す先には障子戸があり、その向こうには確かに、鍔広帽を被る男の影が浮かんでいた。富吉の記憶にある小泉八雲、即ち妖怪猟兵ラフカディオ・ハーンのシルエットに相違なかった。

富吉はほっとした。嬉しさのあまり、女か後ろの藩士仲間に声を掛けようとしたが、すぐに思い留まった。その障子戸の先は寝室で、隙間から声が聞こえてきたからだ。小泉八雲はこの店の老夫婦と何か話をしているのだと解った。

小泉八雲は気難しい男である。下手に動かず、この女の案内に従ったほうが良いと富吉は考えた。女もカンテラを掲げたまま、廊下で立ちつくしていた。彼女も開けるタイミングを見計らっているのだろうと富吉は思った。

障子戸の隙間からは、奇妙な香りがした。富吉が今までに嗅いだことのない、どこか遠い異国の森を連想させる芳香であった。ふと見ると、隙間から煙が微かに漏れ出していた。

何か香のようなものが炷かれているのだ。下の炊事場から漂ってきた香りとは、また少し違う。だが、良い香りであった。

話し声が聞こえた。富吉は耳を澄ました。立ち聞きする気はなかったが、荒れ果て傾いた障子戸の隙間から、その声がどうしても漏れ聞こえてしまうのだ。

「もうこの地にノッペラボウが現れることはない。お前の悪夢の中にもだ。ヤドリギの儀式がそれを追い払った」それは確かに小泉八雲の厳しい声であった。

「な、何とお礼を言って良いか……。ですが、お支払いするカネは……」

「カネはいい。百五十両は町長に支払わせた。それに、お前の正確な目撃証言のおかげで、あの三兄妹を易々(やすやす)と狩ることができたのだから、これは正当な礼金だ。取っておけ。人を雇って家を掃除しろ」

「じ、十両も……!?」

「この礼金については口外無用。保安官や地方判事にもな。でないとやっかみを買うぞ。町の連中にはむしろ、強欲なヤーヘルに法外な宿泊代を請求されたとでも言っておけ」

「何と、何とお礼を言ってよいか……」老夫婦の涙交じりの声が聞こえた。

これはどう考えても間が悪いな、と富吉は思った。少し時間をおいて出直すことすらも考慮し始めた。だが、女が笑顔で引き戸を開けた。

富吉は驚きで目を見開いた。

「何者だ!?」

案の定、部屋の奥から小泉八雲の厳しい声とコルト・ピースメーカーの銃口が廊下側に向けられた。

「す、すみません……!」

富吉は反射的に、直角に近い角度まで深々と頭を下げた。もし撃たれたならば、銃弾は脳天からまっすぐ肛門を突き抜けたであろうと思われるほどの無防備さであった。

女は不思議そうにその様子を見ていた。間の悪さをまるで理解していないようだった。喜ぶと思ったのに、と言いたげな顔であった。

小泉は銃口を床に向け、撃鉄を解除し、眉根を寄せた。

「客なら追いかえせと言っておいたはず。いや、待て、どこかで見た顔だな。島津か？」

ひび割れたブーツの革を連想させる厳しい声であった。その横には、泡を食って目を見開く老夫婦の顔があった。

「お、覚えておいでですか。拙者(せっしゃ)、上級飛脚の富吉と申します。昨年の秋、妖怪討伐の折に小泉殿に命を救っていただきました！」

富吉は日焼けした顔に笑みを刻んだまま、またすぐ礼をした。

「ああ、富吉か！　あの後どうなった」小泉は銃を収めて小さく笑った。そして「安心しろ、こやつは信頼できる」と後ろの老夫婦に言った。

「ダイナマイト単純所持の疑いで投獄されかけましたが、この通り疑いも晴れ、復帰いたしました！」

「あの時は置き去りにしてすまなかったな。それで、ここへ何をしに現れた？　急ぎの用か？」

「へい、ノッペラボウ狩りを行っているという噂を聞きまして、京都神戸(ケイシン)から駆けつけました。

この後はどちらに向かわれるおつもりですか？」

「東部だ。どうやら血の気の多いヤクザ者どもの恨みを買ったようで、京都からずっとつけ狙われておる。先ほど咄嗟に拳銃を向けたのは、そのような理由だ。まったく面倒この上ない！　ヤクザどもを殺しても一銭にもならん！」

　ハーンは身支度を整えながら言った。

「ああ、地方判事とも少し悶着があった。お前のようなものが噂を聞きつけたということは、よほど長居してしまったに違いない！　このうえは、ほとぼりが冷めるまでしばし日本海側にでも出るとするか！　縁があったら来年にでもまた会おう！」

「いえいえ、縁ならばありますとも！」富吉が笑った。「こうして出会ったのが何よりの証拠！　実はこの数ヶ月のうちに、ハーン＝サンでなけりゃ解決できない事件がいくつも起こっておりまして……！　それを伝えるよう命じられました」

「なるほど、依頼か。場所はどこだ？」

「すぐ近くの紀州地方裁判所で御座います」

「裁判所だと？　裁判所に出る妖怪は聞いたことがないな。どういう事件だ？」

「へい、簡単に申しますと、峠で不可視の怪物に襲われた者がおりまして。何しろ不可視なもんで、それを証明する方法がないんですよ。それで生き残った者が裁判にかけられ、冤罪で投獄されかかってるんです」

「よかろう、詳しい話は道中で聞く」

「あ、有難うございます、小泉殿！　では早速……！」

「ただし、今ここで見聞きしたことは街の連中には言うでないぞ」

ハーンは富吉の襟首をぐいと引き寄せ、耳元で言った。

「立ち聞きしていたであろう。我輩と店主のやりとりだ。口外したならば、いずれ呪いをかける」

「ハ、ハイ！　決して口外しません！」

富吉は顔を青ざめさせ、藩士を連れて先に階段を下りていった。

「では、厄介になったな、さらばだ」

ハーンは蕎麦屋の老夫婦に向かって言った。

「滅相も無い。何一つお構いできませんで、むしろ世話になるばかり。……こ、小泉殿、もし宜しければ最後に一つ教えていただきたいのですが」老店主が言った。

「何だ？」

「あり合わせの蕎麦粉で作っていただいたあの料理、名前は何と言うのです？」

「あれか？　料理というほど大層なのものではない、ドルイドの野外食だ」

ハーンは苦笑し、ライフル銃を背負い、鐔広帽を被りながら言った。

「蕎麦粉のガレットに目玉焼きを落としただけだ」

「がれっと、というのですか。なるほど、有難うございます」

老夫婦は揃って礼を言った。その声には確かな活力が蘇っていた。単にノッペラボウの呪いと息子を失った悲しみから解放されただけではない、何か確たる希望を感じているようであった。

「ご教授いただき、有難うございます」

「ご教授などと。そういう堅苦しい言葉は好かんがな。あり合わせで飯を作っただけだ。……待てよ、もしや」

ハーンは去り際、ふと思いつき、振り返った。

「蕎麦屋がガレット屋にでもなるつもりか？」

「へい。家内曰く、あれならば蕎麦を打つ力もいりませんで、自分と家内だけでもどうにか作れそうだと。ですが……」老店主ははにかみながら続けた。「何かそれで、小泉殿に後々迷惑をかけるようなことがあるならば、もちろん……」

「いや、何もない。あろうはずがない！」

ハーンは背を向け、呵々と笑った。

「誰が蕎麦屋からガレットを作る権利を奪えるものか！　馬から草原を走る権利を奪うようなものだ！」

「有難うございます」老夫婦はまた深々と礼をした。

「いつかまたこの宿場町に流れ着くことがあるかもしれん。その時は、またこのシケた蕎麦屋に厄介になりたいものだ」

ハーンは振り返らず、老夫婦に手を振った。

「行くぞ、お蔭。長居は無用だ。この家は蚤が多い。鼠も駆け回っているぞ」

お蔭と呼ばれた女は、老夫婦に順番に抱きついて笑顔で頬擦りすると、小泉八雲の荷物と装備一式を軽々と背負って廊下に出た。その様はまるで、歩く武具庫のようであった。

長崎のアイリッシュパブ「不景気屋」にて

「今現在、日本各地で不穏な動きが相次いでいます」とイザベラ・バードは言った。

江戸と薩長の戦争再燃へ向けた動き、複雑に絡み合う列強諸国の策謀の糸。その歪みを映し出すかのように相次ぐ、開拓地や国境地帯での妖怪や幽霊の出現。

この二つは一見無関係の事象である。だがその裏に、何らかの人為的あるいは科学的な因果関係があるのではないか。彼女はそう考え、独自の調査を開始していると語った。そして、それに協力して欲しいと。

我輩には、彼女の言葉がどこまで本当かは解らぬ。未だに隠している事があるのは間違いなかろう。何故ならイザベラは我輩とは全く別種の生き物だからだ。彼女はまず第一に神に、第二には英国に、そして第三には薩長政府のために働いている。

だが共に食屍鬼狩りを行って死線をくぐり抜け、ジョッキをぶつけ合い、食屍鬼の血の悪臭を堪えながらスタウトを飲み交わした我輩は、彼女の腹の底に自分と同じ妖怪狩人としての気概があることを悟った。

我輩はその直感に賭けることとする。

一八九九年七月二日　小泉八雲記す

耳なし芳一

1

うら悲しい琵琶の音が、外で唸る風の音に混じり、殺伐とした不協和音を作り出す中、向かい合って座る四人は燭台の明かりに照らされながら、障子戸に影法師を作っていた。

「かくして、哀れなる芳一は両耳を喪い……」

長州赤間関、阿弥陀寺の老住職は、口惜しげに語った。

「それでもなお、強欲なる平家の亡霊たちは鎮まってはおらぬのです」

「その通りです」

住職の隣に座す芳一が、琵琶を爪弾きながら応えた。年の頃は二十代半ば。美丈夫である。だが哀れなるかな、超自然の恐怖による爪痕は、この若き芸術家の両耳だけではなく、その琵琶の旋律、そして魂にまでも深い傷跡を残していた。

「我らのために琵琶を弾き、平家滅亡の哀歌を歌えと、姿無き声が風に乗って聞こえてくるのです……。お前の精根尽き果てるその時まで、我らの魂を慰め続けよと……！」

住職と芳一に向かい合うハーンの隻眼は、その苦しみを見てとった。

「なるほどな。全身に経文を書いて備えた夜の後も、呪いは続いておるわけか」

ハーンは流暢な日本語で確かめた。異人である以上に、その装いは極めて異質なものであった。襟の高い西洋風外套に山高帽。寺堂の隅には、彼が持ち込んだ不可思議な背負式の仏壇箪笥が置かれている。ライフル銃や刀剣などの武器一式に加え、**「幽霊十両」「妖怪五十両」**と書かれたぼろぼろの旗が固定されていた。

「その通りでございます」

住職は怪訝な目でそちらを一瞥してから、また視線を目の前の異人に戻した。

「島津藩士にも協力を頼みましたが……」

住職は首を横に振った。

「無駄でした。芳一の耳が奪われた時の光景が、今も私の瞼の裏に焼き付いております」

「ウウッ」

芳一は悪夢に耐えるように、歯を食いしばった。ハーンの隣に座る黒髪の女が、不安そうに芳一を見た。住職は続けた。

「あの夜、わしは定時法会が遅くまで続いたため、帰ってきたのは丑三つ時近くでした。寺から絶叫が聞こえ、わしは老体に鞭打ち、小僧を従えながら石段を駆け上がりました。石段の辺りにすら鬼火がいくつも漂っており、これはただ事では無いと解りました」

「芳一が狙われていると知っていながら、寺を留守にしたのか？」

ハーンが鋭い視線を向けた。

「そこはわしの不徳と致すところ」住職は仏像の前に置かれた黒いお膳を一瞥した。そこには墨の入った白い皿、そして筆が乗っていた。仏前に供え、聖別しているのだ。「あのように聖別した墨で芳一の体に経文を書き写し、さらに島津藩士らが守りを固めていれば大丈夫であろうと、油断しておったのです。また、まさか怨霊があのような実力行使に及ぶなどとは……」

「そしてどうなった」

「恐怖でおかしくなった藩士が数名、わしと入れ替わるように石段を転げ落ちていきました。境内に入ると、すでに襖の封印は破られ、差し込む月明かりに芳一の体が照らされていました。暗闇の中、人魂が飛び、霧のような人の姿がかすかに揺らめいたかと思った途端……経文を書き込み忘れていた芳一の片耳が、上から下に向かってぶちぶちと裂け、血が噴き出したのです。頭から切り取られた芳一の耳は、あたかも宙を舞うようにして、霧深い墓場の方向へと消えてゆきました」

「ウウッ……！」

芳一はあの夜の恐怖と苦痛がフラッシュバックし、荒い息を吐いた。目の周りには深く病的な隈が刻まれていた。

住職は小さく身震いしながら話し続けた。

「芳一が絶叫する中、奴らがもう片耳を奪おうとしているのが解りました。むろん相手は幽霊ですので姿は見えません。しかし、芳一の残された耳がピンと張り詰め、ちぎりとられる寸前であるのが見て取れました。わしは何としても芳一の仇を取るべく、念仏を唱えて立ち向かいましたが……」

「ウウ……ウウウウーッ！」

芳一は包帯を巻かれた両耳の痕をおさえながら、声にならぬうめき声をあげた。

住職の瞳にもまた、微かな狂気の色が見えた。

「しかし平家落武者の怨念は余りにも強大！　わしはその場で見えない力によって金縛りになり、喉を締め上げられ、宙吊りにされてしまいました。そのまま名状しがたい不可視の力が……芳一のもう片方の耳がちぎり取ってゆくのを……ただ見ていることしか……！」

「なるほど。それは恐ろしい体験をしたものだ」

ハーンは共感しているのかいないのか、せわしなく加州松島鉛筆で革張りの分厚い日記帳にメモ書きを続けていた。

「概ねの筋書きはわかった」

「わかったと？」

「わかったとも。両耳を取られてもなお、呪いは終わっておらんのだろう。重要なのはそこだ」

芳一はびくりと身体を揺らし、頷いた。

「そ、その通りでございます。毎夜、聞こえてまいります。ひきちぎられた耳穴に、ひゅうひゅうと、音が入ってまいります……あのものたちの声が聞こえてまいります……」

「いくつか確かめたい点がある。芳一とやら」

「は、はい、私に答えられるものであれば」

「その晩、お前は独りで奥の十六畳間に座っていたのだな」

「その通りです」

「平家の怨霊とやらが現れた時、お前は何を聞いた？」

「聞いたか、ですか？」

「そうだ、目は見えずとも、耳は確かであろう。奴らが語ったことではなく、物音について知りたいのだ」

「……まず、墓場側の襖がゆっくりと開く音が聞こえました……。それから、鎧のガチャガチャと鳴る音が聞こえてまいりました」

「墓場側には護衛の藩士がいたのだろう？」

「はい、二人です。提灯を掲げて見張りに立っておりました。彼らの言うことには、ひとりでに襖が開いたというのです」

「なるほど、この怨霊とやらが人の目に見えぬのは間違いないな。それで、次にどうなった？何が聞こえた？」

　芳一は眉間に皺を寄せ、覚束ない記憶をたどろうとした。

「芳一、もうやめよ。あの時の悪夢が蘇るぞ。このような質問に何の意味が」

　住職がさえぎろうとしたが、芳一は悪夢を自らの手で振り払おうとするように、続けた。

「襖の開く音に、少し遅れて、藩士たちのアッという驚きの声が聞こえました。襖が勝手に開いたぞ、と言っているのがわかりました。次いで、生暖かい風が吹き込んできました。それで私は、平家の怨霊が現れたのだと直感的に悟りました。私は恐怖に身震いしましたが、住職に言われていた通り、声ひとつあげず心の中で念仏を唱えておりました……。怨霊たちが私を囲むように近づいてきて、みしみしと畳が鳴るのが解りました」

「みしみしと畳が鳴った、か……なるほどな」

ハーンは芳一の証言を日記帳に書きつけながら、その一節を繰り返し、眉根を寄せた。何か思い当たる点があるようであった。

「襖が開き、足音が聞こえたというのは、狩るにあたって重要な情報だ」

ハーンは革手袋で覆った人差し指を立て、

「いいか、まず第一に奴らは不可視である！」

次に二本目の中指も立て、

「第二に、それでいて質量を伴っている！　すなわち幽体ではない。妖怪でもない。ヴードゥーの類であろう。腐敗した肉体を有しているが、妖力によって姿を消しているのだ！　分類上は低級の幽霊に属する」

そして二本の指を拳銃めいて己のこめかみにとんとんと当て、射撃するようなジェスチャーを作った。

「だが鎧を着ており、殺すのはやや難儀だ。仕留めた一体につき、十両いただく！」

「……銃で何かするつもりか？　平家の怨霊を銃で撃ち殺すとでも？」

住職は唖然とした。

「その通り。我輩が奴らを地獄へと送り返す」

ハーンはスキットルの洋酒を呷りながら、平然と返した。

「何と……」

住職は目を丸くしていた。噂には聞いていたが、妖怪猟兵による近代的、論理的分析を目の当たりにするのは、これが初めてであった。

とても受け入れられず、住職は苦笑した。

「……何と馬鹿げた話を！　怨霊の力に対しては、御仏（みほとけ）の力に縋（すが）って耐え抜くしか無いというのに！　まさか平家の怨霊を、野犬か何かのように狩れるとでも思って——」

「坊主、貴様は黙っていろ。次は現場を詳しく見せてもらう！」

ハーンは立ち上がり、まさにその晩芳一が襲われたという広い十六畳間を、隅々まで調べ始めた。彼は墓場がある縁側の襖から、芳一が座っていたという場所まで歩き、五感と直感の全てを駆使して妖怪や幽霊の痕跡を探し求めた。

「お蔭（かげ）、この辺りを照らしてくれ」

お蔭と呼ばれた黒着物の女が頷き、倫敦（ロンドン）製の真鍮（しんちゅう）ランタンを掲げた。畳にはさほど古くない血の跡があった。芳一が耳をちぎられた時のものである。だが小泉の優れた観察眼は、その横でキラキラと輝く小さな結晶をこそ見逃さなかった。

「塩が浮いているな……」

ハーンは畳を人差し指で撫（な）で、革手袋についた白い粉をあらためた。指で強くこすると、強い磯の香りと黴（かび）のにおいがした。敷居の辺りには乾燥した紫色の海藻も見つかった。

「墓場の向こうには、崖があると言っていたな。その先は海か……」

「その通りです。この阿弥陀寺はもともと、海戦で海の藻屑（もくず）と消えた平家の怨霊を鎮めるために、数百年前に建立されたのです。この辺りの海には、平安時代の軍船が何十隻も沈んでいると言われます」

　芳一が身震いしながら言った。

「水底か……。住職、この辺りには慰霊のための墓もあると島津の者たちから聞いたが、それは本当か？」

「ええ、本当ですとも。裏の墓地に」住職は答えた。「しかし、それはあくまで慰霊碑のようなもの。壇ノ浦の合戦で死んだ侍や貴族たちの亡骸は当然、海の藻屑と消えましたからな。墓の下には骨一本埋まっておりません」

「裏の墓場はあらかじめ見させてもらった。荒れてはいない。あのぶんならば慰霊碑が原因ではあるまい」

「無論そうでしょう」

「では何故、急に怨霊たちが騒ぎ出したと考えている？」

「芳一の琵琶と語りが、あまりにも真に迫ったものだったからでしょう」

「なるほどな。まあ、ありえぬ話ではない……」

　ハーンは日記帳にそれらの文言を書き留めながら思案し、過去の頁をいくつかあたりはじめた。

「この辺りの海には、以前から鬼火は浮かぶか？　ウィル・オー・ウィスプやセントエルモ、あるいは人魂などとも呼ばれる」

「それはもう、無論のこと」住職は頷いた。「先代の住職からもよく聞かされました。そのずっと前からでしょう。昔からよく浮かびます。それに惑わされ、漁師がしばしば帰らぬのです」

「海岸線だけではありません」芳一が付け加えた。「数ヶ月前にも薩長の大型船が二隻、鬼火に惑わされ、沖合で沈んだと聞きます」

「あれはまた別の話だ、芳一。ちょうど時化であったからな」住職は首を横に振った。「お前は余計な口を出さんで良い」

「はい、申し訳ありません」

芳一が畏まって謝罪すると、住職は頷き、続けた。

「アーク灯台が建設されれば良いのですが、この片田舎に文明の光が届くのはまだ先のことでしょう。ともかく、人魂が浮かぶということは、それだけ平家怨霊の怨念が強いということ」

「いかにもそうだ」ハーンもこれに同意した。

「貴方にもわかりますな。どれほど鎮魂の念仏を捧げ、何百年経っても、あるいは何千年経っても、その亡霊はこの地に留まり、生者を呪い続けるのです」

永遠に続く呪い。身の毛もよだつような話である。だがハーンは顔色ひとつ変えなかった。むしろ、その青い目をさらなる好奇の光に輝かせていた。

ハーンは手元の日記帳に書きつけながら続けた。

「壇ノ浦の合戦で船は水底に沈んだ……。ならば怨霊どもはそこに潜んでいるのだろう」

「私の学んだ歌が真実ならば、その通りでございます。平家の落武者らは皆、海の底へと沈みました。しかし時折鬼火となって陸上へ上がり、災いを為すのだと」芳一が答えた。

「大いに厄介だ」

「ようやく事の重大さを理解されたか、猟兵殿！　そのようなものを銃でどうこうしようというのが、土台無理な話。この地には、およそ異邦人には理解できぬ恐怖と怨念が染み付いておるのです」

だがハーンの着眼点は、そもそも異なっていた。彼の論点は既に、いかにして相手を狩るかに移っていたのだ。

「厄介というのはな、本拠地を叩くことが難しいということだ」

ハーンは頁をめくり、ピンカートン社時代の記録の写しを見ながら続けた。

「これだ、テネシー州ナッシュビル！　その廃鉱山から湧き出したゾンビーの群れを全滅させた時は、ダイナマイトが有効であった。トロッコを使い、本拠地である鉱山ごと爆破できたからだ。だが平家怨霊の本拠地が海中とあっては、爆発物も使えん。やれやれ！　この仕事は骨が折れるぞ！」

「ナッシュビル？　ダイナマイト？」

住職は全く解らない異国の地名と、御禁制(ごきんせい)爆発物の名を聞き、ぎょっとした。この小泉八雲という男がどこまで本気なのか解らない。芳一と自分を怯えさせて話の主導権を奪い、法外なカネを請求するのが狙いなのではないかとすら思えた。

あるいは……ただの狂人なのかもしれない。

住職はついに怒りをあらわにした。

「そんなものを使おうとしていたのか？　何の役にも立ちませんぞ！　平家の怨霊をさらに怒らせるだけ！」

「安心しろ住職。我輩の雇い賃は、そうした必要経費も込みだ。ダイナマイトは使えんが、何かしら罠を仕掛ける必要があるな。次はどう迎え撃つつもりだ？　我輩が駆けつけなんだら、どうするつもりだったのだ？」

「……幸い島津藩は、特に胆力の優れた藩士を四人も寄越してくれました」

住職は外に彼らがいることを思い出すと、居住まいを正し、再び怒りをこらえた。

「わしはもう一度、今度は芳一の体に余すことなく経文を書くつもりです。そして芳一と同じ部屋で最初から最後まで念仏を唱え続ける。魔除けの線香を焚きしめ、万全の構えで迎え撃つ。もしあなたが立ち会いたいというならば、外の墓場で藩士たちともに控えておいてくださいますかな。法力(ほうりき)が働く邪魔にならぬように」

住職は厄介者を追い払うように言った。

「さあ。ご退出めされよ。これからこの部屋で、芳一の全身に経文を書かねばなりませぬ」

「経文。くくく。経文か」

ハーンは口の端をゆがめて笑った。

「何がおかしい。芳一は必死に耐えておるのじゃぞ！」

「経文ごときに効果があれば世話はない。聖職者の自己満足に過ぎん」

「バチあたりめが！」

「それに、一度やって無駄に終わったものを二度やったところで何の意味がある。次は間違いなく死ぬであろうよ。芳一のみならず、お前もな」

「なッ……！」

ハーンは住職を無視し、芳一を見た。

「芳一。お前は今夜死ぬ」

「あひッ」

芳一の美しい顔が恐怖と狂気にゆがんだ。

「……我輩を雇わねばな。我輩は最後の妖怪猟兵。この手のくだらぬ妖魔を狩るのが生業だ。幽霊十両。妖怪五十両。我輩を雇って、今度こそ心の平穏を得るがよかろう」

ハーンは背負式仏壇箪笥の旗を指さした。

「幽霊十両、ならば私にもお支払いできます」芳一が言った。

「幽霊一体につき十両だぞ」

ハーンは強い洋酒を呷った。

「……そして我輩の見立てでは、少なくとも敵は十体はおろう。だが、後払いで良い」

言葉通りに受け取るならば、すなわち百両である。

「そ、そんな大金はありませぬ……」

芳一は首を振った。

「ならば、そこのパトロン住職に工面してもらうがいい。夏の京都神戸巡業ではさぞ儲かったことだろう」

「じゅ、住職様、お願いです、後払いで良いとのことならば……」芳一が何かを言いかけた。

「何をバカな！　拙僧を愚弄するのもたいがいにせよ！　こんなものはペテンの手口に相違なし！　芳一、お前もこんな胡散臭い言葉を信じてはならん！」

住職は歯を剝き出して激昂した！

「出て行け！　妖怪猟兵なぞに払う金は無い！　ショーグンの犬め！　二度と現れるな！」

そして襖を勢いよく開き、外の墓場で待機する屈強な島津藩士らに言った。

「この薄汚い犬をつまみ出してくだされ！　この者らの呪わしい力など必要無い！　このような血生臭い男が境内にいては、阿弥陀仏より授かりし神聖法力も陰ってしまう！　河野殿の面子の問題があるならば、後日、わしから謝罪に向かう！　ともかく、邪魔立てされてはかなわん！　つまみ出してくだされ！」

「そうか。なに、無理にとは言わん。お望み通り、何の役にも立たん因習と念仏に縋れば良かろう」

ハーンは笑い、肩をすくめた。

「お蔭、行くぞ。カネのないところに長居は無用だ」

お蔭と呼ばれた女が本堂の方に向かい、少しして、荷物を担いで戻ってきた。あの仏壇箪笥と装備一式を軽々と背負っていた。去り際、彼女は微かに眉根を寄せ、長い黒髪の間から芳一を心配するような目で見た。

だが盲目である芳一から、お蔭の表情は窺い知れなかった。

2

障子戸の外で鐘の音が聞こえた。この寺の唯一の小僧が、丑三つ時を告げる鐘をついているのだ。丑三つ時は日本におけるウィッチング・アワーであり、妖気が満ち、魔物が跳梁跋扈(ちょうりょうばっこ)するとされる時間である。

芳一は十六畳間で正座したまま琵琶を抱え、これまでの己の人生を反芻(はんすう)していた。

芳一は何故、この寺から逃げようとせぬのか。この地に残る平家落武者の怨霊が元凶ならば、江戸かどこかへと逃げ、物理的に距離を取れば良いことではないか。……だが、芳一にはそれができぬのだ。これには複雑な理由がある。

彼は長州の出ではない。田中芳一とは偽名であり、実は遠く離れた東海岸、江戸の出身だ。多数の門下生を抱える琵琶ギルド家元の三男坊として生まれた芳一は、優れた演奏と詩吟の才能を有していた。

普通、三男坊が家元となることはない。だが当時、富裕化する町人たちにより門下生は増加、また京都神戸の富豪たちもこうした芸道の段位を、金に糸目をつけず買い求め始めた。このため、需要と免許の供給が全くもって釣り合っていない状況が生まれた。莫大な金の動きに翻弄された琵琶ギルドはさながら火薬庫のような状況であり、そこに目をつけた一部のパトロンが、社交界受けも良さそうな優男の芳一を担ぎ上げて、新しい独立流派をつくらせようとしていたのだ。

だが十六歳の元服式の時……芳一は突然失明した。おそらくは、酒に毒が盛られていたのだろう。それが何者の手で為されたかは、ついに明らかにならなかった。親族の仕業であろうか。もはや誰も信じられぬ。疑心暗鬼に陥った芳一はノイローゼによって指までもが痙攣し、琵琶も思うようには弾けなくなった。

このままでは芳一は殺される。あるいは、自ら命を絶たざるをえない状況へと追いやられる。そう危ぶんだ叔父が、芳一とその琵琶だけを持って密かに江戸を離れた。

二人は都市の喧騒から離れるように、西へ、西へと向かった。やがて路銀は尽き、叔父も結核を患い、この長州赤間関で没した。そして身寄りのない芳一を、この寺の住職が預かることとなったのだ。

……あれから十年。

芳一は未だ盲目のままであったが、その指は再び琵琶を弾けるようになっていった。精神的外傷が原因であったのだ。そしてその琵琶の音は、かつて持て囃された少年時代よりも深みを帯びていた。

一方で阿弥陀寺は困窮し、老朽化した本堂改修などのために多額の借金を抱えていた。もはや芳一の琵琶と詩吟に頼るしかなくなり、住職は窮状のすべてを打ち明けた。芳一もこれに応じたので、つてを辿り、身の回りの世話を行う小僧を一人つけて、芳一に巡業に向かわせた。そして……阿弥陀寺の命運を賭けたこの京都神戸巡業は、成功裏に終わった。

彼を一躍有名にしたのは、平家物語と呼ばれる英雄叙事詩である。類稀(たぐいまれ)なる琵琶演奏の腕前、そして物憂げな美丈夫の風貌が、京都神戸の女たち、そして好色なる実業家らを虜(とりこ)にした。芳一の盲(めし)いた目にも、少なからぬ金と名声を得る兆(きざ)しと見えた。

だが良いことは続かなかった。そこへ平家落武者の霊が夜毎(よごと)現れるようになり、芳一に琵琶を弾くよう命じたのである。あとは住職が夕刻、小泉八雲(こいずみやくも)に語ったとおりであった。

芳一はもはや、阿弥陀寺住職以外に信頼する相手もいない。また流れ流れてこの地へと辿りついたため、この先にはいかなる逃げ場もないと考えていた。あるいは平家物語に語られる没落貴族たちの境遇に、江戸から落ち延びねばならなかった己の境遇を重ねていたのかもしれない。芳一は根が生真面目であったため、平家物語によって大金を稼いでいるのだから、その怨霊が現れたならば己には口答えする権利など無かろう、このまま呪い殺されるのもある種の道理ではないのかといった、ペシミスティックな思考に支配されかかっていたのである。

そこへ、襖を礼儀正しく叩く音が聞こえた。

「芳一、準備は良いな」

住職が現れた。手には黒漆塗りのお膳を持ち、その上には先ほどまで仏前に供えられ聖別された硯(すずり)と墨、そして毛筆が置かれていた。

「はい」

芳一は着物をはだけ、細い息を吐いた。住職は硯を墨で満たし、芳一の妖精のように白い裸身に経文を書いていった。

「よいか。決して動いてはならんぞ。決してな。文字が一画わずかに乱れただけでも、経文の加護の力は失われてしまうはずだ」

住職は芳一の耳元で囁き(ささや)ながら、筆を動かしていった。

「前回は迂闊(うかつ)にも、耳の部分の経文が抜けておった。わしの不行き届きであった。それが恐らく退魔の成就の妨げとなったのだ。しかし……」

住職は口惜しげに言った後、不快そうに眉をしかめた。

「まったく、あの異人めが……」

「住職様、あの方の話を聞いてから、いろいろと考えていたのですが」

「何をだ？」住職は怪訝な顔を作った。

「次に幽霊が現れた時、私にも何か、できないものかと……」

「芳一よ、残酷ではあるが、おぬしにできることは何もない。余計なことをすべきではないのだ。ただ御仏の加護の力に縋り、心の中で祈り続けるだけでよい」住職は続けた。「げんに前回、耳以外は奪われなかった。ということは即ち、わしの書く経文には確かな力があるということだ。そこにおかしな雑念が加わってはいかん」

「わかりました、すみません」

「そしておぬしは、ただ琵琶と歌にのみ集中すれば良い」

「はい、出過ぎたことを申しました……」

「良いのだ。あと少しの辛抱だぞ、芳一よ。そして生きる望みを失ってはならん。わしの祈禱によって怨霊さえ鎮まれば、おぬしは万事巧く行く。また次の夏には、大掛かりな京都神戸巡業の誘いがかかっているからな」

「しかしこの醜い耳の傷跡では、客が入りますかどうか……」

「平家怨霊すらも聞き惚れ、命を奪う代わりに、その耳だけを奪っていった……このような触れ込みにすれば良い」この住職には少なからぬ興行の才覚があった。「全てはこれからなのだ。それにな、神戸のとある名家からは、お前を立てて新たな流派を作ってはどうかという声さえも上がっているらしい」

「そんな……。面倒ごとが舞い込みますぞ」

「曰く、その名家のお嬢さんは幼くして失明し絶望していたが、お前の京都神戸巡業で迫真の平家物語を聞き、そこに生きるための光明を見たのだとか。ゆえに助力を惜しまぬという。そしていずれは、直々にお前から琵琶と詩吟の技を習わせたいと言っているのだ。そう言われては、無下に断ることもできまい。次の巡業にも大々的な投資をしてくれている」

「何と……。何故今まで黙っていたのです」

「お前が絶対に反対すると思っていたからだ」

それを聞き、芳一はいよいよ命が惜しくなった。もはや叔父とも死別し、天涯孤独の身と思っていた己の琵琶が、そのような思いも寄らぬ因果を作っていたとは。

その時、ガタガタと障子が鳴った。

芳一は目をきつく結び歯を食いしばった。

「ひいッ！　ひいいッ！」

「何も来ておらん！　風だ！　心配する事はない！」

住職は熱っぽく言った。そして写経の仕上げにかかった。

「さあ、これで……くまなく済んだぞ……足の裏までも、すべてだ……！　すべて……！」

「住職様……どうかお経を唱えてくださいまし」

「ああ……唱える……唱えるとも！」

住職は結跏趺坐（けっかふざ）を組んだ芳一を血走った目で眺めたのち、読経を始めた。うねるような般若心経が、蠟燭の炎に照らされた堂内に響き渡る。

「観自在菩薩 行深般若波羅蜜多時 照見五蘊皆空……！」

3

かくして住職が神聖経文を繰り返し唱え続けること、およそ三十分。

丑四つ時に至っても、未だ幽霊たちは現れなかった。もしや今夜は現れないのか、それとも住職の熱心なる読経と経文の力により、ついに平家落武者の怨霊は芳一のもとから離れたのであろうか。

芳一が安堵（あんど）の息を吐きかけた、その時。

ガタッ……ガタタッ。

不意に障子戸が開き、生ぬるい風が入り込んだ。芳一はビクリとした。外から薩摩藩士らと小僧の悲鳴が聞こえた。

「観自在菩薩 行深般若波羅蜜多時 照見五蘊皆空……！」

住職のこめかみを汗の粒が伝った。障子が開けども、そこに人影はない。しかし畳はミシリ、ミシリと音を立てる。見えない何かが歩いている。気配が入り込んでくる。薩摩藩士らの悲鳴は遠ざかってゆく。芳一には何ひとつ見えない。

「うう……ううう」

芳一が呻(うめ)いた。彼は強(し)いて平静を保とうと努めた。汗が浮いて経文が消えれば、この最後の守りも無に帰するであろう。

ミシリ……ミシリ……畳に重みがかかり、武者草鞋(むしゃぞうり)の跡が、一つ、二つ、三つ、芳一のもとへ近づいて来た。住職は薄目を開いた。だが前回と同じく、落武者の姿は見えない。目を閉じ、己の精神を読経にのみ集中させた。

「……掲諦掲諦 波羅掲諦 掲諦掲諦 波羅僧……ギャアアアーーーーッ！」

住職の身体がひきつけを起こし、宙に浮きあがった。住職にとっては前回の再現であった。

「ギャアアアーーーッ！　あごッ、あごごごッ！」

住職は顔をゆがめ、口から白い汁を吐き、身悶えした。

読経が途絶え、勝ち誇るような邪悪な笑いが虚空に轟いた。

（（グワハハハハハハ！　見つけたぞ、芳一！））

「アアアア⁉」

芳一は白目を剝き、恐怖に吠えた。その姿を見て邪霊は哄笑した。

（（見えておらんとでも思うたか？　初めから何もかもお見通しじゃ！　この前はブザマな経文の書き忘れが見苦しいゆえ、その耳を土産にして持ち帰ったに過ぎぬわ！））

「どうか、どうか成仏ください……！」

（（成仏？　グワハハハハ！　そのためにはお前の琵琶と語りがなくてはな！　さあ今宵も歌え……恐怖に拗けてひび割れた心で、琵琶を弾け！　心地よい旋律を我らに……！））

このままでは、また明け方近くまで琵琶を弾かされることになる！　平家物語の語りには、途方も無い体力と気力を要するのだ。彼の琵琶法師生命は、たちまちのうちに削り取られてしまうだろう。それどころか、過労と精神的緊張によっていつ心停止してもおかしくはない！

「無理でございます、これ以上は体がもちませぬ！　お許しを！　お許しを！」

芳一はいやいやをした。

（（許すものか！））

邪霊は笑いながら不可視の手を伸ばし、芳一の肩を摑んだ……摑んだその瞬間である！　芳一の身体に書かれていた経文が白く輝き、不可思議な破裂音を生じた！　放射状の風が芳一を中心に吹き抜け、光が波打ち、苦悶する武者鎧の姿が現れた。武者鎧は後ずさり、後ろの別の一体にぶつかった。

（（ムウウーッ、これは⁉））

波打つ光が連鎖的に伝わり、その武者も苦しみながら姿を明らかにした！

「おゴゴゴゴッ！」

不可視の手で首を絞め上げられていた住職が落下し、畳の上で悶絶した。

「ゆ、幽霊の束縛を逃れた⁉　一体何が……⁉」

住職は目を開き、絶句した。畳部屋には突如、大勢の落武者たちが出現していたのだ。

その総大将が、住職のすぐ横で彼を睨(ね)め下ろしていた。

「ひッ」

住職と落武者大将の目が合った。いや、正確に言えば、落武者に眼球は無かった。

腐り果てた顔には、鬼火の宿る空っぽの眼窩(がんか)があるだけだった。

平安様式の鎧兜と経帷子(きょうかたびら)を纏った醜き屍肉……死人侍(しびとざむらい)である！

「arrrrrggh……」

あるものはアーアーと呻くしか能の無い土左衛門の白肌！　あるものはところどころ肉が削げ落ち骨と腱を露出させた異様！　そしてまたある者は首を垂直に傾げ、黒く変色した口元からは、奇怪な大船虫(オオフナムシ)やゴカイを露出させていた！　恐るべき不死者の軍勢よ！

「God damn it……！」

だが今回不意を打たれたのはむしろ、この死人侍たちのほうである！　芳一の経文が放った光によって、屍肉の鎧武者たちは恐慌状態に陥り、互いにぶつかり合って、やがてその全てが姿を現した。縁側で控えていたものも含めて、その数……二十四！

「ううッ！　この臭い……！」

芳一にはその姿は見えない。だが今まで妖力の帳で覆い隠されていた悪臭が、一気にあらわとなった。死臭！　そして冷たい潮の香り！　伸ばされた死者の腕から零れ落ちたるゴカイが、芳一の額を這い回る！

「arrrrgh……」

「お、お助けください！　お助けください！」

「芳一、逃げよ！　わしに構うな！」住職が叫んだ。

「誰か！　誰かーッ！」

芳一は悲鳴をあげ、転げ出るように墓場側へと逃げた。だがまたあの時と同じように、島津藩士らは逃げ出し、悲鳴が遠ざかってゆく！　豪胆の者ばかりを集めてはいたが、正体を暴かれた死人侍の姿は、不可視の幽霊よりもなお強い怖気を震わせるのであった！

「ひいいいいイイイッ！」

芳一は墓場側へと逃げた。盲目ゆえ、その足取りは覚束ない。

「グワハハハハハ！　芳一めが、小賢しい真似をしおってからに！　腹癒せとして、また今日もお前の体の一部を奪い取って行くとしよう！」

後方から総大将の声が響いてきた。

「あぐッ」

芳一は何かにぶつかり、その場にへたり込んだ。それは皮肉にも平家慰霊碑であった。怨霊たちの笑い声と、鎧の擦れる音が聞こえてきた。

もはやこれまでか。己はこの怨霊たちにとり殺されるのだ。それが定めである。自分をあの地獄から助け出してくれた叔父や住職の、何と無駄な努力であったことか。琵琶と詩吟を望みに生きようとした少年の、何と儚い夢であったことか。

芳一は辞世の句に思いを巡らせ始めた。

その時、石段を駆け上がってくる馬の蹄音が聞こえた。

BLAMN！

乾いたライフルの銃声が、阿弥陀寺の境内と墓地に響き渡る！

「Arrrgh」

銃弾は、芳一に迫っていた死人侍の兜を、右から左へと貫通した。

死人侍はそのままもんどり打って倒れ、鎧が墓石に打ち付けられて騒々しく鳴った。

「い、いったい何が!?」

BLAMN！

再び銃声。そして蹄音が墓場の側へと近づいてくる。

「丸見えだぞ、ゾンビーどもめが！」

妖怪猟兵の声が聞こえた！

「あ、あれは、小泉八雲！」

襖の横から這い出してきた住職が、目を剥いて叫んだ！

馬上の八雲は見事な手さばきで、ウインチェスターM１８７６Zの銃弾を再装塡！　射撃！

ＢＬＡＭＮ！

死人侍らが被る平安様式の兜は、無骨な鉄板を貼り合わせたものだ。弓矢や手斧、サーベルなどでは貫通不能である。だがその威風堂々たる吹き返しも、大西部の熱を孕んだ45口径弾を弾き返すことは想定されていない！

ＢＬＡＭＮ！

「Arrrgh」

またも芳一の近くにいた死人侍の兜が貫かれ、腐れた血と肉を西瓜（すいか）のように飛び散らせた！

「Arrrrgh……!」「何故、我らの姿が見える……！」「おのれ芳一め！　罠を仕掛けておったか！」

鎧武者たちは口々に罵り、ガチャガチャと鎧や大太刀を鳴らしながら、妖怪猟兵の突撃に備えた。うち二人は槍を構えている。馬が真正面から突撃するのは自殺行為に等しい！

「シャドウウィング！　回り込め！」

ハーンは叫んだ。黒馬はその言葉を理解したかのように、大きく敵軍の側面へと回り込んで、真正面からの激突を避けた。

その間も馬上のハーンは眉ひとつ動かさず、ライフルの弾丸を再装塡しては撃ちを繰り返し、追加で三人の死人侍の頭を破壊し、殺戮した。

「動き続けろ、芳一！　力は強いが、こやつらの腐れた脳は素早い動きについて行けぬ！」

ハーンは馬上から呼びかけた。その通り、死人侍は動きが緩慢であった。ハーンはピンカートン社時代、ナッシュビルの死霊狩りでこうした低級霊の特性を実地でよく学んでいたのだ。そして敵が物量に訴えてきた時の厄介さも。

「あれは妖怪猟兵！　ショーグンの犬か！　後まわしにて、芳一をまず殺せい！」

読み通り、死人侍の総大将が大太刀を掲げて命じた。

「「「「Arrrrgh……」」」」

軽装の死人侍が八体ほど、愚鈍な牛のように方向転換し、柳の木の近くに追い詰められた芳一へと迫った。魚の腐ったような、生臭い息を吐きながら。

「ヒイイイイ！」芳一が恐怖に震えて叫ぶ！

このまま悠長にライフル銃で狙撃していては、芳一が殺される。

「蹴散らせ！」

ハーンは黒馬に命じた。

ぶるるるる、と鼻息を荒らげながら、黒の軍馬は猛然と突き進んだ！

「「Arrrrgh」」

その蹄（ひづめ）と体当たりで死人侍が何人か弾き飛ばされた。黒馬はそのまま駆け抜けた。腐った腕や足が何本か玩具のようにちぎれ飛んで、墓場に転がった。

ハーンも芳一と敵の間に割って入るため、鞍（くら）から飛び降りる。いつの間にかライフルから二挺拳銃に持ち替え、既に撃鉄は起こされていた。

妖怪猟兵は着地と同時に射撃した。

ＢＬＡＭ！「Arrrrgh」

右は45口径コルト・シングル・アクション・アーミーＭ１８７３！

ＢＬＡＭ！「Arrrgh」

左には同じくコルト社製の特注40口径アンブローズ・ピアス・スペシャル！

装填された弾丸には全てヤドリギの精油が塗り込められているのみならず、40口径弾に至ってはその先端部に丸十字のケルト紋が刻まれている。死霊の腐った肉体をより効果的に破壊するために作られた、貴重なＺ式の弾丸である！

ＢＬＡＭ！　ＢＬＡＭ！　ＢＬＡＭ！　ＢＬＡＭ！

ハーンは左右の拳銃を交互に打ち分けた。右の大口径弾は表面のヤドリギ精油を燃え上がらせながら飛び、鎧武者の鉄板を貫通。左の銃弾は死人侍に命中するとカリフラワーのように咲いて、その腐肉を内側から破壊するのだ。

ＢＬＡＭ！　ＢＬＡＭ！　ＢＬＡＭ！　ＢＬＡＭ！

「「「Arrrrgh」」」

阿弥陀寺の墓場にたちまち猛烈な硝煙が立ち込め、死臭を払い退ける！

「八百年ものの死人侍にしては、意気地が無いな！　不可視の帳(とばり)が外れれば、こんなものか！」

ハーンは芳一のもとへ向かってくる悪霊を次々と撃ち倒した。ほどなくして墓場と境内はどす黒い血と腐肉にまみれていった。

「どうした、平家の怨念とやらはそんなものか！　気概（ガッツ）を見せろ！」

ハーンは墓石の陰から叫び、平家怨霊を挑発した。

「そ、そんな……。幽霊が……銃殺されていく……！」

本堂の縁側から、住職は信じられぬというさまで呻いた。

ハーンは全弾撃ち尽くした二挺拳銃をホルスターに収めながら笑った。

「住職！　まさかこ奴らを、霧か霞の類（たぐい）とでも思っておったか⁉」

右手にはヤドリギの精油を塗り込んだサーベル、右手には薪割り用の手斧を構え、手近の者から次々に切り伏せた。地面に転がってなお蠢（うごめ）くしぶとい死人侍に対しては、手斧でその腕や足を手際よく切断した。

「骨肉無き霊など非力な幻に過ぎん。骨があり肉あらばこそ、人に害を為す。つまり、この手の手合いは破壊することが可能だ！」

「God damn it……」

後ろから斬りかかる新手の死人侍を蹴り飛ばし、手斧を投げつけて止めを刺す。ハーンは頭を抱えて震える芳一の前に、奪った刀を突き立てた。

「いつまでも震えている場合か、芳一！　信念（グリット）を見せろ！」

「ハッ、ハイ！」

後方に呼びかけながら、ハーンは足元に倒れた死人侍の後頭部に三連発で射撃を行った。病原菌まみれの爪を振り回していた死人侍は、頭を砕かれて完全に動きを停止させた。

「おのれ妖怪猟兵めが！　弓を射かけい！」

総大将が手を上げて命じた。

死人侍の数名が弓を構え、次々に矢を射かける。

「弓手がいたか！」

ハーンは芳一の後ろ襟を引き、咄嗟に墓石の陰に隠れた。

「ヒイッ！」芳一は悲鳴をあげた。

矢はすぐ横をかすめるか、あるいは墓石にぶつかって地に落ちた。

「外れたぞ！　どこを狙っている！」

ハーンは墓石を背に、笑いながら両の拳銃の弾丸を再装填した。40口径をホルスターに収め、ピースメーカーだけで敵の弓手に狙いを定める。墓石の陰からの射撃！

ＢＬＡＭ！

弓をつがえようとしていた死人侍が膝を破壊され、転倒してもがいた！

ＢＬＡＭ！

次の一撃は別の弓手の頭を貫通！　死人侍はそのまま後ろに倒れ、真上に矢を放った！

「弓手はここで我輩が引きつける！　芳一、動き続けろ！」

「ヒイイイイイ！」すぐ後ろで芳一は悲鳴をあげた。地面を這ってきた片腕の死人侍が、膨れ上がった手で足首を摑んだのだ。「何かが私の足を、足を!」

「Arrrgh」

死人侍はそのまま自分の体を引き寄せ、芳一の脹脛(ふくらはぎ)に齧(かじ)り付こうと口を開けた!

「アイエエエエエエエエ!」

芳一が絶叫した次の瞬間、黒い蹄が死人の頭を踏み潰した。シャドウウィングが乱戦の中心へと乱入し、そのまま走り抜けたのだ。

「たッ、助かりました……!」

黒馬はぶるるるると鼻を鳴らしながら墓所を駆ける。矢が黒のたてがみをかすめた。

「シャドウウィング、まだ離れていろ! 住職を頼む!」

ハーンは死人の弓手をまた一人撃ち殺しながら叫んだ。

「芳一、気をつけろ! こやつらは簡単には死なぬのだ! その耳で呻き声を聞け! 這いずる時の鎧の音を聞け!」

「わッ、わかりました……!」

芳一は恐怖に震えながら、音だけを頼りに逃げ続けた。

ハーンはピースメーカーとサーベルを手に戦い、死人侍の頭を砕き、胴を切り払い、腐れた腸を引きずり出した。今や堂内は血と肉と腐汁が飛び散る凄まじき有様であった。住職は泡を吹いて気絶していた。その横に弓の流れ弾が飛んできて突き刺さった。お蔭があらわれて彼を抱きかかえ、本堂へと逃した。

死人侍は手足を失いながらも執拗に襲い来た。だがハーンは恐怖はおろか、疲れるそぶりも見せず戦い続けた。その時である。

「ムッ！」

ハーンは舌打ちした。目の前にいる総大将の体が、陽炎めいて揺らぎ始めたのだ。

「手こずり過ぎたか！　このままでは見えなくなるぞ！　殺し切れん！」

妖怪猟兵は舌打ちした。総大将は怒りで見境がなくなり、荒々しく打ちかかってきた。あらかた弾を撃ち尽くしたハーンは、これを凌ぐのが精一杯となった。

もし、これを勝機とみて、死人侍たちが四方から攻め寄せてくれば、さしものハーンも致命傷を受けただろう。歴戦の猟兵とて体は生身であり、弓矢一発あるいは剣で一太刀浴びせられれば、戦いの趨勢は決してしまうからである。

だが……他の落武者たちは潮の引くように遠ざかっていった。

逃げたのだ。

既に怨霊たちのうち六割近くが銃殺ないしは斬殺、あるいは腱や膝を破壊されて、戦闘不能となっていたからである。

だがここで死人侍を討ち漏らせば、いずれまた力を蓄えて戻ってくることは明らか。芳一の悪夢が終わらぬことを意味する。

「こ、小泉殿、逃げて行きます！　怨霊が逃げて行きます！　墓場を抜け、薄野の方へ！」芳一が音の方向を指差し、叫んだ。

「生憎だが、見えぬ！」

目の前の総大将にサーベルで応戦しながら、ハーンは叫んだ。総大将には既に何度かヤドリギの精油の刃で斬りつけているため、辛うじてその姿が見え続けている。

「何ですって⁉」

芳一の声が恐怖でうわずる。

「時間が掛かりすぎたのだ！　ヤドリギの力が弱まっている！　不可視へと戻ったのだ！」

(((死ね！　妖怪猟兵！　死ぬがいい！)))

総大将の怨念に満ちた声が響く！　サーベルが火花を散らした！　そのたびに、ハーンは一歩、また一歩と後退を強いられる。いまや追い詰められた妖怪猟兵は、芳一とほとんど背中合わせの状態となっていた。

「おのれ……！」

「ああ！　ああ！　私の耳には聞こえております！　奴らがひとかたまりとなって逃げて行くのを！　ああ！　あなたから逃げ切れると思ったのか、悲鳴ではなく、ごぼごぼという得意げな笑い声に変わりました！　このままでは奴らは、崖まで逃げおおせてしまう！」

「これを使え！」

ハーンは総大将の振るう大太刀をかわすと、筒状の物体を芳一に手渡した。

「これは⁉」

芳一がそれを受け取りながら問うた。

バチバチと何かが燃え爆ぜる音が聴こえ、熱が伝わってきた。

それは導火線の火であろうと芳一は直感した。

「ダイナマイトだ！」

ハーンは言った。サーベルを大太刀で弾き飛ばされ、残る得物は腰のホルスターに吊った拳銃一丁となっていた。

「ど、どうしろと⁉」

芳一は困惑し叫んだ。

(((貴様の負けだ、ヤーヘル……！)))

総大将が勝ち誇ったように笑い、大太刀を大上段に振りかぶった。このままでは、後ろにいる芳一ごと真っ二つとなる。

「投げろ、芳一！　ダイナマイトを投げろ！」

ハーンは左ホルスターのアンブローズ・ビアズ・スペシャルを抜き放ち、地獄の業火の如きファニング連射を総大将へと撃ち込んだ！

BLAMBLAMBLAMBLAMBLAM！

「Arrrrrrgh!」

腐った肉片を飛び散らせ、総大将はよろめいた。最後の一発が利き腕肩口に命中し、柄を握る手が失われた。大太刀の狙いが逸れ、その刃はハーンと芳一のすぐ横の敷石を打った！

「God damn it……!」

口惜しげに唸る総大将！

「お前自身の手で、全てを終わらせるのだ！」

ハーンは総大将の胴鎧を蹴りつけ、すぐ傍で死んでいる死人侍の額から手斧を引き抜いた。

「しかし……！」

「悩めばここで爆発するだけだ！」

ハーンは総大将と再び激しく切り結ぶ！

「……！」

芳一は意を決し、全神経を聴覚へと集中させた。

（（やれるだろうか、私に。この投擲を仕損じれば、取り返しのつかぬことに））

芳一は着火したダイナマイトを握りしめながら、己のうちに縋るべきものを求めた。

刹那、芳一の頭に思い描かれたのは平家物語、屋島のサーガの一節。

波間に揺れる扇の的を射落したとされる、那須与一の弓の業前について。

芳一はいつも、その全ての情景を瞼の裏側に緻密に思い描いてきた。

だからこそ、あれほどまでに真に迫った平家物語を歌えたのだ。

全ては一瞬であった。

琵琶に没頭する時と同様、芳一はいま、己の脳裏で那須与一と合一した。

それが、全ての迷いを雲散霧消せしめた。

「南無八幡大菩薩！」

芳一は叫び、歯をくいしばると、葵の御紋が刻まれたダイナマイトを投擲した。

ダイナマイトは大きな放物線を描いて飛んだ。空中で回転し、バチバチと導火線の火花を散らしながら墓場を超え、狙い過たず、不可視の亡霊たちの間へと着地した。

死人侍の一人がそれに気づき、口惜しげに罵った。

「God damn it……」

直後、ダイナマイトが爆発した。

夕焼け空を連想させる真っ赤な光が、墓場の裏の薄野を覆った。

芳一は爆発の衝撃で気を失った。

境内の蠟燭も、全て、フッと吹き消された。

4

既に空は白み始めていた。

「う……う……」

何かにべろべろと頬を舐められて、芳一は目を覚ました。

体を起こすと、ぶるるるる、という馬の声が聞こえた。

黒馬シャドウウィングが彼の横にいた。

「おお、おお、無事であったか、芳一……!」

住職の声が聞こえた。その声は憔悴しきっていた。

「こ、これで終わったのでしょうか？」

「わからん……あの男に聞かねば」

住職は声を震わせ、妖怪猟兵を指し示した。

ハーンは手斧やライフル銃などを使い、全ての死人侍に入念にとどめを刺して回っていた。殺された怨霊はもう妖力を持たぬため、その体が不可視となることもない。阿弥陀寺の境内には、ちぎれ飛んだ手足や兜を被った生首などが盛大に散乱することとなった。壮絶たる有様であった。時には手だけになって這い回っているものもあり、それらは素っ気なくブーツの底で破壊した。そのたびに、ラザニアを踏み潰したような音が鳴った。

「終わりだ。総大将以外は全て殺した」

いとわしい死臭を払い除けるように、ハーンはスコッチウィスキーを呷った。重労働の汗が額に滲んでいた。彼の近くでは、折れた大太刀で地面に縫い付けられた総大将が、ピン留めされた標本甲虫めいて口惜しげにもがいていた。

「Arrrrgh... God damn it....」

「未練がましいぞ！」

ハーンは悪霊の大将を一喝した。

「小泉殿……しかし今回は一体、如何にして……」

住職の問いは、死人侍の不可視のまやかしを破った業についてだった。

「あれか」

ハーンはしかめ面で答えた。

「偉大なるヤドリギの粉だ。ヤドリギの粉をひそかに墨に混ぜ、芳一の身体にお前が書いた墨そのものを、退魔のまじないとしたまでの事……」

狩人は労をねぎらうように、シャドウウィングのたてがみを撫でた。

「な……！」

住職は絶句した。

「ヤドリギだと!? 聞いたことがあるぞ、ドイルド僧の儀式であろう！ そのような異教の業を、わしに無断で混ぜ込むとは！ しかも寺の本堂の、御仏の前で！」

「事前に断っていたら混ぜ込むことを許したか？ この石頭坊主が」

「ムウーーーッ……！」

「経文に何も意味はないと言ったのは謝ろう。お前の石頭ぶりを利用させてもらった。なに、芳一が助かったのだから文句はあるまい！ ともかく、悪霊は狩られたのだ！」

ハーンは呵々と笑い、住職の肩を叩いた。

「……しのごの言わず、約束の退治金を寄越せ、坊主。しめて百五十両」

「ムウウウウウーッ……！」

もはや住職は観念する他なし。本堂に向かい、仏像の裏の壺から小判を取り出しにかかった。

ハーンは上機嫌で出発の準備を開始した。未だ蠢いている大将格の足首に、シャドウウィングの鞍のウインチから鎖を伸ばして巻きつけ、釘付け用のカタナを引き抜いた。

「Arrrrgh… God damn it….」

「小泉殿、何とお礼を言えば良いか……」

芳一が自らの足で立ち上がりながら言った。

朝陽が、芳一の晴れ晴れしい表情を照らしていた。彼は平家怨霊の呪いから解き放たれた。

いや、それだけではない。芳一は自らの力で過去の呪いと決着をつけたのだ。

それを悟った住職の顔からは、もう怒りが消えていた。むしろ己の凝り固まった非寛容ぶりや自尊心が、危うくこの若者を殺すところであったと思うに至った。

芳一を思うあまり意固地になってはいたが、この住職もまた立派な信念の持ち主だったのである。住職は自らの非を認め、芳一と並んで頭を深々と下げた。

「わしからもひとつ、詫びを入れさせてください……」

住職は百五十両分の小判が入った革袋を差し出し、頭を下げた。

「詫びなど要らぬ。我輩が欲しいのはこれだけだ。この通り、カネで動く血生臭い妖怪猟兵よ」

ハーンはそう言って革袋を受け取ると、枚数をあらためて仏壇簞笥に仕舞い、シャドウウィングの背に跨った。

「では、さらばだ」

ハーンを乗せた黒の軍馬は、ひと嘶きすると、風のように走り出した。鎖で繋がれた死人侍総大将を後ろに引きずりながら、妖怪猟兵とその愛馬は阿弥陀寺の石段を駆け下りていった。

あっという間に、芳一の声も、住職の声も、もう聞こえないほどに遠くなっていた。

断片 Fragments

富吉からの書状

エリクサー瓶の調査について。

ハーン＝サンが七月に長崎地下で、八月には京都神戸(ケイシン)で発見、回収したという、例の硝子(ガラス)製エリクサー瓶についてですが、京都神戸にいる海運密輸業者に調べさせています。三井の商船団とも通じてる狡猾(こうかつ)なコバンザメですよ。有能な奴らなんですが、その分足元見られて、カネをふんだくられましたがね。

密輸業者の言う事にゃ、この二つの瓶は同じ型から作られたものでほぼ間違いないそうです。それに、密輸業者でも見た事がない形状で、今現在、日本で流通している飲料や薬壜にこの形の硝子瓶が使われてないのは確かだそうです。

作りから見て、このエリクサー瓶のためだけに、それなりの数がどこかの硝子工場で作られたか、今も作られている事は間違いないだろうと言ってます。それなりりってのは、最低でも数千とか数万とか数十万とか、そういう単位だそうです。となると「中身」の瓶詰め自体もそこで行われてるって考えるのが自然だろう、と。

コルク栓まであればもっと正確に出処や業者のアタリを付けられるって言われましたが、生憎(あいにく)それは無かったんで、瓶だけでどうにか調べてくれって言ってあります。ちなみに中身は何なんだって聞かれましたが、そいつも濁さざるを得ませんでしたね。不死者を作るエリクサーだなんて、あいつらに言えるわけありませんよ。二日酔いのための飲み薬だって言っておきましたぜ。あっしの機転は大したものでしょう。

で、問題は、どこでこれが作られてるかって事なんですが……密輸業者の推測では、東部横浜の硝子工場のどこかだろうと。東部の話になっちまうと、生憎あっし自身の足が及ぶところじゃありませんが、とりあえず調査を続けさせてます。あと一ヶ月もあれば、もう少し詳しい事がわかるかもしれやせんね。

追伸：気になるのは、これ以前にどこかで、あっしもこれと似たような硝子瓶を見た覚えがあるんですよ。どこかの偉いさんの机の上に置いてあった気がするんです。中身の入った状態で。あっしの記憶が正しければ、ここ一年くらいの間で、島津から薩摩に早文（はやぶみ）を届けた時なんですが……どこの屋敷だったか、それとも庁舎か何かだったか……。でもそうなると、薩長政府の要人の中に、このエリクサーの世話になってる奴がいるかもしれないって事ですよね。あっしの記憶違いであることを願ってます。

一八九九年　九月　Tの字

カマイタチ狩り

A NIGHT OF KAMAITACHI HUNTING

1

「これより科学的判決を言い渡す！　長崎からの旅行者であるこの桂良輔なる男は、大隈峠の別荘に隠居した友人、森下・ライオネル・直久氏のもとを訪ね、猟銃を持って共に鹿狩りへと赴いた。だが、森下氏はかねてより破傷風を患っていた……」

地方判事は水を飲み、喉を潤した。

立派な服の陪審員たちは好奇の目を輝かせ、その続きを待った。

「……そして二人が見晴らしの良い草原を歩いている時、激しいつむじ風が巻き起こった。それを切っ掛けとして森下氏は、突然の破傷風発作による痙攣を起こし、悶死。その様を見ていた被告人、桂良輔は狂乱……森下氏の死体損壊を行い……」

「ち、違う！」

被告人桂は、最早判決が覆ることなどないと知りながらも、必死で抗弁した。それは己の無実を証明するためであると同時に、森下と己の間の男の友情をこの裁判によって汚されぬようにするためであった。

「……何が違うのかね？」

堅物の地方判事は、素晴らしい顎鬚を撫でながら言った。

「破傷風を患ってなど……！」

「検死官による司法解剖の結果、破傷風菌が森下氏の死体より発見されている。よって、これはその猛烈な毒素による発作であることが科学的にも明らか……」

「あいつは、透明の怪物に襲われたんです！」

桂が叫んだ。場内に失笑が漏れた。

「透明な怪物ゥ？」

「そうです！　森下は俺の見ている前で！　風の中で踊るように回転して、血を撒き散らしながら、ズタズタの死体に変わっていったんですよ！」

「……皆さん、この通り、桂良輔は持ち前のポエティックな想像力と狂気を働かせ、それを不可視の怪物の仕業と脳内で結論付けた。そしてそれは今なお続いているのであります」

場内に今度はあからさまな笑い声が響いた。

「呆れたものだ！」「怪物とは」「上級藩士ともあろう者がこれでは……」

「……よって、森下氏の検死によって発見された真新しい打撲、切り傷などは、全てこの桂良輔なる男が自らの妄想の正当化のために、死後間も無い森下氏の体を殴りつけ、さらには切りつけて、損壊せしめたものであります！」

地方判事は勝ち誇ったような顔で続けた！

「食べ跡などが無いことから、野生動物による損壊では無いことも明らか！　極めて鋭利な刃物をもって行われた犯行です！　もしここが野蛮なる東部江戸ならば、公序良俗を乱した罪として斬首の上、見せしめがふさわしい！」

その野蛮な言葉を聞き、陪審員らは眉をひそめた。

「……しかしながら皆さん、ここは薩長同盟によって築かれし、理性と秩序の新世界であります！　そして、親友を破傷風発作で失った彼には情状酌量の余地もある！　よって被告人、桂良輔を死刑ではなく、神戸アサイラムへの強制入院に処す！」

「素晴らしい！」「法と理性の勝利だ！」「薩長万歳！」「密室法廷万歳！」

場内は万雷（ばんらい）の拍手！

「やめろ、俺は狂ってなんかいない！　アサイラムだけは嫌だ！」

神戸アサイラムとは、ロンドン・ベドラム社が経営する恐るべき精神療養施設のひとつである。神戸アサイラムへの強制入院は即ち、桂良輔という人間性への死刑宣告にも等しい。それを知る桂は、拘束具を引きちぎらんばかりに身をよじり、苦悶した。

「誰か！　助けてくれッ！　誰かーッ！　不可視の怪物のせいなんだ！　俺と森下は猟銃でそいつを撃とうとしたが、あいつは、あいつは、返り討ちにされて……！」

「いい加減にしたまえ！　君がやってないのならば、誰の犯行だと言うんだね！」

判事がいらだたしげに木槌で机を叩いた。

その時だ。

重く閉ざされていたはずの法廷の扉が、外から不意にギギギイと押し開けられ、厳（いかめ）しい男の声が聞こえた。

「……妖怪の仕業だ」

皆がそちらを見た。そこには、逆光を背負って立つ偉丈夫（いじょうふ）がいた。

「だッ、誰だ⁉」「未だ閉廷はしておらんぞ！」「勝手に開けるとは、無礼な！」

強烈な晩夏の日差しが差し込み、一堂、騒然となった。

「ハ！　陽が差し込んだ程度でギャアギャア喚（わめ）くとは。ここにいるのは、人の血を啜（すす）るクソ吸血鬼どもか……？」

男は乾いた声で笑った。

「一体、誰だ……？」

被告人桂や地方判事も、それが誰なのかを確かめようとした。

だが、偉丈夫の顔はまだ見えなかった。

「いいか、もう一度言ってやろう。それは妖怪カマイタチの仕業だと言ったのだ」

偉丈夫は、ゆっくりと法廷に向かって歩を進めた。穿（は）きこまれたウルヴァリン社製の屈強な革ブーツが、上品に磨き上げられた大理石の床に泥を落とした。

「妖怪……？」「カマイタチだと⁉」「ハハハ……ハハハハハ！　馬鹿馬鹿しい！」

陪審員たちは顔を見合わせ、笑った。それは嘲笑であった。

カマイタチとは、三匹一組で峠道に出現するとされる不可視の妖怪の一種である。突風とともに現れ、鋭い鎌のような刃物を持ち、犠牲者を切りつけるという。犠牲者はほとんど痛みを感じず、しかし直後に傷口が開き大量出血。多くの場合、無残な失血死を遂げるのだ。

かつて人々は街道や峠道に現れるカマイタチを恐れ、専用の魔除けなども売られていたというが、近代化が進んだ日本、まして地方裁判所を持つほどの都市部においては、このような怪物の実在を信ずる市民などほとんどいなかった。

「ハハハハハ！」「ハハハハハ！」「ハハハ……ハ……」

だが偉丈夫の装束が次第にあらわになると、陪審員たちの笑い声は凍りついていった。

その男は妖怪猟兵団の紋が刻まれた分厚いコートを着て、全身に銃器やサーベルを帯びていた。パッと目につくだけでも、背中に無骨なライフル銃が一挺。低く吊った左右のホルスターに二挺の大口径拳銃。左腰にはカタナ。歩くたびに、全身に帯びた金属がガチャリ、ガチャリと鳴った。

「そのなりは……！」

地方判事は木槌を握りしめ、忌々しげに舌打ちした。本来、神聖なる法廷に銃器を持ち込んで良いのは地方判事のみである。それをこの無法者は、これ見よがしに冒瀆しているのだ。

「貴様、小泉八雲か……！」

地方判事は激昂した。彼の名は中島。以前にも紀伊国の開拓地周辺で何度か悶着を起こした、あの地方判事であった。

「いかにも、我輩は最後の妖怪猟兵、小泉八雲だ。判事、また会ったな」

「貴様、一体何の権利があって、こんな無法を……！」

中島判事は右腰の拳銃に手を伸ばし、小泉八雲を睨みつけた。

一触即発の空気が法廷内に漂っていた。

「ま、待ってくれッ！　それはな、これを見てくれよ！」

　ハーンの後ろから飛脚の富吉が現れ、書状を掲げて見せた。そこには確かに、島津の印。地方判事は歩み寄り、ひったくるようにこれを改めた。富吉は得意げに言った。

「地方判事さん、こう見えてもそこの桂ってやつはね、島津の侍なんですよ。本籍は長崎です。たまたま休暇で、隠居した旧知の友を訪れていただけでしてね……」

「まさか、長崎で裁判をやり直せとは言うまいな？　いくら政府の人間でも、そのような特例措置は……」

　地方判事は血眼で書面の内容を読み進めた。日本西部で犯罪が起こった場合、たとえ本籍がどこであろうと、それが起こった県の地方判事によって裁かれるのが道理である。

「いやさ、滅相も無い！　薩長の法律を捻じ曲げることはできませんよ！　よく読んでくださいって！」

　富吉が慌てて言った。

　地方判事は顔を真っ赤にしながら、文面の結論を見た。

「桂に三日の猶予だと……？」

「へへへ、そういうことです！　もしですよ、桂の証言が本当だったとしたら、峠道には危険な怪物が野放しになっちまうじゃないですか。次の犠牲者を生んじまうのは良くないと、上の人が考えたわけです」

「確かに、より大きな被害が生ずると考えられる場合、三日の猶予時間を置いて再審議を行うことが許されているが……それが、まさか、妖怪のためとは……前例がないぞ！」

地方判事は分厚い判例集を手繰(たぐ)りながら言った。

おかしなことになった。陪審員たちは目配せし、囁(ささや)き合いながら、成り行きを見守った。

「いいか、我輩はこの事件の判決や薩長同盟の法律に、さしたる興味は無い」

時代錯誤の妖怪猟兵は、法廷内の面々をぐるりと見渡すと、胸元から真鍮(しんちゅう)製のスキットルを取り出して、強い洋酒をごくりと呷(あお)った。

「だが、妖怪狩りの依頼があったとなっては、話は別だ。我輩はこの仕事を五十両で請け負った。請け負ったからには、カネの請求先がベドラムに放り込まれては困る……」

「お、俺が支払うんですか……？　五十両を？」

富吉が桂に（いいから、黙って条件を飲んどけ）と言いたげなジェスチュアを送っていた。

ハーンはスキットルを仕舞うと、今度はシガレットを咥(くわ)えながら言った。

「桂とやら、こんなくだらん事件に巻き込まれたのは、お前の自業自得だ。上の奴らは報奨金を払う義理もないので、お前に請求しろと言っている」

そしてシガレットに火をつけ、吹かし始めた。それはこの法廷に対して中指を突き立てているも同然の行為であった。地方判事中島は、まだ過去判例集を検索し続けていた。

「それで助かるのであれば、五十両など端(はし)た金(がね)だろう？　どうだ？　払う気がないのなら、我輩はこんなところに長居は……」

「は、払います！　払いますとも！　俺の正気と無実を証明してくれるのであれば！」

桂は思いがけぬ希望に飛びつき、立ち上がろうとした。精神病患者用の忌々しい拘束具がガチャガチャと鳴って、彼を押さえつけた。

「どうだ地方判事、全て正当な手続きに則ったぞ」

ハーンが言った。

ほぼ同時に、中島は似通った判例を見つけ、口ひげの下でニヤリを笑みを作った。

「良かろう」

地方判事は判例集を閉じ、木槌を打ち鳴らした。

「三日後の正午に再審を行う！　だがもし……！　三日経ってもなお決定的証拠を提示できなければ……！」

彼は小泉八雲を指差した。陪審員たちの好奇の視線が集中した。

「……法廷を騒がせ、法の執行を著しく遅延させたという罪状により、小泉八雲君、私は君を牢獄にブチ込むことができる」

「望むところだ」

ハーンは呵々と笑った。陪審員たちは顔をしかめ、呪われろと罵った。

「そうか、ではひとつ戯れに聞こう、小泉八雲君！」

地方判事は挑みかかるように言った。二人の間には因縁の火花が散るかのようであった。

「もし仮に大隈峠にカマイタチがいるとしたら、君はそれをどうやって狩るというのかね？　被告人桂の証言によれば、それは不可視の怪物なのだぞ？」

「決まっているだろう」

ハーンは鋭い隻眼で地方判事を睨み返しながら、右腰に吊った拳銃、コルト社のアンブローズ・ビアス・スペシャルを叩き、不敵に笑った。

「撃ち殺すのだ」

「そうか、そうか、せいぜい頑張ることだな」

中島判事は苦笑した。それから一転、威圧的な表情で言い捨てた。

「空っぽの檻を法廷に運んできて、これが不可視の怪物の死体ですなどと言っても、通じぬからな。……覚悟しておけよ！　今度こそ貴様を法のクビキに繋いでやる。あるいは、いよいよアーク式電気椅子の拘束ベルトかもしれんぞ」

今回の妖怪狩りに失敗すれば、報奨金を得られぬばかりか、投獄、あるいは刑罰の危険すら孕む。だが彼は、このような状況を前にして引き下がる男ではなかった。

「望むところだ」

こうしてまた、小泉八雲の分の悪い賭けが始まったのだ。

2

ハーンは黒の軍馬、富吉は茶色の馬に跨り、大阪と和歌山の境にある険しい大隈峠を登っていった。

紀伊国は南部と北部、海岸沿いと内陸部でダイナミックに土地の表情を変える。そして彼らが今いるここは広大な薄野と、燕麦の草原と、柏の林が延々と続く場所であり、まばらに立つ鳥居の他には、猟師の丸太小屋くらいしか人工物は見当たらなかった。

だがそれらの猟師小屋も、現在はオフシーズンであり、数マイル以上にわたって他の人間の気配は全く感じられない。

「この辺で一番恐ろしいのは、野生の熊と、銃を持った人間ですよ」

富吉が言った。もう空気が薄くなり始めていた。

「コロラド州を思い出すな」

雲雀（ひばり）の鳴く声を聞きながら、ハーンはどこまでも続く雄大なランドスケープを見下ろし、しかめ面で嚙み煙草を味わった。そして目の前の景色を記憶の中のコロラドと重ね合わせて、目を細めた。

南北戦争当時はひどかった。見渡す限りの大草原に、炭鉱から湧き出してきた数百体のゾンビーが蠢（うごめ）いて、夏だというのに山は秋の色に染まっていた。腐った服と血と肉、そして錆（さび）と銃弾の色だ。

苦い思い出だ。だがその苦味がハーンを強く鍛え上げたのだ。その記憶の中を悪臭すらも洗い流すような、心地よい高原の風を浴び、黒馬シャドウウイングも上機嫌で鼻を鳴らしていた。

「ハーン＝サン、あっしはね、こういう場所に来たらいつも思うんですよ。馬を失って自然の中に放り出されたら、どんな恐ろしいことになっちまうかって」

富吉は山並みに圧倒されながら、神妙な顔で言った。

「元飛脚の気概（ガッツ）はどうした？」

とハーンは笑い、スキットルの洋酒を呷った。

「飛脚はわざわざこんなところ通って遠回りしませんよ！　もっと栄えた街道沿いを行くんです。こんなところを選んで通るのは、政府か軍の密偵くらいのものですぜ」

「お前が今やっているのは、それに近いことだろう」

「ええと、つまり、どういうことですかい、ハーン＝サン」

「桂は薩長政府の影の要人なのか？　あるいは、奴に消えて欲しい者が議会にいるのか？」

「あっしに偉い人たちの思惑なんて解るわけないじゃないですか」

「そうだろうな」

「ハア」

富吉は溜息をつく。

「昔はもっと単純だったんですけどね。今じゃ、薩長同盟も一枚岩じゃない。なんだかんだ、西と東が分かれて別の国みたいになっちまって、それで十年も上手いこと行ってきたもんだから、欲をかいた連中があっちこっち、机の下で手を握り合ってるって話ですよ」

「ならばそれでいい。我輩らはカマイタチを狩るだけだ」

「ええ、そういうことです！」

「富吉よ、今回は妙に威勢がいいな」

「へへへ、わかります？　確かにあっしはね、幽霊とか、ノッペラボウとか、蛆虫の涌いた死体にゃあ、めっぽう弱いですよ。あいつら、人を怖がらせようと思って出てくるじゃあないですか」

「うむ」

「でもその点カマイタチなら、ね。野生動物みたいなもんなんでしょう？　可愛らしいもんじゃないですか」

富吉はここへ来る道中、小泉八雲からカマイタチの生態について大まかに聞いていた。イタチによく似た妖怪で、鋭利な刃物を持ち、風のように不可視であると。

ただし、この妖怪は世界中で見られ、亜種ごとに大きく生態が異なっているため、手がかりを摑むまでは亜種の特定と対抗策の準備が難しいのだともハーンは付け加えた。

「ところで富吉、お前はカマイタチを見たことがあるのか？」

「へい、子供の頃に。毛筆の浮世絵ですがね。イタチの手足に鎌の生えたような、可愛いやつでしたよ」

「では、今回はお前の踏ん張りにも期待できるということだな」

「任せてくださいよ！　事前に集めた証言は全部、この頭の中に入ってますからね！」

この調査に桂本人を同行させることはかなわなかった。そのためハーンと富吉は、出発に先立って留置所の桂や、非協力的な検死官や捜査官から情報を可能な限り集めなければならなかったのだ。

これだけでも貴重な猶予時間が大いに失われた。そして次はそれらの情報をもとに、この広大な大隈峠を調査しなければならない。彼らはこれからたった二人でカマイタチを探し、狩り殺して、桂の無実を証明しなければならないのである。

3

二人はまず午前中、森下の死体が発見されたという野原に向かった。だがここでは、既に捜査官たちが二週間近く前に念入りな調査を行ったとあって、手がかりらしい手がかりは何も発見できなかった。

時々ビュウビュウという強い風が吹き、今にもカマイタチが現れそうな気配があったが、ただそれだけだった。

去り際、ハーンはぬかるみに埋まった空薬莢（からやっきょう）を見つけることができた。森下の使ったライフル銃のものと思われた。

「鹿撃ちにしては、大口径だな……」

ハーンはそう呟き、空薬莢をシャドウウィングの背負う仏壇簞笥（ぶつだんたんす）の奥に仕舞った。

遅めの昼食を取り、二人は森下邸へと向かうことにした。桂は事件が起こる数日前にここを訪れ、宿泊していたという。

桂の証言によれば、森下はこの不可視の怪物について、あらかじめ何らかの知識を持っていたらしく、書斎で幾度か思わせぶりな言及をしたという。そして「ここは自分の土地であるから、もし私の前に再び現れるならば決着をつけねばならん」とも言っていたという。

桂の正気を信じたくはあったが、著しい一時的混乱をきたしていたのもまた事実。森下の正気の度合いについては、もはや知る術もなかった。

「森下の別荘はあの林の先ですぜ、ハーン＝サン」

富吉は使い込まれた伊能アトラス社製の地図帳を広げて先導した。

森下の別荘は、大隈峠の中腹にある林の先。薄野にポツンと佇む赤煉瓦のヴィクトリア様式邸宅であった。二階建てで、部屋の数は十数個。装飾は少なく質素ではあるが、堅牢な作りであった。

「ところでハーン＝サン、何故あっしは……桂の服を着てこなきゃならなかったんですかい。風をしのぐ役にゃ立ちましたけどね」

馬から降りる段になって、富吉は思い出したように言った。富吉はゴワゴワとしたツイード生地の背広と鳥打ち帽に身を包み、どうにも落ち着かぬ様子だった。加えて桂は洒落た香水を使っていたと見え、時々むずがるように首の後ろを掻いた。しかしその足元はブーツではなく、履き慣れたいつもの飛脚草鞋だった。

「桂に成り済ましたほうが好都合な時もあるだろう」

「でもほら、屋敷はやっぱり無人じゃないですか。家族も使用人もいないんですよ」

「うむ、そのようだな」

森下邸の横の馬小屋には数頭の馬を留めることができ、また屋敷自体も十名程度のゲストが寝泊まりするに十分な広さがあった。しかし森下は使用人も入れず独り暮らしであったため、十分な手入れが行き届いていたとは言い難い。さらに玄関や窓は釘と木板が打ち付けられ、政府による立ち入り禁止の立て札が貼られていた。

二人は馬小屋に馬をつないで休ませると、まず邸宅の周囲を調査した。だがここでも、カマイタチの関与やその居所につながる直接的な手がかりは得られなかった。

「森下は、頻繁に人を呼んで猟会でもしていたのか？」

「いいえ、森下はそれほど社交的な人間ではなかったので、そんなに多くゲストを招いたとは思えないと桂は証言してますよ」

「不釣り合いなほど大きな屋敷というわけか。森下は、昔は薩長政府の役人だったのだろう？何をしていた？」

「いやあ、それが……だいぶ前のことなので、詳しい資料が残っていないらしいんですよ」

「素晴らしい協力体制だな」

「この立ち入り禁止のことも聞いてませんでしたね」

富吉は邸宅の前に立って頭を掻いた。

「確かに、盗人が入ったら良くないってのはわかりますが、これじゃあ、あっしらの調査も……」

「まったくだ」

ハーンは木板の打ち付けられた扉を、重いブーツで蹴り開けた。乱暴なやり方にぎょっとしながらも、時間を無駄にできない富吉は、黙って彼についていった。ハーンはもう一階の室内を荒っぽく調査していた。

「へえ……もっと幽霊屋敷みたいなものを想像してましたが……」

富吉は拍子抜けしたように言った。意外にも屋敷の中は小綺麗で、家具も少ない。森下がこざっぱりとした隠居生活を送っていたらしいことは容易に想像できた。使っていたと思われる部屋は全て掃除が行き届いているし、鼠(ねずみ)や害虫の気配もない。

奇妙なことといえば、応接室の壁にかけられた異常な数のライフル銃と弾薬の備蓄であると桂は証言していたが、それらはもう捜査官に押収された後であった。白い壁には、かつて猟銃がかけられていたと思(おぼ)しき金具だけが、寂しげにずらりと並んでいた。

窓からは穏やかな木漏れ日が差し込み、それらを照らしていた。外からはのどかな鶫(つぐみ)の鳴き声が聞こえてきた。

「森下は何を考えて、こんな場所で一人暮らしをしてたんでしょうね」

「身の危険を感じ、一人で武器だけを買い集めていたのかもしれんな」

「そしていよいよ何かを打ち明けようと思って、桂を呼んだとかですかね……」

富吉はそう考えながら、ハーンの後について回った。

二人は応接室をくまなく探したが、やはり手がかりは見当たらなかった。空の色は次第に、鮮やかなターコイズ色から淡い橙色へとグラデーションを描き始めていた。

「寝床と書斎は」

「全て二階です」

「どれ、行ってみるとするか」

二人は階段を上った。二階には寝室が四つと、広い書斎があった。桂と森下は、それぞれ別々の寝室を使っていたという。二人はそこで手分けして調査を行うことにした。

富吉は先ほどまで、おっかなびっくりにハーンの後を付いて回っていたが、この屋敷自体に怪物が住み着いているわけではないことが解ると、すっかり気が大きくなって、口笛を吹きながら一人で古い寝室を調べていた。その部屋は埃が降り積もり、長く使われていなかったことをうかがわせた。寝台の下や書物机、さらには絨毯の下まで見てみたが、それらしいものは見当たらない。

「ここにも何も……」

富吉は最後にクローゼットを開き……そこで恐怖に凍りついた。

古い木製ハンガーの間に、握りこぶし大の火の玉が浮かんでいたからだ。

「アイエエエエ！」

富吉は悲鳴をあげ、その場にへたり込んだ！

「何があった、富吉！」

書斎を調査していたハーンが、拳銃を構えながら飛び込んできた！

「ヒイイイイイイ！　ハ、ハーン＝サン！　こ、これ！」

「これは……人魂だな」

ハーンは銃をホルスターに収めると、紙巻き煙草を取り出し、それに火をつけた。

「大して害はない」

彼がフッと煙を吹きかけると、人魂はそれだけで消え去ってしまった。

「そ、そうですか……」

富吉は立ち上がり、それまで人魂があった場所をまじまじと見た。

「だが良い発見だったぞ、富吉！」

「あ、ありがとうございます！」

「人魂は妖怪や幽霊が現れた場所に出る。どうも臭うな。この邸宅そのものに、幽かに妖怪や魔術の痕跡が染み付いているということだ。しかし最近のものではない……もしそうだとしたら、吹いても消えぬほどの強い人魂が現れるはずだから……」

ハーンはブツブツと呟きながら書斎に戻り、森下の日記帳や手記と思しき大量の書物と再び格闘を始めた。

「富吉、こちらに来てお前も手伝え！」

「へ、へい！」

富吉も書斎へと入った。入ってすぐに解ったのは、壁一面を覆う書棚が、明らかに歯抜けになっていることだ。

「だいぶ不自然な抜け方ですね」

「うむ、手記や書物の類がだいぶ抜かれている」

ハーンは端から順に書物を手に取り、ものすごい速さでページを端から端までめくっては閉じ、また次の本へと順番に手を伸ばしていった。

「桂に聞いてみないとわかりませんが、捜査官に押収されたんでしょう。あいつら、それが仕事ですからね。とりあえず中身も見ずに、それらしいものを手当たり次第に引っ張っていくって寸法ですよ」

「うち一冊が、我々が出発直前に読んだものか。森下の、ここ数ヶ月の日記帳……」

「そうなりますね。で、あっしは何を探せばいいんです。生憎、学がないもんで、洋書の類は読めませんが……」

と言いかけて、富吉は気付いた。ハーンも、文章を読んでいるのではない。その間に何かが挟まっていないかを確かめている風だ。

「物探しですかい？」

「そうだ。察しがいいな。手紙か便箋の類を探している。机の引き出しや箪笥、その他の場所はもう探したが、見当たらなんだ。お前も右の端から探せ」

「へ、へい！　お目あての手紙は、封筒に入ってるんですかね？」

「あるいは、切り取った紙がそのまま裸で折りたたまれているかだ……」

「切り取った？　何をです」

「日記帳だ。お前は気付いたか？　地方裁判所で見せられた、最新の森下の日記帳」

「あの日記帳がどうかしたんですかい」

富吉はハードバック装幀された分厚いベージュの日記帳を思い出す。重さは一冊で一キロ弱もあった。それと同様の日記帳が、この部屋に何十冊も置かれているわけだが。

「その一部に、装幀の花布(はなぎれ)の端から綺麗に切り取られたページがあった……」

「本当ですかい？　流石(さすが)ハーンさんだ、あっしは目星にゃ自信があるんですが、全然気づきませんでしたよ！」

富吉は反対側の端から書物を開き、手紙の類がないか探し始めた。そして数冊見てから。

「……でもハーン＝サン、考えたくねえことですが、もしかして、日記帳を証拠として回収されてから、誰かにページをちぎり取られてたとしたら、どうしやす？」

「我輩はむしろそちらだと思っていたが、考えを改めた。ここにある過去の日記帳にも、しばしば、切り取られているページがあるからだ」

「ってことは……間違いなく森下本人が」

「うむ。見たところ、情緒が不安定になってくると文字が乱れ、やがてそのような切り取られたページが現れる……待てよ、ということはだ」

ハーンは手を止め、顎鬚を撫でて思案した。そして部屋を見渡し、

「単純な話だったというわけだ」

猟兵の鋭い隻眼は、書物机の下にあるクズ入れを睨んでいた。

「ああ……」

富吉は頷(うなず)いた。

ハーンはそれを持ち上げ、ひっくり返した。量はさほど多くない。いくつかのゴミに混じり、書き損じと思われるクシャクシャに丸められた二枚の紙が入っていた。その大きさ、紙質から

みて、森下の日記から切り取られたものに違いない。

ハーンはそれを拾い上げ、単なる書き損じではないことを祈りながら、開いた。果たせるかな。そこに記されていたのは間違いなく森下の狂気じみた文字であり、日記帳の空白を埋めるものであった。


『やつはまだこの大隈峠にいる。そしておれを狙っているはずだ。これはおそらく、おれがかつて働いた冒瀆的な行いへの報いなのだろう。いかに無知だったといえど、それは言い訳にはならぬのだ。

また今日もあの風の音が聞こえる。もはやおれの正気を担保してくれる者はない。だが親友の桂ならば——

おれは今朝方、新たなひらめきを得た。カマイタチがこの世のものではない色相の次元に半分だけ存在するという考えに基づけば、やつもまたこちらを見えていない。

可聴域。生物にはそれぞれの可聴域がある。断続的に聞こえる風の音がしばしば突然途切れるのは、やつの発する鳴き声がしばしば人間の可聴域を上下に外れるからだ。だとするならば野生動物にはどう聞こえるのか。殺されたおれの猟犬がなぜあの時、あれほど怯えていたのかだ。

可聴域と同じように、色彩にもそのようなものがあるとしたらどうだ。なぜ木々に止まっていた鶫たちの群れが、突然、何かに怯えたようにわっと飛び立つことがあるのか。鶫、より一般的に言うならば鳥たちが、第四の色を見えるならばどうだ。化学者たちの言うように、太陽から降り注ぐ光線には、おれたちに認識できる域を超えたアクテニック・レイと呼ばれる諸々の化学線の色彩があるのだとしたら。

この思考はまた振り出しに戻る。また今回も、朝になって読み返せば、このページを破り捨てることになるのだろう。おれの薄弱な意思によって。

だが、あるいは桂と二人ならば。対抗できるかもしれない。あの怪物もまた銃で殺せるのだ。〝あの男〟がしたように。

そしてこの件に決着をつけたならば。あの行いについて報告をすべきだろう。だが誰に打ち明ければよいのか。もしまだあれが残っているのならば、おれはあれを何としても破壊したいのだ。

誰もがおれを狂人だと考え、まともにはとり合わぬはずだ。そうしているうちに、あの計画を知られてはまずい者たちが、おれを殺しにやってくるだろう。桂、おれはそれが怖いのだ。お前を巻き込んでしまうことは本意ではない。だが、伝えねばならない。そうしなければ、何か大きな破滅がこの先に待ち受けているにちがいない。

そうだ、だからおれは桂とともに、この一件に決着をつけるのだ』

「支離滅裂だな」

ハーンは一枚目を読み終え、それを富吉に手渡すと、二枚目を開いた。そこにはただ、以下のような文字と数字が記されていた。

『イガタノシマ　1306　3463』

「何だこれは、暗号の類か……？」

「ハ、ハーン＝サン。たぶん、森下のやつは、やっぱり狂ってたんじゃないですかねえ」

一枚目を読みながら、富吉の顔は青ざめていた。

いつの間にか日は陰り、鶫たちの鳴き声も消えていた。

その時。

ＳＭＡＡＡＡＡＡＳＨ！

突如、一階で木材の砕け散る激しい音が鳴った！

少し遅れて、二頭の馬の嘶き声が聞こえてきた！

「ヒッ！　な、何だ⁉」

富吉が狼狽（ろうばい）し、悲鳴をあげた。

「富吉、お前は廊下から階段を見張れ！」

ハーンは背負っていたウィンチェスターＭ１８７６Ｚ式ライフルを回転させながら構えて、レバーアクション装塡を行った。ほぼ同時に、書斎の窓を鎧戸ごとブーツで蹴破り、銃口を外に向ける。わずか二秒の早業であった。

だが……屋外に敵の姿は見えない。代わりに、一階居間の壁に大穴が開けられているのが解った。

ハーンは眉間に皺を寄せながら、瞬時の状況判断を行う。

爆発物による攻撃でも原住民による奇襲でもない。何か巨大なものが、一階の壁を突き破ったのだ。

二頭の馬は完全にパニックに陥っていた。富吉の茶馬は泡を吹きながら必死で逃げ出そうとしているが、柱に結わえた手綱のおかげで、どうにか馬小屋にとどまっている。だがシャドウウィングは一目散に逃げて行ってしまったようで、もう視界の外であった。

「シャドウウィングまで逃げたか、只事ではないな……！」

ハーンは脂汗を拭いながら言った。

妖怪狩りの長い相棒であるシャドウウィングは、確かに逞しく精強な軍馬ではあるが、その本質はやはり馬である。並大抵のことでは動じぬが、ひとたび閾値を超えて驚けば、普通の馬と同じく臆病さや繊細さを晒して、この通りパニックに陥ってしまうのだ。

では何が起こったというのか。その答えは明らかだ。二人の追い求める獲物が、向こうから現れたのだ！

「ハーン＝サン！　下で物音が！　まるで竜巻が暴れてるみてえな音だッ！」

次の瞬間、階下からバリバリと木材の破壊される凄まじい音が聞こえ、柱が揺さぶられた。

邸宅そのものがグラグラと軋むようであった。

もはや間違いない！　不可視の怪物が現れたのだ！

「ハーン＝サン！」

見えない何かが暴れ狂い、壁や家具を破壊しながら移動している、それから一瞬だけ、台風の目に入ったかのごとく音が止んだかと思うと……二階へ続く階段をドタ、ドタ、ドタドタドタと駆け登ってきた！　一歩ごとに、荒々しく手摺や漆喰(しっくい)の壁を破壊し、凄まじい風の音を立てながら！

「ああ、ああ！」

富吉は叫んだ！　足が竦(すく)み、動かない！

「死ね！」

ＢＬＡＭ！　ＢＬＡＭ！　ＢＬＡＭ！　ハーンが富吉の横に立ち、二階の手摺から下に向かって闇雲(やみくも)にライフル射撃した。だが甲高い音が鳴り、４１０ゲージ弾が跳弾、富吉の頰(ほお)を掠めて壁に突き刺さった！

「弾かれたか……⁉　まずいぞ！」

ハーンは咄嗟(とっさ)に、富吉ごと書斎に飛び込んだ。次の瞬間、二人のいた場所は手摺とともにズタズタに切り裂かれ、粉っぽい木屑が飛んだ。まるで見えないチェーンソーが振り回されているかのようであった！

「ゲホッ！　ゲホーッ！」

富吉は木屑を吸い込み、涙目になって噎(む)せた！

「分が悪いな！」

ハーンは再装塡を行う代わりに、連射式ライフルを背に回し、コルト・ピースメーカー銃を引き抜いた。彼はこのまま不可視の怪物と銃撃戦を行うつもりなのだ。

「富吉、死にたくなければ窓から逃げろ！　奴の狙いはお前だ！」

「エッ⁉」

「窓から！　飛び降りろ！」

「ハ、ハイ！」

富吉は取り落とした書物や紙片の類を拾い集めると、振り返らず、死に物狂いで窓へと走った。アドレナリンが湧き出し、富吉の時間感覚は泥のように遅くなった。全てがコマ送りのように見え、体が鉛のように重くなる。後ろからは、戸口の砕かれる音と、ゴウゴウと風の逆巻くような音、そしてハーンの銃声が滅茶苦茶に入り混じって聞こえてきた。

「こっちだ！　カマイタチめ、覚悟するがいい！」

ＢＬＡＭ！　ＢＬＡＭ！　ＢＬＡＭ！

ハーンはピースメーカー銃の連射で挑発し、怪物を寝室側におびき寄せようとしているようであった。ハーンの挑発に応えるように、また凄まじい暴風の音が鳴った。だが不思議なことに、富吉は少しも風を感じなかった。

富吉は切り取られた森下の手記を思い出した。もしかすると、今まで突風の音だと思っていたそれは、カマイタチの鳴き声だったのかもしれない。そしてもしかすると、敵も自分たちと同じように、こちらの姿をよく見えないのかもしれない。だから闇雲に家の中を破壊しながら迫ってくるのではないか。

だとすれば、何を頼りに追ってくる。

音か。

富吉は口に手を当て、必死に悲鳴を押し殺した。

先ほどハーンが蹴破った窓の前に立つと、富吉は高さを確かめた。そして心の中で念仏を唱えながら、躊躇（ちゅうちょ）なく飛び降りた。

（南無阿弥陀仏（なむあみだぶつ）！）

元飛脚の壮健なる足のおかげで、富吉は無事に地上へと着地した。

「ハァーッ！　ハァーッ！　ハァーッ！　た、助かったぜ！」

アドレナリンの瞬発力が減衰してゆく。カマイタチはどうなった。富吉は振り返り、上を仰ぎ見た。窓のところにハーンの姿が見えた。負傷している。

「ハーン＝サン！」

富吉が呼びかけた。少し遅れて、ハーンが富吉の横へと飛び降りた。彼は左腕に裂傷を負い、血を流していた。苦痛に顔をゆがめ、舌打ちした。

「ハーン＝サン！　あいつを仕留めたんですかい⁉」

だがその言葉を否定するように、屋敷の二階からは凄まじい暴風の唸りと、ズタズタに切断された書物の紙片が吐き出されてきた。

「伏せろ、富吉！」

ハーンは富吉を押し倒した。

「アイエエエ⁉」

ＫＲＡ－ＴＯＯＯＯＯＭ！

二階の寝室で大爆発が起こった。去り際にハーンが残したダイナマイトが爆発したのである。竜巻の悲鳴のごとき音が聞こえた。森下邸は見る間に炎に包まれていった。

「奴め、ヤドリギでも姿を現さんとは……！　幽霊とはわけが違うな！　体そのものが透明の物質でできているのか！」

「仕留めたんですか⁉」

「おそらく、まだだ！　壁を挟んでいれば、殺しきれまい！　とんでもない大物だ！」

ハーンは興奮気味に息を切らし、富吉の手を引っ張って立ち上がらせた。富吉の手もいつの間にか血に塗れていた。窓から脱出する際にガラスで切ったのか、それとも、気づかぬうちにカマイタチの刃にやられたのであろうか。彼らは前者であることを祈った。

「亜種は特定できた！　ダムドシングだ！　だが装備が足りん！」

ハーンは指笛を吹き鳴らし、必死に叫んだ。

「シャドウウィング！　シャドウウィング！」

だがもはや黒の軍馬の姿は見えず、あの力強い蹄音は帰ってこない。代わりに、哀れな茶馬の嘶き声が馬小屋から聞こえてきた。

「良かった！　馬がまだ残ってますぜ……！」

だが、パニックを起こした貧弱な茶馬に二人が乗ることはできないだろう。カマイタチが生きていれば、追いつかれ、殺されるのみだ！

ビュウウウウ！　と、凄まじい風の音が屋内から聞こえ始めた！　生きている！　カマイタチはまだ生きているのだ！

「富吉、服を脱げ！」

ハーンは富吉の鳥打ち帽を引ったくりながら叫んだ！

「なんですって⁉」

「桂の服を脱いで寄越せ！　奴はその臭いに引き寄せられて来た！」

「わ、わかりました！」

富吉もハーンも、ともに死に物狂いであった。富吉は言われるがまま、大慌てで背広を脱ぎ、手渡した。暴風の音が、否、カマイタチの超自然の周波数の鳴き声が迫ってくる！

「ハーン＝サン！」

「黙っていろ！」

ハーンは茶馬の鞍にそれを括り付け、柱に結わえられていた手綱をナイフで切り、火打ち石で尻尾に火を着けた！　見事な手際！

茶馬は狂ったように嘶き、西手の草原へと走り去った！　少し遅れて、竜巻じみた不可視の轟音が……茶馬の走り去った方向へと遠ざかっていった！

「この隙に逃げるぞ……！」

「ハ、ハイ！」

ハーンと富吉は、燃え盛る森下邸を背に、荒野に向かって死に物狂いの逃走を開始した。苦々しい敗走だった。夕暮れが近く、陽は地平の果てに沈みかけていた。

4

丸焼きにした二匹の野兎の肉汁が滴り、焚き木の上で、ジュウジュウと燃え爆ぜる。その香ばしい煙は、満天の星空へと登る。冷たい夜の風が、巨大な腕のように高原の芒(すすき)を撫でてゆく。

「今夜、奴と決着をつける。さもなくば、間に合わん」

ハーンは腕の傷にヤドリギの軟膏(なんこう)を塗り込み、包帯をきつく巻きながら言った。すでに顔には斑紋が現れ始め、汗がダラダラと滝のように流れ始めていた。多くのカマイタチは破傷風に似た病原菌を宿しており、数時間のうちに猛烈な熱病を引き起こすのだ。ペインキラーを何錠か囓(かじ)ったが、気休めにしかならないことは解っていた。

「ハーン＝サン、大丈夫ですか？」

富吉が不安そうに問い、小泉八雲の後ろにどこまでも広がる暗い薄野を見た。カマイタチから逃げ切ったは良いが、馬とはぐれた二人は、過酷なコロラド州を思わせる大自然の只中に取り残されてしまったのだ。

野外活動の深い知識を持つ二人であるからこうして夕食を調達し、安全に焚火を起こすことができたが、軟弱な都会人であれば夜を越すことも難しかっただろう。

「休んでいる暇はないな」

ハーンは歯を食いしばり、汗を拭いながら言った。

「明後日には桂の有罪が確定する。そうなればもはや、覆らんぞ」

その言葉の通りであった。大隈峠のカマイタチは想像を絶する大物である。そして仮にこれを首尾よく狩れたとしても、それで終わりではない。これを裁判所まで運ばねば、桂の無実を証明することができないのだ。死骸の一部ではなく、その全体を運ばねばならない。

「戸口をくぐる時に体がつかえ、木枠を破壊していた。そこから推測するに……おそらく体長は二メートル強、その体重は二百から三百キロはあろう」

「参りやしたね……仮に仕留めたとしても、どうやって運搬するかですよ」

仮に三百キロ超となれば、人の手では無論、並の馬でも運ぶのは難しいサイズだ。しかも、頼みの綱のシャドウウィングは行方知れずである。最悪、シャドウウィングとの合流までに数日かかることも覚悟せねばならない。

となると、結論は一つだ。

今夜のうちにカマイタチと決着をつけ、明日の朝一番に麓(ふもと)の街まで降りて馬と橇(そり)を借り、数頭建てで運搬するしかないのである。

「あと二時間もすれば、薬草漬けの準備が終わる。それまでは腹ごしらえだ。食っておけ、富吉！　美味いぞ」

ハーンが先に自分の分の兎肉を摑み、嚙みちぎった。

「へい、わかりやした！」

富吉はゴクリと喉を鳴らし、野兎の炙り肉にかじりついた。この先についての不安は無論あったが、塩コショウのきいた野兎肉は、富吉の心から不穏な影を追い払ってくれた。

「たまりませんね」

「うむ」

「ときに……そっちのイタチの薬草漬けは、食用じゃあないんですね？」

ハーンの座る石の横には携行型のガラス瓶が置かれ、その中には牝イタチの死骸がヤドリギの精油と薬草に漬けこまれている。野兎狩りをしている間に、彼らは運良くこの獲物を見つけたのである。

「うむ。これを燃やすことでカマイタチをおびき出せる。先人の知恵だ」

富吉と語らいながら兎肉を食い、強い酒を飲むうちに、次第にハーンの顔色はよくなり、病的な汗は引き始めた。薬が効いたのだろうか。二人は軽く安堵の息を吐いた。

だが、傷が塞がったわけではない。ハーンは痛みに顔をしかめながら、負傷した左手でガンスピンを行い、狙いを定める試みをした。その結果は思わしくないようだった。加えて、銃弾も無尽蔵ではない。携行していたダイナマイトはあの一本で終わり、あとの強力な武器は、全てシャドウウィングの背負う仏壇簞笥に収められているからだ。

「ハーン＝サン、ちなみに、勝ち目のほうは……」

富吉は少し不安そうに問うた。

「奴も手負いだ。今夜中に決着をつけたがっていることだろう。望むところだ」

ハーンはそう言い、兎肉を食い終えると、星明かりと焚火の光の中で装備の最終点検を行った。それも終わると、二人はあと二時間近く、焚火を囲んで暇を持て余すこととなった。シャドウウィングとはぐれたせいで、ハーンには爪弾くためのリュートも、今日のことを書きつけるための日記帳も無い。

やがて沈黙に耐えかねたか、富吉が上目遣いで問いかけた。

「……ハーン＝サン、実は、前々から訊きたいと思っていたことがあるんですがね」

「何だ、言ってみろ富吉。答えるかどうかは、気分次第だがな」

「へい……。話ってのはもちろん、妖怪や幽霊のことについてなんですが。江戸幕府も薩長も、妖怪狩りを推進しているわけじゃないですか。魑魅魍魎の類が生き残っているとあっては先進国とは言えぬ、列強の仲間入りを果たせぬとかなんとかで……」

「奴らはそう言っているな」

ハーンは嚙み煙草を嚙み始めた。

「それで、少なからぬ力を注いできたわけですよ。強化アーク灯やらガトリング銃やらを大量に外国から買い込んで。……なのにどうして、妖怪や幽霊の数はいっこうに減らねえんですかね。……むしろ、開拓地や国境地帯じゃ、歩く死体の報告が増えてきてるんですよ」

「ああ、我輩もそれをこの目で見ている」

「……蠟燭は燃え尽きる直前に、勢いよく燃え上がるっていうじゃ無いですか。今起こってるのはそれなのかどうか、気になってるんです。それで偉いさんたちの言うように、ピークを越すかい？」

えれば、幽霊や妖怪はバタリといなくなってしまうのか。この国からも、綺麗さっぱりいなくなっちまうのか。……それが昔から疑問だったんですよ。ハーン＝サンは、どう思ってるんで

ハーンは何も答えず、厳しい顔で、焚火をじっと見ていた。

富吉は答えを待ちながら、頭を掻き、骨にまだ少しだけ残った兎の肉を歯でそぎ落とし始めた。数分して、富吉がもう諦めかけた時、ハーンはようやく口を開いた。

「英国ではことしカタがついたそうだ。最後の吸血鬼が倫敦（ロンドン）で滅ぼされ、英国王室がこれを公に宣言した……」

「へい、あっしも風の噂で聞きやした。つまり英国全土はいまや強化アーク灯の光に照らされる地となったと……。そして、米国でもすでに妖怪は完全駆除されたと……」

「馬鹿馬鹿しい話だぞ、富吉。牛の糞も同然だ！」

ハーンは笑い飛ばした。

「大陸全土の家々に、水洗便所が行き渡ったと宣言するようなものだ。全ての家々に満足な量の粉ミルクが行き渡ったと言うようなものだ。あの広大な北米大陸全土を、アーク灯の光で照らし出せるとでも？　愚かなことだ」

「でも科学の進歩は恐ろしいくらいに早いじゃないですか。いつか本当に、この世界の隅々が、強化アーク灯に照らされる日が来たら、どうなります？　街灯だけじゃなく、家々にまで小さな強化アーク灯が灯るようになっちまったら……」

「ハ！　我輩の商売は上がったりだとでも言いたいか？」

「いえ、あっしはそうは思いませんね」

「なぜだ？」

　ハーンは食べ終えた兎の骨を折り、薪の燃えさしに放り込みながら問うた。富吉は焚き火から噴き上がる火の粉を見つめながら、しばらく考え込んだ。そしてまた口を開いた。

「光の届かねえ場所ってのは、絶対にあるもんですよ。あっしも、西から東から駆けずり回りながら、それを見てきました。仮に地上がぜんぶ、眩しい光で朝も夜も照らされるようになっても……きっと、暗い場所で新たな妖怪が生まれてくるんじゃねえですかね……？」

「同感だな。本来は子供でもわかる簡単な話だ。薩長政府の奴らも、お前のように汗水垂らして地を駆けずり回ってみれば、それを思い出すかもしれんのにな」

　ハーンは笑った。そして問うた。

「……それで富吉よ、この答えを聞いてお前はどうする？」

「どうするか、ですか？　いえ、別にあっしは、ハーン＝サンみたいな力も無いわけですし、そんな大それた何かを考えてたわけじゃあ……」

「いいか富吉よ、男にとって重要なのは、気概と信念だ。何を信じ、何を為すかだ。干物になりそうなほど暑い夏の荒野で、カラカラに喉が渇いた時に敢えて飲む、焼けるほど強烈なスピリットだ。……たとえ時代の流れが、自分の力では抗いようもないほどの激流へ変わったとしても、男は信念を守るためならば、それに中指を突き立て、自分の道を行かねばならん」

「……もしそれで、完全に時代から取り残されちまったら、どうするんですかい……？」

「我輩の答えは決まっている。妖怪猟兵として最後まで意地を張って戦い、死ぬだけだ」

そして猟兵はガラス瓶の蓋を開け、小さく頷いた。

「お喋りはこのくらいにしておくとしよう、富吉よ。イタチの薬草付けが出来上がった。奴と決着をつける時だ」

「へい」

富吉は覚悟を決めた顔で言った。

二人は焚火を消し、月明かりの下で移動を開始した。

5

カマイタチ狩りの場に選ばれたのは、古い畦道（あぜみち）を抜け、柏の低木林を超えたところにある、小高い丘であった。何百年も前に建てられ放置されたと思しき赤鳥居が、色褪（いろあ）せ、傷つきながらも、まだそこに立っていた。

ハーンはその鳥居に薬草漬けのイタチを吊るし、スカーフで口元を覆ってから火を付けた。

ヤドリギの精油が含まれているため、その炎は神秘的な燐光を放った。

「これを燃やすことで、ダムドシングの雌に似た臭いを発する！　あれが雄のダムドシングならば、発情期が来たように色に狂い、この峠のどこにいようと、まっしぐらに向かってくるはずだ！」

たちまち、猛烈な異臭が辺りに漂い、富吉は嘔吐した。

「うえええーッ！」

「気をつけるのだぞ富吉、脳が溶けそうな悪臭がするからな！」

「へ、へい、わかりやした……！　うえーッ！」

やがて神秘的なイタチの煙は風に乗り、草原の果てまで広がっていった。二人は近くの一本松の影に身を潜め、じっとカマイタチの出現を待った。

二十分ほどして、暴風が近づいてきた。風を伴わない暴風の音が。

丘の下の林の中にいた鳥たちが、一斉に飛び立った。

カマイタチが現れたのだ。不可視の怪物が歩き、芒が左右に押し分けられてゆく。

（ハーン＝サン……！）

（まだだ、ギリギリまで引きつけてから狙撃する！）

（あっしは何をしていれば？）

（このまま周囲を見張っていろ）

（戦いが始まったら、何かしなくていいんですかい？）

（足手まといだ！）

「ホーッ、ホーッ……！」

ビュウビュウという暴風に混じり、興奮した大型類人猿を思わせる荒々しい息づかいが聞こえ始めた。それは間違いなく、発情したカマイタチの唸り声であった。この怪物は二種類の発声器官を持つのだ。

富吉の額から脂汗が垂れる。カマイタチの本能は、この魔術的な煙の誘惑に抗えるだろうか。もしカマイタチがこの罠を見抜き、鳥居ではなく一本松の方に進んでくれれば、勝機は無い。二人は手に汗を握りながら、不可視の怪物の移動痕跡を目で追った。

カマイタチは荒々しく吠えながら……黒焦げのイタチが吊るされた赤鳥居へと向かった。罠にかかったのだ。そしてイタチの死骸が、見えない何かに触れて微かに揺れたのを見ると、ハーンはその頭部があるであろう場所に狙いを定め……ウィンチェスター・ライフルの引き金を引いた！

BLAM！　ヤドリギの精油でコーティングされた弾丸が、炎の軌跡を描きながら一直線に飛んで行く！

「ARRRRRRGH」

命中し、超自然の火花を散らした！

「ARRRRRRRRRRRRRRRRRGH！」

だが仕留めきれず、カマイタチは獰猛(どうもう)に吠え、暴れ狂った！　ヤドリギ銃弾の火花と星空のもたらす何らかの化学線が作用し、一瞬だけ、カマイタチの姿を朧(おぼろ)げに浮かび上がらせた！　直立した熊を思わせる体軀(たいく)と毛並み！　四つの目玉！　その体つきはまさしくイタチのような滑らかさを併せ持ち、所々が鱗によって覆われている！

「アイエエエエ！」

一瞬だけその姿を直視した富吉は、恐怖のあまり悲鳴をあげた！

ＢＬＡＭＮ！　ＢＬＡＭＮ！　ＢＬＡＭＮ！　その悲鳴を切り裂くように、ハーンはありったけのライフル銃弾を撃ち込んだ！　そして弾が尽きると、ライフルを放り捨て、右腕にカタナ、負傷した左腕にリボルバー銃を構えて、突き進んだ！

「覚悟せよ！」

ガリガリと石を切っ先で引っ掻くと、カタナに塗られたヤドリギの精油が燃え上がった！

「ＡＲＲＲＲＲＧＨ！」

カマイタチは怯みもせず、大鎌を備えた毛深い棍棒のような腕で小泉八雲を薙ぎ払わんとした！　両手両足から生えるという巨大な鎌のうち三本は、ダイナマイトの爆発によって砕かれ、残るは右腕の刃物一本となっていた。ハーンは前転し、辛うじてこれをかわし、左の大口径弾を立て続けに三発撃ち込んだ。

ＢＬＡＭＮ！　ＢＬＡＭＮ！　ＢＬＡＭＮ！

「まだ倒れんか、頑固者めが！」

硝煙の臭いがあたりに立ちこめ始めた。ハーンは唸り、滅びの炎のカタナでもってカマイタチと斬り結んだ。彼は何度も斬りつけ、銃弾を撃ち込み、時には泥臭く蹴りつけたが、カマイタチはそれでもなお倒れようとはしないのだった。

「南無阿弥陀仏！　南無阿弥陀仏……！」

必死に念仏を唱える富吉の目からは、ハーンがまるで竜巻そのものを相手に戦っているように見えた。それは何を意味するか？　無慈悲な大自然に対する、ちっぽけな人間の無益な抵抗である。

「ハァーッ！　ハァーッ！　ハァーッ！」

やがてハーンの息が上がり始めた。負傷した左腕では狙いも定まらず、アンブローズ・ビアス・スペシャルから放たれた貴重な一撃は大きく外れ、斜め後方の鳥居に命中した。

反対に、カマイタチの痛烈な体当たりがハーンを弾き飛ばした。ハーンは呻き、薄野に転がった。頭を振り、四つん這いになって立ち上がろうとする。

そこをまた弾き飛ばされた。

「ああ、なんてこった！　ハーン＝サンでもかなわねえ相手がいるなんて……！」

富吉は拳を握り、口惜しげに叫んだ。その声でカマイタチに気づかれたかもしれないが、もうどうでもいい。どのみちハーンがやられてしまえば、自分も遅かれ早かれカマイタチに斬り殺される。

ならばどうする。何を為すかだ。

そのあたりの棒切れでも拾って助太刀にでも駆けつけるべきかと、富吉は考えかけた。

だが、思いとどまった。それはあまりに自暴自棄だ。ハーンは、ここで周囲を見張れと言っていたではないか。果たすべき役目を果たさねばならぬ。

ハーンはまた立ち上がり、大振りの鎌の一撃をかわして、不敵に笑っていた。

「どうしたカマイタチ！　息が上がってきたか⁉　レ・ファニュ式戦闘術を見せてやるぞ！」

猟兵は意地を張っているが、体力の限界が近づいているのは明らかだった。

「ちくしょう……！　なんとか、なんとかならねえものかよ……！」

富吉は天を仰いだ。このままではハーンも自分も殺され、桂は絶望の中でベドラムへと放り込まれて、森下が悲痛な思いで書き残したあの手記も忘却の彼方へと消える！　この全てが水泡に帰してしまうのだ！

「ちくしょう……！」

その時である。カマイタチのあげる暴風の音の遥か向こうで、聞き覚えのある音が聞こえた。幽（かす）かではあるが、確かに、馬の嘶く声と蹄音が聞こえたのだ。富吉の優れた耳は、それを聞き漏らしはしなかった！

「この音は……！」

富吉は一本松をするすると登り、その音の方向に目を凝らした！　そして見た！　ハーンとはぐれて意気消沈し、彼方の薄野をあてどもなく彷徨（さまよ）っていた、黒の軍馬を！

「シャドウウィング！　シャドウウィング！　こっちだーッ！」

富吉は声も枯れよと叫んだ。その呼び声に応えるように黒の軍馬は顔を上げ、進むべき方向を丘へと定め、力強いギャロップを開始した！

「ハーン＝サン！　シャドウウィングだ！　ああ、何て速さなんだ！　まるで黒い砲弾だ！　この世のものとは思えねえぜ！　あと少しだ！　もうすぐ丘の下に！」

富吉が叫んだ。ハーンの耳にそれが届いたのかどうかは彼には解らなかった。仮に暴風の音の壁を超え、ハーンの耳に届いていたとしても、それに答える余裕はなかっただろう。猟兵は歯を食いしばり、死に物狂いで目の前のカマイタチと斬り結びながら、アンブローズ・ビアズ・スペシャルに残った最後の銃弾を撃ち込んだ。

だがそれでもカマイタチは倒れなかった。反撃でハーンは弾き飛ばされ、カタナは薄野の中に転がった。

「ハーン＝サン！　嗚呼！　嗚呼！　やられちまう！」

富吉にはカマイタチの姿は見えなかった。左右に踏み倒されていく芒の軌跡が見えるだけだった。その先で、ハーンは血を流し、無防備に呻いていた。

「シャドウウィング！」

富吉は悔し涙を流しながら、必死で叫んだ。

そうしてカマイタチが小泉八雲のもとへと迫り、いよいよとどめの一撃を繰り出そうとした瞬間……黒の軍馬が風のようにその間を走り抜けた！　ハーンはその背に飛びつき、死の一撃をかろうじて回避していた！

「やった！」

富吉は叫び、ガッツポーズを作った。

ガガガッ、ガガガッ、ガガガッ、と蹄音を轟かせながら、シャドウウィングは鳥居の側へと走り、その間を抜けて大きく旋回した！　前方にカマイタチを捉え、怒りの蹄音を鳴らしながら突き進んだ！

真正面からである！

カマイタチは暴風の唸り声をもって、この挑戦に答えた！

ハーンは馬上で体を起こし、鞍に据え付けられた仏壇簞笥からZ式ライフル銃を取ると、烈火のごとき連射を行った！　そしてこれも撃ち尽くすと、いよいよ最後の切り札、鞍に備わるガス圧式の鎖付ハープーンを発射した！

ＫＡ－ＰＯＷ！

凄まじい銃声が鳴った。長さ一メートルの鋼鉄銛(もり)が、カマイタチめがけて一直線に飛んだ。鈍い貫通音が鳴った。ビチャビチャと、不可視の体液の飛び散る音が漏れた。

刃先が背中側まで貫通するや否や、ゴシック様式のハープーンじみた刺々しい鋼鉄銛は、先端部が四つに展開し、鮮肉フックの如くカマイタチの体に食い込んだ。

もはや引き抜くことは不可能であった。

「ＡＲＲＲＲＲＲＲＲＲＲＲＲＲＲＲＲＧＨ」

暴風の音と重なって、この世のものとは思えぬ、凄まじい断末魔の呻き声があがった。ついに胸を撃ち抜かれたカマイタチは、体を独楽(こま)のようにグラグラと揺らし、大きく後ろに傾いていった。

「ＧＯＤ　ＤＡＭＮ　ＩＴ……」

不可視の血だまりでできた泥の中に、どちゃりという大きな音が鳴った。

シャドウウィングはそれを踏みつけ、走り抜けた。鎖がジャラジャラと鳴り、不可視の怪物が引き摺られてゆく。その鎖はシャドウウィングの鞍の後部にある手巻き式のウインチに繫がっている。ハーンは巧みに黒馬を操り、丘の下を旋回させてカマイタチを引き摺り回した。そうしながら自らは鞍の上で体を捻って、不可視の怪物に対して何発も念入りにライフル銃の弾丸を撃ち込んだ。

十数分後、ようやく不可視の獣はピクリとも動かなくなった。

最後の猟兵は、カマイタチを狩ったのだ。

「ハーン＝サン！　やりましたね！」

富吉が一本松から飛び降り、駆け寄った。

「うむ、ついに仕留めたぞ！　二メートル級のダムドシングだ！　これほどの大物は、アンブローズ・ビアスでも狩ったことがない！」

狩人は満面の笑みを浮かべていた。

シャドウウィングも興奮で竿立ちになり、誇らしげに鼻を鳴らしていた。

「ハーン＝サン、こいつが森下を襲ったカマイタチで間違いないんですよね⁉」

「うむ、まあ待て、仔細をあらためる！」

ハーンは馬の背から飛び降りると、分厚い書物の一冊を開いて、それを読み上げた。

「カマイタチ。峠道の風の吹き溜まりから生み出される、不可視の妖怪。年経るごとに体軀は大きくなり、その気性も荒くなってゆくが、その色彩を人間が見ることはかなわぬ。世界各地に様々な亜種が存在し、北米大陸のそれは先住民たちから妖物（ダムドシング）の名で恐れられる……顔は魚類と類人猿の複合物に近く、複眼……」

ハーンは月明かりの下で目を凝らし、しばしば特別なランタンでその死骸を照らして、各部の特徴などを調べ、新たな発見を書き加えていった。この夜の狩りを特別なものとするために。富吉は精神の安寧のために、あえてカマイタチの真の姿を間近で見ようとはしなかった。

やがて記録を終えると、ハーンは満足げに書物を閉じながら、そこに書かれていた最後の一節を読み上げた。

「亜種によって性質は様々だが、共通の特徴として……その毛は最高級の筆の材料となる」

5

翌々日。和歌山地方裁判所は、異様な雰囲気に包まれていた。

何が異様かといえば、強烈な獣の臭いを放つ空っぽの檻が、桂の無実を証明するための重要な物的証拠として、法廷の真ん中に運び込まれたのである。

桂の再審議のために、ハーンはこの獲物を銛撃ちにし、シャドウウィングに引き摺らせてきたのだ。今回の依頼を達成して報奨金を得るためには、カマイタチの一部ではなく、その死体を丸ごと運ぶ必要があった。そして市街にたどり着いてからようやく檻を調達し、その中に収めたのである。

その透明の怪物には、確かに質量があった。破傷風菌を恐れないならば触れてみろとハーンは言った。皆が尻込みする中、地方判事中島は革手袋を嵌(は)めてカマイタチの死体をあらためた。

そして青ざめた顔で水を飲み、襟元（えりもと）を正してから、法廷の中央に戻った。

「よいですか皆さん！」

地方判事は悔しげに歯軋りしながらも、檻を指差し、熱弁を振るった。

「私は認識を改めねばならなかった。何故ならば、いままさにこの目で見、触れたのです。この世界とは異なる位相の次元に生きる妖怪、カマイタチが、すっかり文明化されたと考えられていたこの一九世紀末の日本にもなお存在し、大隈峠をそのねぐらとしていた事を！　そしてそのカマイタチは、ここにいる妖怪猟兵、小泉八雲の力によって狩られたのだ！」

中島は堅物で知られる冷酷な判事であったが、逆に言えば、ひとたび判決を覆すような重要な物的および科学的証拠が示されたならば、どれほど自分が気に食わぬことであろうと、公正な裁きと法の執行が行われるべきであろうと考える類の男であった。そうした意味において、この中島という判事もまた、日本西部に生きる真の男の一人であったのだ。

「ではよろしいかな、陪審員の皆さん、これより再審議に入ります」

中島は陪審員たちに言うと、コップを置き、檻のそばにいる小泉八雲のもとに向かった。

「我輩の役目は終わりだな」

「そうだ、これより再審議に入る」

「地方判事、公正な裁きを願う」

「貴様に言われずとも、それが私の仕事だ。それにな」

「何だ？」

「ここは禁煙だ。とっとと失せろ」

ハーンは笑い、法廷に背を向けて歩き始めた。

「縁があればまた会おう、中島判事どの」

猟兵の後ろで、法廷の重い扉が閉ざされた。

ハーンはシガレットの煙を吹かしながら、大理石の床を歩いて、和歌山地方裁判所の前の石階段を下りた。

近くの路上には「幽霊十両」「妖怪五十両」の毛筆旗竿と弾薬庫のごとき仏壇簞笥を背負ったシャドウウィングがいて、その周囲には、銛撃ちした獲物を檻に詰め込んだときの作業の跡がまだ残っていた。

好奇心に駆られた市民らがそれを取り巻き、目聡い写真屋が無許可で撮影ビジネスを始めていたが、葵(あおい)の御紋(ごもん)を背負う不吉な偉丈夫が現れると、そそくさと離れていった。そして市民らは物陰からこの猟兵を睨み、小さな罵り声を浴びせるのだった。

ハーンは石段に座り、上機嫌でシガレットをふかし続けた。

そこへ、役場の方から茶馬が近づいてきた。

乗っていたのは富吉だった。

彼はハーンの横に座り、携えていた長崎からの電報複数を見せた。

いずれも、日本西部でこの数週間のうちに起こった怪事件の数々であった。ひとつひとつを吟味するように読んだ後、

「機会があれば、立ち寄ろう」

と言って、ハーンはそれらを全て革製の防水筒に収めた。

代わりに、胸元から一枚の封筒を取り出して、富吉に渡した。

「こいつぁ、何ですか？」

「例の森下文書を覚えているか。切り取られて捨てられていた、あの二枚の紙を」

富吉は森下の手記と、あの謎めいた暗号のようなものを思い出した。

「ああ……！　そういやあ、証拠として提出するのをすっかり忘れちまっていましたね」

「敢えて提出しなかったのだ。これを渡してもらいたい相手がいる。お前の元飛脚の能力を買ってな」

「へい、お安い御用ですぜ。あっしは東西国境と長崎を行ったり来たりしてますからね。……で、こいつを誰に渡せばいいんです？」

「イザベラ・バードと言う女だ」

ハーンが書状を握らせ、富吉がそれを懐に仕舞うのとほぼ同時に、法廷側から声が聞こえた。

桂の無罪が確定した瞬間であった。

鋳型の島

「何だこれは」

ハーンは汗を拭い、忌々しげに噛み煙草を吐き捨てた。

広間の壁に埋め込むようにして設置されていたのは、真鍮で作られた奇怪な鋳型であった。

この鋳型は全部で四個並んでおり、そのうちの一つには、激しい焦げ跡が認められた。

サイズが違えばまだ、可愛げのあるラバー人形の製造型にも見えたかもしれない。だが恐ろしいことに、その型は完全に人間の成人に等しい背丈を持っていたのだ。

それは古代ドルイドの生贄儀式で用いられたウィッカーマンの如く直立し、頭部からチューブによって液体を満たす仕組みであった。またこの鋳型の周囲を、ケロッグ博士の電気治療コイルを思わせる奇妙な銅線がぐるりと取り囲んでいた。

「これは何だ、何を作ろうとしていた……」

表面には血と粘液と汚物で覆われた銅板があった。ハーンは革手袋をはめた拳でそれを擦った。型番と思しきカタカナと数字が現れた。その下に「Noppera-Bo」と。

その文字列を見て、ハーンは眩暈を覚えた。

「ノッペラボウをか……？」

歴戦の妖怪猟兵の額にも、流石に脂汗が滲んだ。ノッペラボウはそれを見た常人の精神を狂気へと至らしめる、残忍で恐るべき妖怪だ。この研究施設を作った者は、それを大量生産しようとしていたのか。

「人間を鋳型に嵌め、妖怪に変えようというの……？」

その隣、大型の鋳型で作ろうとしていたものについて、ハーンはおおよそ察しがついていた。何故森下文書にこの「鋳型の島」の座標が記されていたか、それを考えれば、答えは何も難しくはない。

付き従っていた富吉が、恐る恐る他の装置の銅板を拭うと、そこには「Kama-Itachi」の刻印があった。その横には「Zikinin-Ki」……富吉は身震いし、今すぐにでも全てを放り出して帰りたい気分になった。

「ヒイ、カマイタチまで……」

森下はかつて、堕落した妖怪猟兵を自らの邸宅に招き入れ、大隈峠のカマイタチ狩りを行う手助けをしてしまったのだ。カマイタチは通常三匹で行動する。峠に残されていたのは、その生き残りだったのであろう。

「富吉よ、森下の線をさらに洗わねばならんな」

「へい……」

バシュン、バシュン、バシュン。

二人の後ろでイザベラはフラッシュを焚き、これらの装置や実験施設の全貌を余さず写真撮影していた。彼女はいつもの冷静さを保ったまま、淡々とそれらの作業を続けた。

「仮にですよ、ハーン。誰かが、人為的にこれらの妖怪を作り出せるようになったとしたら、何が起こると考えます。それも〈メアリー・シェリーの電気学的偶然〉に依ってではなく、人為的に、かつ大量に」

「決まっている。軍団だ」

ハーンは吐き捨てるように言い、足元に転がるヘッドギア状の真鍮細工を蹴り飛ばした。それはガシャン、ガシャンと騒々しく鳴り、空っぽの洞窟に響き渡った。

「一年、いや半年も経たぬうちに、人造妖怪や不死者の軍団が出来上がる」

「そうでしょうね。では……不幸中の幸いにして、実験は失敗に終わったのでしょう。この施設は少なくとも遺棄されてから一年以上は経っています。しかし私の知る限り、そのような動きは東西どちらにも見られません」

「だといいがな……」

ハーンの目は、様々な化学実験器具や薬剤が置かれた棚に注がれた。そこには、かつて彼が京都の見世物小屋で見つけたあのエリクサー瓶が何本も置かれていた。すぐ近くには腐った液体が注がれたままの木樽もあった。

「富吉、あの瓶を持っていけ。解るな」

「へい」

「一連の事件の背後にいる連中について、おおよそ見当がついた」

とハーンはイザベラに言った。

「誰です?」

「柳田の一派だ。……お蔭、あれを持ってこい」

ハーンはお蔭を近くに呼んだ。お蔭も険しい顔をしていた。彼女は影の煙のように静かな足取りで近づき、背負った仏壇簞笥を彼に向けた。

「何をするつもりかしら、ハーン?」

イザベラが片眉を吊り上げた。

「ダイナマイトで木っ端微塵に破壊する。この呪われた工廠をだ」

「エッ」

富吉は絶句し、エリクサー瓶をとり落としそうになった。

「何のためにです?」

イザベラが問うた。

「二度とは使えぬようにだ」

とハーンは答えた。

イザベラは肩をすくめた。

「おそらく、あなたのその行動に意味はありませんよ。既にここは遺棄されているのですから。もしこの禁忌的研究を続けようという者が生き残っているなら、既にどこか別な場所で、別の実験施設と装置をこしらえているでしょう。ここを破壊しても、その者たちにとっては痛くも痒くもないはずです。それでもやるのですか?」

「やるとも」

ハーンはここを完全に吹き飛ばすために何本のダイナマイトが必要かを見定めるため、洞窟内をぐるりと見渡した。

「何故です?」

イザベラは問うた。だがその答えは聞くまでもないように思われた。

「腹が立つからだ」

「珍しく気が合いますね」

イザベラが返した。

「エッ、バード＝サンまで?」

富吉は困惑した。イザベラの青い瞳には、隠しきれぬ怒りの表情が浮かんでいた。

「この冒瀆的施設が神の目に触れる前に、地上から消し去るべきでしょう」

然して三十分後。山口の沖合北東に浮かぶ小島でダイナマイト爆発が起こり、その洞窟内に隠されていた実験施設と発電装置は木っ端微塵に破壊された。

アメイジング・デッドガール

1

自由交易都市「京都」。強化アーク灯の光届かぬ南禅寺の近くに、サウスイースト・ビリーヴ・オア・ノットと呼ばれる三階建ての大きな見世物小屋がある。

かつては拷問蠟人形や剝製人魚といったシケた偽物が展示の目玉であったが、五ヶ月ほど前から催され始めたとある奇怪な出し物が、京都市民や旅行者の耳目を集めていた。

「さあさ、紳士淑女の皆さん、お立会い！　いよいよアメイジング・デッドガールの登場でありまァす！　ただし、心臓の弱い淑女の方はご注意を！　ショックのあまり心臓停止してお亡くなりになっても、お金は一切支払いませェん！」

薄暗がりの中、道化師じみた化粧の男がハンドベルを鳴らし、がなり立てた。その腹周りは太く、派手なジャケットのボタンも全く留まらない。口元には隠しきれない笑みが張り付いている。この興行でさぞ儲けているのだろうと観客たちは容易に推測できた。

「現れよ！　アメイジング・デッドガール！」

銅鑼が鳴らされ、ステージの緞帳が開いた。

傾いたシャンデリアの蠟燭に照らされて現れたのは、鎖付きの首輪を巻かれた、透けるような白肌の少女であった。年の頃は十二歳ほど。仏蘭西人形のように豪奢な黒いドレスを着せられていた。

観客はまず、その美しさに息を飲んだ。そして少し遅れて、何故彼女がアメイジング・デッドガールと呼ばれているのかを理解し、今度は恐怖のあまり息を飲んだ。

よく見ると、少女の額には銃痕と思しき穴が開き、一方の眼球は裏返って、ほとんど白目を剝(む)きピクピクと痙攣(けいれん)していた。だがもう片方の瞳はあどけない可愛らしさをたたえ、緑がかった微かな燐光を放っていたのだ。

「おい、あの傷跡……まさか本当に」「いいえ、死体が動くはずはありませんことよ。特殊なメイクと芝居に決まっておりますわ」「だとしたら、なんと真に迫った見世物だ……！」

観客らは小声で囁(ささや)き合い、固唾(かたず)を飲んでショウの成り行きを見守った。

アメイジング・デッドガールは首を傾げたままヨタヨタと歩いた。そしてステージ中央に置かれたテーブルにもたれかかると、物欲しそうに指を口元に運び、夜伽(よとぎ)女の吐息の如く小さく妖しげな声で唸(うな)った。

「……Arrrgh」

幽玄！　その声に、その動きに、その容姿に、観客は思わず溜息をついた。この世のものとは思えぬ猥雑さと背徳感がステージ上に満ちていたのだ。

「良いかな皆さん！　この生きながらにして死んでいる類稀(たぐいまれ)なる少女、アメイジング・デッドガールの哀しき生い立ちについて、ひとつ語らせて頂きたい！　生まれは米国アリゾナ州の開拓地、トゥームストーン！」

支配人は芝居掛かった口調で、彼女の生い立ちを語り始めた。その語り口を聞き、やはりこれはただの見世物なのだと観客たちは安心し、小さな笑みを作った。この少女はどう見ても異人の娘ではない。顔立ちは日本人の特徴を有している。確かに風貌や動きは日本人離れ……いや、人間離れしているが……それは全て芝居なのだ。

「名前はわからない！　貴族の家に生まれた美しい娘だったが、問題がひとつ！　生まれながらにして死んでいたのだ！　敬虔なクリスチャンであった両親はこの娘を教会に預けることにした！　ところが教会はならず者の襲撃を受けて壊滅！　それから誰の手を渡ったかは不明だが、神戸行きの貿易船の船艙に宛先不明の棺桶がひとつ積み込まれており、アメイジング・デッドガールは海を渡った……！」

観客はその口上をほとんど聞き流し、アメイジング・デッドガールの一挙手一投足に魅入っていた。夢遊病めいた動きや、人形の如き無表情や、突然の痙攣や、テーブルの上に置かれた血の滴る牛の生肉に嬉しそうに齧り付く恐怖の光景などに。

観客の中でこれが本物の屍体だと信じる者は、皆無であっただろう。何故ならここは京都。文明圏である。文明の光の下を幽霊が歩むことなどあるはずがないのだと、この見世物小屋に入った誰もが考えていた。

2

入れ替えで最後に出てきたのは、フロックコートを羽織った神戸紳士二人であった。一人の男は迅速現像されたばかりの白黒写真を手に持っていた。二十両の追加料金を支払い、アメイジング・デッドガールと握手、および記念撮影を行ったのだ。

「……凄かったな、君」

「いやまったく、驚いた……」

群衆の間を抜けながら、二人は神妙な顔で囁き合った。

「……ときに君、あれが本物だったなんて思ってはいないよな？　本物というのはつまり、あの少女が本当に死んでいて、あの氷のようにひんやりとした手の温度も、額の銃弾痕も、座長が語った生い立ちも、ぜんぶ本物だったということだぞ」

「まさか！　この時代に死体が歩くなんてことを本気で言う奴は、正気を疑われるよ。それか、東部の田舎出身の田吾作(たごさく)だと思われて笑われるか、どっちかだ」

男は笑ったが、もう一人はまだ深刻そうな口調であった。

「だが噂によると、今でも未開の荒野や開拓地では、ちゃんと埋葬されなかった死体が起き上がって悪事を為すそうじゃないか」

「昔の話だろう。アーク灯が発明されるよりずっと前の時代さ。そういう事もあったかもしれないが、今ではもう想像もできない。まあ我々の知った事ではないということさ。過去の時代の闇だね。じきに押し流される。エジソン社製の水洗便所のように、綺麗さっぱりとね」

そのまま橋を渡り、アーク灯の光煌々(こうこう)たる京都中心街へ向かおうとする二人の紳士。だがその直前、一人の女が追いすがった。

「あの、すみません……！」

「何だ、客引きか？」「悪いが、我々はもう上等な花魁宿(おいらんやど)を取ってあるんだ」

二人が振り返ると、そこにいたのは質素な旅行服姿の夫人であった。裕福そうには見えないが、サルーンで客を取るタイプの女でもない。田舎の街道町に住んでいるような、信心深く、堅実で、家族のために尽くす、古き良き気質の女と見えた。

「呼び止めてしまってすみません、お願いしたいことが……」

「おっと、これは。旅の方かな？」

神戸紳士たちは頭を下げた。

「何かお困りのご様子ですが、京都は初めてですかな？　道に迷われましたか？」

「お願いです、記念写真を見せてくださいませんか？」

「ん？　写真だって？」

「はい。不躾ですが、あなた方があの見世物小屋から出てくるのを見ていたんです。すぐにお声をお掛けしようと思ったのですが、人混みのせいで思うようには近づけず」

「ハハハ、構いませんよ。しかしこの辺りは薄暗いし物騒だ。どうですご婦人、あちらの大通りまで、このまま一緒に出ませんか？」

神戸紳士は紳士的に微笑みかけた。

「いえ、田舎から出てきたもので強化アーク灯の光は苦手なのです。それよりも、どうかお願いです。その写真を見せていただけませんか……？」

女は笑みも返さず、思いつめたような顔つきで繰り返すのだった。

二人は少し気味が悪くなり、ちらりと目で合図を交わした。何故この女は、これほどまでにアメイジング・デッドガールの写真を見たがっているのか？　見世物小屋のチケットを買う金も持ち合わせていないのか？　だとしても、たかが見世物に何故ここまで血眼になるのか？

（おい、なんだか妙だぞ）（ああ、解ってるとも）

さっさとこの場をやり過ごそうと相棒に耳打ちしてから、神戸紳士の一人は記念写真を女の前にそっけなく突き出した。

「さあ、どうぞ」

「これは……！」

写真を見た女は声を失い、今にも失神しそうな顔を作った。

「おやおや、心臓の弱い方でしたか……？　これは失礼を」

神戸紳士はそう言い、写真をポケットに仕舞ってそそくさと踵を返した。

女は一人、茫然自失となってそこに残された。彼女が言葉を失ったのは、アメイジング・デッドガールの写真に恐怖したからではない。

そこに写っていた少女が、死んだはずの己の娘に酷似していたからである。

3

一八九九年、八月下旬。長崎で路銀を稼いだハーンは、遠野へと向かう旅の途中、京都に滞在していた。彼が贔屓にしている宿はいくつかあるが、どれも大通りからは一本外れた、裏通りの運河沿いにある。

その一つがこの吉田屋であった。芸者遊びやスキヤキといった華々しさとは無縁だが、旬の料理を提供し、出自にかかわらず全ての客を客として平等に扱う……そのような気概と礼節を併せ持つ、昔気質の宿である。宿の軒先には「幽霊十両」「妖怪五十両」と書かれたハーンの幟が立て掛けられ、妖怪猟兵の滞在を告げていた。

「しかしまあ、幟もえらい減ってしもうたもんや。寂しい寂しい」

老店主は鰻を焼く七輪を団扇で扇ぎながら、その旗の侘しげに揺らめくのを見て、世の儚さと時代の流れを思った。かつては妖怪猟団の十数本の旗が吉田屋の前に並び、勇壮にはためいたものだが、今ではボロボロに吹き曝されたハーンの幟のみである。

そして今、まさに妖怪猟兵の力を必要とする女が、運河沿いの薄暗い枝垂れ柳の道を歩いてくる所であった。先ほど神戸紳士たちからアメイジング・デッドガールの写真を見せられた、旅行服姿の女である。

その名は文子と言った。

「間違いないわ。写真に写っていたのは、間違いなく……」

文子は俯きがちに運河沿いの暗い道を歩き、吉田屋の前を通りかかった。

「でも、いったい誰に頼ればいいの……。気が狂っていると思われて、アサイラムに入れられるに決まっているわ……」

「ご婦人、浮かない顔で、どうしはりました?」

老店主が見かねて声をかけた。

「今晩の宿が決まってへんなら、うちにしたらよし。いい鰻焼いてますさかい」

「え……」

文子は顔を上げた。吉田屋の軒先に揺れる幟が、真っ先に彼女の目に飛び込んだ。

「幽霊十両……妖怪五十両……。この幟、もしかして……」

「ン？」老店主が団扇の手を止めた。「知ってはりますの？　この旗」

「ええ、噂に聞いたことがあります。徳川幕府の命令の下、軍馬に乗って未開の荒野を渡る不吉な猟団があったと……。大公儀(おおこうぎ)魑魅魍魎(ちみもうりょう)改方(あらためかた)、通称が……」

「猟兵(ヤーヘル)」老店主は自慢げに答えた。「そりゃもう、男前な連中でしたわ。必要経費さえ支払われれば日本中を駆け巡って、動き出した死体やら、丹波山の天狗(てんぐ)一揆(いっき)やら、都市に作られたノッペラボウの巣やらを駆除してくれはりましてなぁ。こんなこと、あんたみたいな若い人に言っても信じられへんやろけどなぁ、昔は京都にすら魑魅魍魎の類がぎょうさんおりましたさかい。うちも一度、助けてもらはりましたわ」

「嗚呼(ああ)、彼らは本当にいたのですね……！」

文子の表情が明るくなり、すぐに怪訝(けげん)な顔に戻った。

「でも、何年も前に壊滅したと聞きましたが……」

「表向きには内乱で全滅した事になってますが、一人だけ生き残りがおりましてん。これがまた、偏屈でけったいな、異人の偉丈夫(いじょうふ)でしてなぁ。別にこんな因果な商売続ける義理もないのに、一人で妖怪狩りを続けてますのや。地獄の閻魔(えんま)大王(だいおう)様も、こんなんよういらんわと言って、ノシつけて地上に送り返すような難儀な男でしたさかい。その最後の妖怪猟兵、小泉八雲が、いまうちに泊まってはりますのや」

店主は止めていた団扇を動かし始めた。

文子は小さく何事か呟いてから頷き、この僅かな希望にすがることにした。

「小泉八雲殿の宿泊されているお部屋を、教えてくださいませんか？」

4

瀟洒な調度品が置かれた畳部屋の真ん中に蠟燭を一本立て、ハーンは文子と向き合っていた。部屋の隅には、長い髪に黒い和服の女助手、お蔭が、背筋をピンと伸ばし、一言も言葉を発さずに座っていた。

「実は、かくかくしかじかでございまして……」

文子は一部始終を妖怪猟兵に告げた。

「その記念写真を見る限り、南禅寺近くの見世物小屋にいるアメイジング・デッドガールこそは、死に別れた私の娘、しずるに間違いないと思った次第なのです……」

「なるほどな……。娘はいつ、どこで死んだ？　そして、それは確かなのだな？」

ハーンは分厚い日記帳に松山鉛筆でメモを取っていった。

「はい、確かです。娘が死んだのは今から六ヶ月前。関ヶ原の国松峠でございます」

「関ヶ原といえば……東軍西軍の緩衝地帯、ノー・マンズ・ランドか」

「はい」

「確かに、供養もされず放置される死体が多い場所だ。そういった場所で死んだ者は悪霊を引き込み、動く死体なって再び立ち上がる。……文子とやら、お前と娘はノー・マンズ・ランドで厄介ごとに巻き込まれたのだな？」

「はい、厄介事というよりは……」

「東から違法な亡命を狙っていたか？」

「……その通りです。わけあって東部の街道町には居られなくなりましたので、夜陰に乗じて峠道を抜け、京都まで亡命しようと思ったのですが……運悪く、娘は見張りの兵士に額を撃たれ……それが致命傷となりました。しずるは、まだ十二歳でした」

　しばし、喪の沈黙が部屋を満たした。

「状況は概ね理解した。それで我輩に依頼したい事とは？」

　ハーンは〈赤い石〉の煙管(きせる)を吹かした。かつてミネソタ州で邪悪なサンダーバードを滅ぼした際に、スー族の英雄から譲り受けたものである。

「我輩は妖怪猟兵、ハンターだ。我輩は殺し屋でも、探偵でも、戦争屋でも、ましてや埋葬業者でもない。受けるのは、狩りの依頼だけだぞ」

「存じております。これは狩りの依頼でございます。狩りの標的は私の娘。……動く死体と化してしまったしずるを狩り、安らかな眠りにつかせていただきたいのです」

　文子は続けた。

「姿は確かに私の娘ではありますが、見世物小屋で奴隷のように使役されております。その苦しみから、どうか解放してやって欲しいのです」

「あらかじめ言っておくが、成仏やら救済やら奇跡の復活やら、そういった救いは、この先には待っておらんぞ。もし少しでも期待しているならば、全て捨てておけ。外見はいかに生前の姿をとっていようとも、それを動かしているのは別の低級な幽霊の一種。もはやアメイジング・デッドガールは、記憶も、良心も、人間性も有してはいないのだ」

「はい、存じております」

と、文子は気丈に頷いた。

「東部の故郷でも、昔から歩く死体についてはそのように言い伝えられておりましたので。まさかこのような事になるとは思ってもみませんでしたが。……既にしずるは死んだと考え、私の中でも諦めがついておりました。娘を失った悲しみは永遠に消えるものではありませんが、それはもう動かしようのない事実ですから、理解しております」

僅かに言い淀み、文子は続けた。

「しかしそれが動く死体として蘇り、見世物にされていたとあっては、我慢なりませぬ。どうか、どうか、しずるを……いえ、アメイジング・デッドガールを狩り殺していただきたいのです……！」

ＡＬＡＳ！　何たる悲運であろうか！　死んだはずの我が子とこのような形で再会を遂げることになろうとは！　文子ももしかすると、最初は微かな望みを抱いて見世物小屋に向かったのかもしれない。娘を再びその腕に抱けるかもしれないと。だが実際のところ、彼女に残されていた選択肢は、それを狩ってくれるよう妖怪猟兵に依頼することだけだったのだ……。

「ウウーン」

部屋の隅ではお蔭が手拭いを噛み、黒目がちな目を潤ませながら、首を横に振っていた。そして、何としても彼女を助けてあげましょうと言いたげに、ハーンのほうをちらちらと見るのであった。

「フゥーム……」

だがハーンはすぐには答えを返さず、しかめ面で煙管を吹かした。

そして何も言わず、厳めしい妖怪猟兵の表情のまま、蒼い隻眼で文子の顔をじっと見つめていた。彼が即答しなかった理由は幾つかある。

まずは、京都神戸の法律だ。ここは狂った自由交易圏であり、生きている者であろうと死んでいる者であろうと、ひとたび市民の所有物となった商品を損壊することは重罪となる。仮に文子の言う通り、娘がゾンビーとなっており、それを狩り殺した場合でも、京都の法においてはハーンが有罪となる。追われる身となり、暫くは京都に立ち寄ることもできなくなるだろう。

そして何より、このような奇妙な依頼を受けるのは、ハーンにとっても初めてのことであったからだ。彼の目は節穴ではない。徒労に終わると解っている依頼を受ける気はない。ハーンはお蔭を一瞥した。彼女も既に、この依頼のナンセンスさに気づいているようであった。

だが……やるべきだ。この依頼を受けずして、何が妖怪猟兵か。腹の底からそのような声が聞こえてきた。内なる信念（グリット）の声だ。するといつものように、ハーンの持つ生来の反骨心がそれに呼応し、自らあとに引けぬ状況へと進んで行くのである。

「報奨金は払えるのだろうな？　幽霊十両、妖怪五十両」

「はい。今は生憎（あいにく）持ち合わせがないのですが、越境亡命のために貯めた金を、とある場所に隠してあります」

　文子は毅然（きぜん）とした表情で言った。ハーンはその答えを聞き、意外そうに眉根を寄せた。だが文子の目からは、嘘をついているような兆候は読み取れなかった。

「ですが、こうなってはもう使うあてもありません。後払いでよければ、必ずお支払いいたします。絶対です。一度した約束は違（たが）えてはならない……違えれば一時は乗り越えられても、死んだ後に必ず後悔する……幼い時から、親からもそればかり言われておりましたから。この東部気質に免じて、どうか」

　長い沈黙の末に、ハーンは煙管を仕舞いながら言った。

「……解った」

　彼もまた自らの矜持（きょうじ）を違えることのできぬ男なのだ。

「依頼を受けよう」

「あ……」文子は深々と頭を下げた。それまでの張り詰めていた緊張の糸が一気にほどけたのか、目から涙が溢れた。「ありがとうございます……！」

「その姿勢はやめてくれ」

ハーンは居心地が悪そうに顎鬚（あごひげ）を掻いた。

「どうも苦手だ」

「わかりました」

文子は頭を上げ、涙を拭った。彼女はもうそれ以上泣かなかった。お蔭はホッとしたような顔を作っていた。

「さて、問題はいつ動くかだ。下調べをせねばなるまい。正体についてな」

「下調べ？　アメイジング・デッドガールの正体についてですか……？」

文子は目を細めた。まだ自分の言葉を信じてもらえていないのかと言いたげに。

「いや、より正確に言うならば幽霊の細分化だ。種類によって効率的な退治方法が異なる。お蔭、日記帳を！」

ハーンはお蔭を手招きし、ピンカートン時代の日記帳やアンブローズの残した分類辞典の写しを持ってこさせ、それらの文献や奇怪なスケッチなどを片端から検索し始めた。

実際こうした幽霊譚の多くは、事実誤認の取り違えである。家族を失った心的外傷によって、依頼者が他人の空似である子供を「自分の子だ」と言ってしまうのだ。しかし今回、状況が状況であるだけに、ハーンはその可能性をはなから除外していた。幽霊が関わっているのは最早間違いないという前提のもと、彼は手練（てだ）れの妖怪猟兵として、見事な手際で可能性を絞り込んでゆくのだった。

「……動く死体は、死人憑き、ゾンビー、ブードゥーなどとも呼ばれる。いずれの場合も低級の幽霊だ。しかし問題は、憑依している幽霊が低級に過ぎるため、大人しく見世物小屋で使役されるはずがないのだ！」

「つまり、しずるを捕えて使役している者の正体も知る必要があると？」

「そうだ。よほど幽霊や妖怪の扱いに手慣れた者が裏にいなければ、必ずや事故を起こすはずだ。だがアメイジング・デッドガールの興行は……うむ、少なくとも五ヶ月は続いている。仮に死後六ヶ月経っているとして……これほど長い期間にわたって、見世物の興行に耐える水準の屍体が現存し続けているというのも不可解！　何故だ？」

　ハーンは首を捻った。決定的な手掛かりが不足している。

「文子、お前はその見世物小屋を覗いてはいないのだな？　その記念写真とやらを見ただけなのだな？」

「はい、恥ずかしながら入場料を持ち合わせておらず、中には入れませんでしたが……アッ」

　そこまで言いかけ、ふと、文子はあることを思い出した。

「入れなかったが、どうした？　何でもいい、手掛かりになるかもしれん」

「写真を見た後のことです。どうにかして中を覗けないかと見世物小屋に戻り、裏口の方を調べておりました。その時、薄汚い馬車が裏手につけたのです。私は何か不安感を覚えて、物陰に隠れました。降りてきたのは、インバネス外套に山高帽の男で、見世物小屋のヤクザ者たちを呼びつけ、馬車から荷物を降ろさせました」

「積荷は何だ？」

「薬壜や……樽の類でした」

「インバネス外套に、山高帽の男……薬壜に樽だと……？」

それは妖怪猟兵団の幕府制式装束を連想させる。ハーンの隻眼が鋭く光った。柳田の反乱の光景が脳裏にフラッシュバックし、喉の奥に苦い憎悪の味が込みあげてきた。

「なるほど、筋が読めてきたぞ！　その男はどうした？」

「荷物と一緒に、裏口から、見世物小屋の中へ……」

「ＳＨＩＴ」

ハーンは分厚い日記帳を閉じ、立ち上がった。

「急がねばならん！　今夜のうちにアメイジング・デッドガールを狩り殺す！」

5

「どうなってやがる！　もう次の回の客が入っているんだぞ！」

外で呼び込みをしていた支配人がスケジュールの遅れに気づき、血相を変えてステージ裏の階段を登った。道化師じみた笑顔の化粧とは裏腹に、その表情は殺気立っている。

「プハーッ！　くそったれめ！」

支配人はぬるいビールで喉を潤し、空いた瓶を放り捨て、太鼓腹を揺らしながら階段を登っていった。手下のヤクザ者たちは支配人の怒りに触れないよう、目を伏せて左右に道を開けた。

「アメイジング・デッドガールの準備はまだか!?　これ以上怪力男のショーなんぞで場を持た

せられると思っているのか⁉」

支配人は床板を軋(きし)ませながらドカドカと廊下を進み、控え室のドアを蹴り開けて、そこにいた衣装係の襟首(えりくび)をつかんだ。

「し、支配人、すみません！」

「ええい、貴様か⁉　貴様が油を売っていたせいか⁉」

「ヒイ！　違います！　ま、まだ樽に入ったままです！」

目元に痣を作ったヤクザ者が、奥の薄汚いレースカーテンを指差した。

「何だと⁉　ということは、化粧もできておらんのか⁉　一体どういう……」

「そ、それが、骸木(ムクロギ)様が関ヶ原の死体漁りと薬品調達から戻っておりまして！」

ヤクザ崩れの男は声を潜め、レースカーテンの方を指し示した。

「何だと？　骸木先生が⁉」

支配人は叫び、すぐに口に手を当てて声を押し殺した。

「へ、へい。先ほど裏口から！」

「……しまった！　今日は支払期日か！　それで取立てにきたのだな。一日読み違えておったわい……！」

「これは支配人、待たせてすまんな」

骸木と呼ばれた山高帽の男が、向こう側からカーテンを引き開けた。

風雨に吹き曝された厚ぼったい革製のインバネスコート。腰には二挺のコルト・シングル・

アクション・アーミー。内側に棘の付いた魑魅魍魎用の首枷や手枷がいくつも。どれも日本で容易に手に入れられる品物ではない。それは即ち、この男がかつて幕府の妖怪猟兵であったことを意味する。

「いえ、滅相もありません……！」

支配人は怖気を震い、頭を深々と下げた。それは目を合わせたくないからだ。骸木の瞳は、異様な妖気のようなものを孕んでいた。その場にいるだけで周囲の者を不安にさせ、怯えさせるのだ。これこそが、堕落したハンターが醸し出す歪みの気配である。

「準備はまだかと怒鳴り散らしていたな、支配人？」

「ハ、ハイ」

「見ての通り、まだだ」

骸木は襟首を摑んで支配人の顔を上げさせ、後ろの大樽を指し示した。立てられた大樽の中には不気味な緑色の液体がバスタブの如くなみなみと注がれ、泡立ち、そこにアメイジング・デッドガールが浸かっているのだった。

「Arrrgh……」

焦点の合わない目で中空を見つめながら、ゾンビー少女は口を開けて唸った。あと何分かかるだろう。支配人は脂汗を垂らした。保存液から取り出して体を拭い、ラベンダー香水を振りまき、化粧をして、ドレスを着せなければならない。

「し、しかし、次の回の見世物が遅れに遅れておりまして……！」

「そうか。一体誰のせいで遅れているかと、喚き散らしていたな、支配人？」

「ハ、ハイ……」

支配人は震えた。

「教えてやろう」

「アッ」

鉄拳が繰り出された。

「貴様の管理不行き届きのせいだ！」

再び拳。堕落猟兵は有無を言わさず、支配人の顔面を殴りつけた。支配人の歯が砕け、血飛沫が飛び散った。

「アヒッ」

支配人は豚じみた悲鳴をあげた。

「俺が調合したこの特製ホルマリン・エリクサーに漬けなければ、デッドガールの腐敗が進行してしまうからだ！　そんな事も解らんのか⁉　何故俺が残していった説明書通りに取り扱えない！　阿呆でも読めるように、樽に漬ける時間も書いておいてやっただろうが！　それなのに！」

堕落猟兵は支配人の襟首を摑み、その口にリボルバー拳銃の銃口を捩じ込んだ。

「貴様らは、時間もろくに測れんのか⁉」

「モ、モゴーッ！」

「あまつさえ、どこかのクズが、デッドガールを娼婦めいて扱ったようだ！　それがまたホルマリン漬け時間の不足に繋がっているに違いない！　どこのクズだ！　支配人！　見当はついているのだろう!?　この見世物小屋に、幽霊姦趣味の、見下げ果てた豚野郎がいるのだろう!?」

「もゴッ、もごウし訳ありません……！　直ヒに、調べ上げまフ……！」

「Arrrrrg……」

ゾンビ少女も堕落猟兵を真似るように唸り、支配人を睨みつけた。

「……豚めが」

堕落猟兵は吐き捨て、銃口を抜いた。

「今月の料金は八割増にする。いいな」

「わ、わかりました……」

支配人は腰を抜かし、その場にへたり込んだ。

「今すぐにでも貴様を殺して関ヶ原に野晒しにしてやりたいところだが、やめておこう。何故なら、貴様の薄汚い銭稼ぎの才能はたいしたものだからだ！」

「おッ、お褒めに預かり光栄です！　ところで、あ、新しい見世物にする屍体の調達はどうだったので……あヒッ！」

堕落猟兵のブーツの爪先が、支配人の鳩尾にめりこんだ。

「新しい屍体はどうなったかだと？　東軍と西軍は膠着状態！　ろくに小競り合いも起こって

おらんから、屍体が足りんのだ！　ゆえに俺は、この最高傑作たるアメイジング・デッドガールで少なくともあと八千両は稼ぐ！　それだけの価値があるのだ！　それを、貴様は！」

「あヒいッ！」

堕落猟兵は蹴り込んだブーツのつま先をねじ込みながら続けた。

「いいか！　アメイジング・デッドガールのようなゾンビーは極めて稀なのだ！　元が美しいだけではこうはいかん！　腐敗の進行の遅さ！　血の気の悪さ！　見世物に適した狂暴性の乏しさ！　それでいて見る物を不安にさせるほどの現実離れした儚さ！　それら様々な要素が天文学的な確率で組み合わされて、このような奇跡が起こるのだ！　それを肝に命じろ！　解ったな！」

「は、ハイ！」

「……ホルマリン漬けの時間は終わりだ。急ぎ、身支度とステージの準備を整えさせろ。ただし、これも応急処置に過ぎん。次の最終回が終わったら、引き続き試作品の薬液樽に漬け、テウタテスの秘儀を行う」

「わかりました！」

「豚めが……」

骸木は忌々しげに言い捨て、控え室の一角に作られた木製の作業台へと向かった。そこには恐るべき魔導書ターヘル・アナトミアの写本だけでなく、薄汚れた化学実験器具一式、薬壜と薬草標本、新鮮な屍体樽、電気椅子じみた奇妙な電極装置などが並んでいた。

支配人は手下のヤクザ者たちに命じ、ゾンビー少女を樽から取り出させると、大急ぎでステージの準備をさせた。あと少しというところで焦りが生じ、化粧役の女が指を一本嚙みちぎられ、ゾンビー少女の口の周りはハンバーガー・ケチャップのように血で赤く染まった。白い肌と乳白色の髪、黒いドレスと清楚な髪飾りに比べて、そこだけが何とも異常に鮮烈な赤だった。

「大変です、支配人！　口の周りを拭かないと見栄えが！」

「もう時間が無い！　このまま連れて行くぞ！　怪力男を呼べ！　私が直々に仕切る！」

支配人たちは階段を降り、緞帳をくぐってステージに立った。後ろでは、アメイジング・デッドガールが嚙みちぎった化粧役の指の骨をボリボリと齧る音が鳴っていた。彼女らを幕の後ろに隠したまま、支配人は一人でステージの表に出て行くと、ハンドベルを振り鳴らした。

「さあさ、お立会い！　アメイジング・デッドガール！」

長いこと待たされた観客の怒りは爆発寸前であったが、支配人は有無を言わさず、前口上をがなり立てた。観客らはヤジを飛ばしたが、次第に、支配人の鬼気迫る語り口に圧倒され、飲まれていった。骸木も認めた通り、この男にはそのような天賦の才があるのだ。

「現れよ！」

銅鑼（どら）が鳴らされ、緞帳が開いた。傾いたシャンデリアの蠟燭に照らされて、大理石のように白い肌の少女が姿を現した。急ごしらえで化粧をしたため、長い乳白色の髪がひとすじ溢れ、口元に引っかかっていた。彼女は酔歩（すいほ）するように歩き、壁にもたれかかると、小さな声で唸った。

「……Arrrgh」

観客はショウの遅れによる苛立ちを忘れ、息を呑んだ。アメイジング・デッドガールの首には黒い鉄輪が撒かれ、そこから伸びる鎖は、先ほどまで林檎の握り潰しショーをしていた怪力男の手に握られていた。

「良いかな紳士淑女の皆さん！　この生きながらにして死んでいる類稀なる少女、アメイジング・デッドガールの哀しき生い立ちについて、ひとつ語らせていただきたい！　生まれはアリゾナ州の開拓地、トゥームストーン！」

支配人は芝居掛かった口調で、デッチ上げの生い立ちを語り始めた。かつてこの見世物小屋には拷問蠟人形や偽物の人魚の剝製しかなく、この自信満々の支配人の語りこそが全てであった。

「名前は解らない！　貴族の家に生まれた美しい娘だったが、問題がひとつ！　生まれながらにして死んでいたのだ……！」

「……ヘッヘッヘ、支配人が仕切ってくれりゃあもう安心だぜ」

見世物小屋の入口でちょいと扉を押し開け、奥のステージの方をうかがいながら、モギリの男は笑みを浮かべた。そして指を舐め、チケットの売り上げを数え始める。

今日はこれで最後の公演だ。客の入りは上々。この後はどこで酒を飲もうかと思案しながら、刺青だらけの両腕の汗を手ぬぐいで拭う。

手元のチケットに目を落としていると、背の高い男が彼の横を通ろうとした。

「通らせてもらうぞ」

「ちょっと待ちな、入場料が必要だぜ。それに、もう金庫を締めちまったから明日にしてくれよ」

モギリは刺青だらけの腕を伸ばし、その男を制止しようとする。

「ほう、我輩から入場料を取るつもりか？」

「何だって？」

モギリは目を見開いた。偉丈夫がゆっくりと振り向く。その片目には「半」と刺繍された眼帯！　最後の妖怪猟兵、小泉八雲の人相に相違なし！

「くそッたれ……！」

モギリは帯に刺した刃渡り十二センチの匕首を抜こうとする！

だがハーンは相手が匕首を抜くよりも早く、その顔面を殴りつけていた！

「これが入場料だ！」

「グワーッ！」

モギリはもんどりうって倒れる！　積まれた木箱の割れる音が場内に響いた！

「何の騒ぎだ⁉」

ステージ上の支配人が叫ぶ。彼は血の滴るような生肉の盛られた銀色の大皿を持っていた。飢えたアメイジング・デッドガールは肉を目の前に、ガチガチと歯を鳴らしており、観客は彼女がそれを食いちぎる光景を今か今かと、息を飲んで見守っていたのだ。

「何だ⁉」「警察の手入れか⁉」「こっちは高い入場料を払ってるんだぞ！」「こ、これも演出なんですわよね⁉」

ホールの客は騒然とし、ステージ上と後方の入口側を交互に見る！

「ここからが盛り上がりどころだというのに……！　営業妨害か！」

支配人は怒り心頭し、地団駄を踏んだ。

「おい、何をしている！　頭のおかしな奴が来たぞ！　京都市警を呼……」

だが乱入してきた偉丈夫の姿を見ると、支配人は驚きのあまり目を剝いた。

妖怪猟兵、小泉八雲！　その手にはウインチェスター社製Ｍ１８７６Ｗリピーター・カービン銃、通称ウィッチハンター！

「サウスイースト・ビリーヴ・オア・ノット！」

ハーンは銃口をステージに向けて叫んだ。

「貴様が支配人だな！　その見世物アメイジング・デッドガールとやらは、今から六ヶ月前に関ヶ原近くの国松峠で動く屍体となった十二歳の娘、しずるを捕えて使役しているとの情報に相違なし！」

「げえッ！　こ、小泉八雲だと⁉」支配人は口を手で押さえ、ステージ袖にいた化粧役の女を殴りつけ、押し殺した声で命じた。「……何をグズグズしている！　手勢を集めろ！　骸木先生を呼べ！　今すぐにだ！」

たちまち剣呑な空気が見世物小屋を覆い始める！　路地裏から、上階から、あるいは裏口から、武器を持ったヤクザ者たちが次々現れ、目配せし、符丁で合図を交わし始めた！

6

「しずる！　しずる！　間違いないわ！　あの額の傷跡！　……お母さんよ！」

ハーンの後ろにお蔭と並んでいた文子が、ステージに向かって呼びかけた！　だがアメイジング・デッドガールはその声に反応せず、目の前の生肉を見てダラダラと涎（よだれ）を垂らすのみ！

客はまだ、自分たちが見ていた見世物の正体を理性で否定しようとし、囁き声で話し合った！

「妖怪猟兵だって？　実在したのか⁉」「とうの昔に解散した、葵（あおい）の御紋（ごもん）の？」「いま、小泉八雲って言ったか⁉」「おい待てよ、妖怪猟兵が来たって事はだぞ……いまステージに立っているのは……！」

ＢＬＡＭＮ！

ハーンはライフル銃で問答無用の射撃を行った！

「Arrgh」

ぱん、と音がし、銃弾はアメイジング・デッドガールの額を貫通した。黒いブーケが弾け、腐った脳漿（のうしょう）が飛び散った。一拍遅れて、中から不気味な屍肉蟲（インセクト）や百足（むかで）の類がワッと溢れ出した！　観客席から悲鳴が上がった！

「アイエエエエエエエ⁉」「ヒイイ！　何か顔にかかった！」「虫が！　虫が！」

「思った通り、強化してあるな！　ヤドリギ弾でも一発では倒せん！」

ハーンはレバーアクション排莢を行い、次の弾をこめにかかった。

「Arrgh……？」

アメイジング・デッドガールは呻いたが、何事も無かったかのように、目の前の生肉を掴んで食べだした。

「ほ、本物だわ！　本物の死体だったんだわ！　アイエエエエエ！」

貴婦人が金切り声を上げ、卒倒！

BLAMN！

次なる銃声！　だが支配人に命じられた怪力男が鎖を引き、アメイジング・デッドガールを幕の後ろへと隠した！

「殺せ！　奴を殺せ！　うちの見世物を台無しにしやがった！　殺せーッ！」

支配人は狂ったようにハンドベルを振り回す！

「「「アイエエエエ！　アイエーエエエエエ！」」」

堰を切ったように、観客たちが一斉に外へ逃げ出してゆく。暗い場内ゆえ、あちこちで滞留や逆流、押し合い圧し合いが発生する！

「し、支配人、ダメです！　近寄れませんぜ！」

この流れに阻まれ、外のヤクザ者たちは入って来れない！

ハーンは上階や裏口から現れて挑みかかってくるヤクザ者たちを一人ずつ拳とブーツで打ち

のめしながら進んだ。魑魅魍魎には無類の強さを発揮する妖怪猟兵も、その体は生身であり、大勢の人間を相手にするのは分が悪い。ゆえに彼は興行中の混乱に乗じることで、その不利を覆したのである！

「な、何をボサっと突っ立っているかーッ！」

支配人はカーテンの陰に隠れながら、ステージへと着実に近づいてくるハーンを睨んだ。そして目敏(めざと)くも、彼が連れてきた女二人の存在に気づいた。

「おッ、あれは……」

ハーンが破竹の勢いで進む中、女二人はホールの中央で人混みに飲まれ足止めを食っていた。一人は旅行服の三十絡みの女。もう一人は重そうな仏壇簞笥(ぶつだんたんす)を背負った黒い和服の女。

「奴は女を連れているぞ！　捕まえて人質にしろ！」

支配人は手下たちに命じた。裏口から入ってきたヤクザ者たちが壁沿いに回り込み、ようやく入口側から入ってきたモギリたち五人とともに、お蔭と文子を包囲していった。

「ヒッヒヒヒ！」「嬢ちゃんたち、足手まといになっちまったなァ！」「鼻を潰された礼をさせてもらうぜ……！」

ヤクザ者たちが上着を脱ぎ、刺青を露わにしながら、お蔭たちを取り囲む！　中には既に匕首を構えている者もいる！

だがハーンは振り返りもしなかった。お蔭がこの程度の相手にやられるはずがないと解っているからだ。

ハーンはステージの袖にたどり着き、ナイフを持って挑みかかってきた男を殴り飛ばしながら、ホールに残るお蔭たちに呼びかけた。

「お蔭！　上手くやれ！」

「うん」

お蔭は頷き、文子を守りながら、ヤクザ者たちを睨みつけた。黒い艶々とした髪から覗く目が、烈火のごとく燃え立った。

「摑まえろ！」

ヤクザ者が躍りかかり、お蔭の腕を摑む。そのまま捻りあげようとするが……ビクともしない。

「エッ⁉」

ヤクザ者は目を疑った。力には自信があるほうだ。まして相手は女。だが、どれほど力を込めても、お蔭はビクともしなかった。

「こ、この女、何て力」

次の瞬間、お蔭は荒々しく唸り、腕を振り払って後ろ蹴りを入れた。

「グワーッ⁉」

ヤクザ者は、軍馬の後ろ足で蹴り飛ばされたかのような一撃を受け、吹っ飛び、木箱の山を崩して卒倒した！

「かかれ！　まとめてかかれ！」

敵が次々に挑みかかる。お蔭はそれを次々に殴りつけ、振りはらい、蹴りつけた。「な、何だ！　あの女も化け物か⁉」

支配人は緞帳の影で狼狽し、歯をガチガチと鳴らした。彼の傍にいる手勢は、身長二メートルの怪力男と、頭を半分吹き飛ばされたアメイジング・デッドガールだけ。怪力男は屈強だが、銃を持っている猟兵には太刀打ちできまい。手をこまねいている間にも、ハーンは刻一刻と近づいてくる！

「これは何の騒ぎだ、支配人！」

上階から骸木が姿を現した。

「む、骸木先生！　妖怪猟兵です！　小泉八雲がアメイジング・デッドガールを傷物に！」

「何だと⁉　おのれ！　デッドガールを安全な場所に運べ！　俺が奴を始末する……！」

骸木はガラスの薬壜の中身をゴクゴクと呷ると、重いビロードの緞帳を潜ってステージへと躍り出た。

「よし、骸木先生さえ来てくれればもはや勝ったも同然だ！　怪力男！　お前は壁際を回り、あの女どもを捕らえに行け！　デッドガールは……」

支配人はアメイジング・デッドガールの首輪の鎖を引き、さらに後方へと退いた。

「Arghh」

「この私が大切に守っておきますからねェ！」

支配人はデッドガールとともに緞帳の陰に隠れ、隙間から様子を覗き見た。二人の妖怪猟兵がステージ上で睨み合っていた。

「現れたな、ラフカディオ・ハーン」

「その声は、第一猟団の骸木……！　やはり貴様が関わっていたか！」

両者とも額から汗を垂らし、ホルスターの拳銃に指先を当てている。今まさに火花が飛び散らんばかり、一触即発の状態である。だが支配人は脂汗を垂らし、焦燥感に襲われていた。なぜ骸木はハーンに対して不意打ちを行わないのだ？

（何をしてるんです、骸木先生⁉　さっさとそいつを殺してくださいよ！）

やろうと思えば、緞帳の影から銃撃できたはずなのに。

骸木はそうしなかった。

「いかにも。俺の最新のエリクサーの素晴らしさを、お前にも教えてやりたいところだ」

「骸木よ。妖怪猟兵に許されたる仕事は、ただ人に仇(あだ)なす妖魔を狩ることのみ。妖怪幽霊の奴隷化と使役は御法度(ごはっと)だ」

石のように嶮(けわ)しい瞳で、ハーンは骸木を見据えた。

「ハハハ！　くだらんな！　猟兵団や徳川家の支配など、もはや遠い過去のものだ！　十九世紀の過去の遺物として朽ち果ててゆくだけだ！」

「生憎だが、我輩の論点はそこではない」

ハーンの青い瞳に憎悪の炎が瞬いた。

「それが何故御法度であるか、貴様に解るか？」

「決まっている！　俺たちの能力に枷をはめ、支配の軛につないだまま、いいように利用し続けるためだ！　かつては妖魔を狩れるのは猟兵団のみであった。その我々が妖魔を私兵とすれば、幕府の支配体制を揺るがしかねぬ……！　時代遅れの考えしか持たぬ幕府の為政者どもは、それを恐れたのだ！」

「違うな、断じて違う。いいか、解らぬなら教えてやろう」

ハーンは舌打ちし、ピンカートン社風の荒っぽい言い回しで吐き捨てた。

「妖怪幽霊を奴隷の如く使役して省みぬ、貴様のような連中を見ていると、小便の混じったビールを飲まされたような気分になるからだ」

「さて……どういう意味だ？」

「胸糞が悪い」

「くだらん感傷だな。それで？　それだけの理由で？　俺を殺すと？」

「そうだ」

「古い男だな」

骸木は醒めた口調で言った。

「お前にも、あのお方のために仕えるという輝かしい選択肢があったというのに。やはりお前には合理性の欠片もない。近代化に向かおうとする世界に対して背を向け、ただ己の矜持とやらに縋るのみだ！」

「その通り。我輩は石頭でな」

「愚かな男よ」

骸木は首を振った。奇襲を仕掛け一方的にハーンを殺さなかった理由がここにある。骸木は、あわよくばハーンを味方に引き込みたいという目論見があったのだ。

だが骸木の言葉は、ハーンの鋼鉄の意志によって弾き返された。

両者、無言となった。睨み合った。あとに引けぬ男と男、殺意と殺意の眼差しだけがあった。

そして両者は、ほぼ同時にホルスターの拳銃を抜いた！

BLAMBLAMBLAMBLAMBLAMBLAM！

「クッ！」

ハーンは胸に激しい痛みを覚えながら、コルト・アンブローズ・ビアス・スペシャルの六連続ファニング射撃を行った！　凄まじい硝煙が見世物小屋のステージ上を覆う！　ホールで戦っていた者たちも皆、手を止め、そちらを凝視した！

「God damn it……」

煙が、晴れる。

拳銃を取り落とし、膝をついて倒れたのは、堕落猟兵骸木の側であった。だが勝者となったハーンも、左胸を抑えて苦悶に顔を歪めていた。ハーンの革外套の胸元に、黒い染みがじっとりと広がってゆく。

だが、ハーンは倒れない。

「何故だ……？　確かに銃弾を命中させたはず……！」

骸木は血を吐きながら問うた。

「我輩は古い男でな」

ハーンは胸から何かを取り出した。それは真鍮製のピンカートン・ヘルスポーン・ハンティング社紋入りスキットルであった。すなわち、ハーンの外套を染めたのは血ではなくスピリット。骸木の銃弾はハーンの古い矜持によって阻まれたのだ。

「があッ……」

骸木は目を剝き、苦しげに嗚咽した。その全身に銃弾六発を受けてもなお、骸木は即死していなかった。先程自ら服用したホルマリン・エリクサーによって、その肉体に超常的な頑健さが備わっていたからである。

「愚かな事をしたものだ、骸木よ。長く苦しむだけだ。ヤドリギ銃弾の力が、今お前の穢れた肉を灼いているだろう」

ハーンは唾棄するように言い、弾をこめ直した。これまでに仕留めた堕落猟兵の何人かがそうであったように、骸木もやはり、邪悪なるテウタテスの儀式とターヘル・アナトミアの魔術によって自らの肉体を半妖怪化し、尋常ならざる力を得ていたのだ。

「勝負あったな。事切れる前に答えろ。柳田は何処にいる」

ハーンは拳銃をホルスターに収めて言った。

「ハ、ハハ……愚かな」骸木は撃たれた腹を押さえながら、ハーンを嘲笑った。「あのお方が今何処にいるかなど、俺……ごときが……知りうることではない」

そして狂ったように笑い出した。

「何が可笑しい、骸木よ？」

「ハハハハ……お前が余りにも哀れだからだ、ハーンよ。聞け……！　今この日本という国は、抜き差しならぬ状況へと……追い込まれつつある。……幕府側には仏国が、薩長側には英国がついている」

「それがどうした？　場末のサルーンの小僧でも知っていよう」

「では列強諸国は、どのようにして妖怪幽霊を排し近代化を行おうとしている？　英国は強化アーク灯の光によって、仏国は圧倒的な数の銃弾と砲弾によってだ。米国の死人憑き特需と南北戦争は、いわばその代理戦争だった……。同じ事がこの日本で繰り返されようとしているとしたら、どうだ？」

「知ったことか。我輩は妖怪猟兵だ」

「お前は……無頼漢を気取っているのだろうが……大国の見えぬ操り糸に翻弄され、使い潰されて時代の闇に消えるだけ……だぞ？　考え直せ、俺を仕留めたところで……どうなる？」

「どうなるか、だと？」

ハーンは硝煙を胸いっぱいに吸い込みながら、笑みを作った。

「この地上からクソ野郎が一人減り、今夜の酒が美味くなるだけだ」

「貴様ァーッ……！」

骸木はサーベルを抜き放ち、崩壊しかけた肉体で切り掛かった。だが、小泉八雲が早かった。

ヤドリギの精油を塗られたカタナが、骸木の心臓を貫いていたのだ。

「さらばだ、骸木」

「がッ！　がががが がッ！」

骸木は白目を剝き痙攣した。

（そ、そんな……骸木先生が……⁉　やられた……⁉）

緞帳の陰に隠れていた支配人は、恐怖のあまり歯をガチガチと鳴らしていた。ホールでは、お蔭がヤクザたちを次々に蹴り飛ばし、頼みの綱の怪力男すらも絞め上げている。いつの間にか、アメイジング・デッドガールも見失ってしまった。外に逃げ出してしまったのかもしれぬ。あれがいなければ、もう金を稼ぐことはできない。

（おのれ……！　こ、こんな無法が許されるものか……！　ここは京都だ、自由交易都市だぞ……！　私の見世物小屋を、私の所有財産をめちゃくちゃにしやがった罪で奴を訴え、縛り首にもできる……！　それに、殺したとて当然、正当防衛……！）

支配人は意を決すると、ジャケットの内ポケットからデリンジャー銃を取り出す。そして緞帳の陰から飛び出した！

（死ね！　小泉八雲！　死ねーッ！）

ハーンを背後から狙う支配人！　卑劣！　だがその時、物陰から白い手が伸びた！

「Arrrgh」

「ひッ⁉」

それは生肉を求めて涎を垂らす、アメイジング・デッドガールであった！　彼女は美味そうに肥え太り弛んだ支配人の顎を見て、嬉しげに口を開いた！

「し、しまっ」

彼女は支配人が抵抗する間もなく、その喉元にかじりついた！

「Munch」

「アイエーエエエエエエ！」

凄まじい激痛と血飛沫！　情けない声を上げ、支配人は失禁！

ＰＯＷ！　暴発したデリンジャー銃の弾丸が、ハーンの外套をかすめる！

「何者だ!?」

ＢＬＡＭＮ！　ハーンは振り向きざま、コルト・ピースメーカーを抜き打ちした！

「グワーッ！」

44口径弾が支配人の脳天に命中！　脳髄の半分をポップコーンめいて弾き飛ばされた支配人は、白目を剝いて絶命した！

「God...damn it......」

ほぼ同時に、ヤドリギの精油が塗られたカタナで心臓を抉られた骸木も、炎に包まれて燃え上がった。すぐにその全身は炭化し、白い灰となって崩れ落ちてゆく。これが柳田の魔術、そしてターヘル・アナトミアの邪法によって生き永らえた者の辿る末路であった。

ハーンは肋骨の痛みに顔をしかめながら、カタナを鞘に収めた。

ホールを見渡すと、お蔭もまた怪力男を絞め落とし終えていた。他のヤクザ者は皆、恐れをなして逃げ出していった。

「その位にしておけ。殺すなよ、お蔭」

「ぶるるるる」

と、お蔭は荒々しい息を吐いて頷いた。そして昂りを沈めるように、その場で何度も深く深呼吸をした。

「さて、これで全て片付いたか……?」

ハーンは見世物小屋内を見渡した。

「Munch, Munch, Yum, Yum, Yum, Yum……」

アメイジング・デッドガールは、痙攣する支配人の死体を夢中で貪り食っていた。

ハーンは腰に吊った短剣を無造作に抜き、背中側から彼女の心臓をひとつきにした。アメイジング・デッドガールの背中側から真っ黒い腐汁が噴き出し、ハーンの顔にかかった。

「Arrrgh……?」

無論これもまた、ヤドリギの精油を塗られたカタナであった。アメイジング・デッドガールは動きを止め、糸の切れた操り人形のように床に倒れた。そしてピクピクと痙攣した。

「小泉様……!」

文子が駆け寄った。

「もう人間を襲う力は残っていない。抱きしめたいなら今しかないぞ。間もなくヤドリギの力により屍体が崩壊する」

ハーンは顔に掛かった粘性の黒い返り血を革手袋で拭い、ステージに唾を吐いた。

「ひどい味だ」

「ああ、良かった、良かった……！　しずる、これでもう大丈夫ですよ！」

「だがな文子よ、先ほども言った通り、我輩にできるのはここまで……」

ハーンが言いかけた、その時である。

「お、ガ、あ、ザ、ん……？」

アメイジング・デッドガールの瞳から、緑色の不浄の輝きが消えた。そして黒く濁った死体のそれに戻ると、目の前にいる文子に焦点を合わせたのだ。

「何だと……⁉」

ハーンは驚きのあまり、声を上げた。このような事が起こるとは、予想だにしていなかった。これは日記に書き残されるべき初めての事例となるだろう。

妖怪猟兵はある種の畏敬の念に打たれ、目の前で起こっていること全てを、己の網膜に焼き付けた。

「お母さんですよ……！」

文子は返した。

「た、す、け、に、ギ、て、グ、れ、た……？」

呻きながら、一瞬だけ、確かに、腐り果てた少女は安堵の笑みを浮かべたのだ。

「そうですよ、助けに来ましたよ……！　もう怖くありませんよ……！　お母さんは約束したでしょう！　どれだけ離れても、必ず、しずるを助けに来ますよと！」

「う、れ、ジ、い、な、ア」

アメイジング・デッドガールは目を閉じ、母の腕に抱かれて黒い涙を流し、二度目の死を迎えた。

そしてもう、二度とは動かなかった。ホリマリン・エリクサーと魔術によって止められていた腐敗は急激に進行し、アメイジング・デッドガールは胎児めいた姿で丸まり、黒く乾いた骸（むくろ）へと変わっていった。

「……これにて幽霊狩りの契約は完了した」

ハーンは鍔広帽を被り直し、文子に呼びかけた。

「最後の出来事は、我輩の予想だにしないものであった。これは我輩の力ではなく、ましてヤドリギの秘薬ではなく、文子よ、お前の力によるものではないかと思う」

「小泉様、ありがとうございました……。何とお礼を言ってよいものか」

文子はゆっくりと立ち上がり、憔悴してはいるが、晴れやかな顔で言った。

その透き通るように白い頬には、涙が伝っていた。

「礼の言葉なら後でいい！」

ハーンは笑った。

「さあ、賞金稼ぎどもがやってくる前に逃げるとするぞ！　京都の法を犯したからには、覚悟せなばならんな！　通行許可証だけでは誤魔化しきれまい！　お蔭、逃げる準備をしろ！」

お蔭は頷き、文子の手を引こうとした。だが、文子は首を横に降った。

「いえ、私はここまでです」

「……何？」

ハーンは眉根を寄せた。お蔭もきょとんとした顔で彼女を見つめた。

「褒賞金の支払いはどうするつもりだ、文子⁉　約束を違えるならば、呪いをかけるぞ！」

「東の関ヶ原の近く、国松峠の七合目、首の落とされた地蔵の裏の草むらに、唐草（からくさ）模様の巾着（きんちゃく）が埋めてあります。ご足労願うことになりますが、掘り出して、全てお納め下さい。そしてその気高き信念を、どうか……いつまでも持ち続けて下さい……。誰からも顧みられず、明日には……忘れ去られる定めの、私たちのような者のために……」

そう言い残すと、フッと蠟燭の炎が吹き消されるように、文子の姿は忽然（こつぜん）と消え去ってしまった。

7

「……七合目。この辺りか……」

明くる日の正午。黒馬の背に跨（また）った賞金首の妖怪猟兵は、危険を押して関ヶ原の緩衝地帯に現れた。幸い国松峠に東軍西軍の気配はなく、また動き出した死体の気配もなかった。ただ真夏の太陽が忌々しいほど強く照りつけ、蟬（せみ）の声がミンミンと鳴り響いているだけだった。

「まったく、早く文明圏に戻って、冷えた麦酒にありつきたいものだな……！」

黒馬がぶるるるる、と鼻を鳴らした。

ハーンはシャベルで辺りの土を掘り続けた。すると文子が言い残した通りの場所に、赤い巾着が埋められていた。手で掘ったのであろう、草むらの中、ほんの十数センチの浅い場所であった。

少し離れた所には、簡素な旅行服を来て帽子を被った婦人の白骨死体が横たわっていた。それは昨夜、京都で文子が着ていたのとまったく同じ旅行服であった。

「手間をかけさせおって」

ハーンはシャベルを地面に突き立て、汗を拭ってから、巾着の中身をあらためた。

その中には二十両の江戸幕府小判が収められていた。

幽霊十両。文子としずる、親娘二人でちょうど二十両であった。

「割増料金を請求したいところだな」

これは全く割に合わんぞ、と呟きながら、ハーンはそれを懐に収め、またシャベルを握った。

そして同じ場所の土を六フィート下へと掘り、その穴の中に、文子の白骨死体と、京都から麻袋に入れて運んできたアメイジング・デッドガール、しずるの亡骸を収めた。麻袋の中に入れているうちに、ヤドリギの力によってしずるの腐肉は灰へと変わり、母と同じ綺麗な白骨死体になっていた。

遺体を納め、土を盛り直すと、ハーンは辺りを探し、破損して落ちた地蔵の頭を見つけた。それを元の場所に戻し、黒い軍馬の背に跨った。

シャドウウィングはそのまま国松峠を駆け下りた。谷間のクヌギ林から吹く風が、汗ばんだ体に心地よく吹き付けた。

「さて、しばらくは京都に戻るわけにもいかんな！　走れ、シャドウウィング！　このまま紀伊国に向かうぞ！」

断片 Fragments

ワームの諸相とその殺し方について

ワームは世界蛇ミドガルズオルムから分かたれた無数の怪物どもの総称である。目や足を持たず大蛇や巨大線虫のごとき姿へと退化したのが最も下級のワームであり、脳を持たず知性は低く、地底を掘り進み食欲を満たす事しか考えていない。だが下級である事と駆除が容易である事は結びつかず、脳を持たぬが故にむしろ殺し辛く、極めて低級のワームは切断しても分裂する危険性がある。特定の植物の根を齧るもの、石や土を食むものが大半だが、地上に現れ狩りを行うワームもいる。多くの場合、巨大化するに従って食餌の選り好みが強くなり、自身の飢えを満たせなくなり自滅する。デスワーム、ドール、野槌など、各土地ごとで呼び名は異なり、土壌や気候によってその性質や気性も異なる。アメリカ大陸および中国大陸においては触手を持つものが一般的であり、毒性の唾を吐き掛けるものが多い。地震を引き起こして人間を建物外へとあぶり出しこれを食らう狡猾なワームも稀に存在する。日本におけるワームは野槌または槌子の名で広く知られ、触手は少ない。歯があるものと無いものに大別できる。強固な鱗は持たず腸管が弱点である。特筆すべき亜種のひとつに鞍馬山のアルビノ亜種が存在する。これは石虫とも呼ばれ火打石（フリントストーン）を好んで食む。大半は小型だがしばしば数十メートル級へと成長する。

（一八九九年七月一日追記：火打石を結わえたダイナマイトの投擲が効果的である）

長崎の食屍鬼

1

「『屍(かばね)を浪に沈めてもォ、引かぬ忠義のマスラオがァ、守る心の甲鉄艦ンンンー！』」

ピーコートを着て肩を組み、ラム酒の瓶を振り上げながら霧の長崎を酔歩(すいほ)するのは、薩長無敵艦隊の下級水兵たちであった。

「霧の深い夜だぜ、畜生め！」

「なあおい、聞いたかァ!?　バケモンの噂をよォ！」

「何のバケモンだァ!?　お前のカミさんか!?」

「クソッタレが！　地下鉄のバケモンに決まってんだろォ！」

「地下鉄だァ!?　万博に間に合わせるんだって、もう何年も工事してるアレかよ!?」

「ああ、全然終わりゃしねえ！　万博に間に合うんだかどうだか……賭けのオッズがそろそろ傾いていきやがってよ。ともかくだ！　その終わらねえ理由ってのが、お前、知ってるか!?」

「ああ、下水道のせいだろ!?　聞いたことあるぜ。適当に作っちまったもんだから、蜘蛛(くも)の巣みてえに入り組んで、どこをどう走ってるかわからねえ！　書面にも残ってねえ分水路が山ほどあって、迂闊(うかつ)に掘り進むと、クソ水が流れてきやがるってな！　……でも、それとバケモノがどう関係あるってんだ？」

「その下水道にな、バケモンの群れが棲みついてるんだとよォ！　何でも、元は人だったんだが、今では人喰いの鬼に変わり果てちまってるんだと！」

「ウワーッハハハハハハハ！　クソ話だな！　それで、作業員が襲われるから、工事が進まねえってのか⁉　この科学万能の時代に⁉　バケモンのせいで⁉　ウワーッハハハハハ！」

「オイ、怖くねえのか⁉」

「水兵がバケモンなんか恐れるかよ！」

義足の水兵は、酒瓶を握った腕で自らの胸板をドンと叩いた。

「それに、そいつら地下にいるんだろ⁉」

「ああ、そうだ」

「なら俺たちゃ安全だ、船の上まで襲ってこねえよ！　ウワーッハハハハハ！」

「アーッハハハハハハ！　まったくだぜ！　ウワーッハハハハハハ！　アウッ！」

深い霧の中、二人は何者かにぶつかった。

「何だ貴様ァ……！」

小太りの水兵が顔を上げ、思わず息を飲んだ。

目の前にいたのはブーツを履いた水兵たちよりもさらに背の高い、隻眼(せきがん)の偉丈夫(いじょうふ)。

その男は「幽霊十両」「妖怪五十両」と書かれた旗を背負っていた。

「ヒィ」と、義足の男は思わず情けない声を上げた。

偉丈夫は青い目で二人の水兵を順番に睨(にら)みつけてから言った。

「その話、詳しく聞かせてもらおうか」

2

一八九九年七月一日。

昼なお暗き港湾要塞都市「長崎(ナガサキ)」。海岸線沿いに果てしなく並ぶ威圧的な砲列のシルエットは、海の側から見れば刺々しい墓場の鉄柵を思わせる。その背後、天衝く島原ゴシック大聖堂群の先端は黒雲に隠され、真下からでも見通すことすらできない。西の工廠地帯佐世保から吐き出された黒い排煙が、北上してきた分厚い雨雲と混ざり合い、陰鬱なる貴婦人の日傘の如く空を覆っているのだ。

昨晩から続く土砂降り。通行人は無論、馬車の数も少ない。視界は縦方向の灰色のノイズに覆われている。貧民街の側溝は溢れ、一部では汚水の逆流が始まっていた。

「……急がねばなるまい」

不機嫌そうに日記をしたため終えると、ハーンは鍵付きの分厚い書物を閉じ、それを油引きした革鞄の中へと仕舞った。油すましから絞った最高品質の防水脂だ。

「走れシャドウウィング！　奴らが奈落の底から這(は)い出してくるぞ！」

黒の軍馬はぶるるるる、と威勢良く応え、長崎市庁舎での短い雨宿りを終えて走り出す。だが彼女の力強い蹄音も、今日ばかりは陰鬱な雨音に沈みがちであった。

長い長い坂を下る。工業化された石造りの魔都長崎には草木一本存在しない。生命力の象徴たる樫(かし)の木はおろか、四つ葉のクローバーの一本すら生える余地はないのだ。街路は石畳に覆われ、貧民街は煤に塗れた冷たい軟泥。鮮やかな緑を見出せるのは、露天の花売りの手の中か、中産階級以上が愛でる盆栽の鉢の中、あるいは建築物の増築工事や貧民長屋の補強に用いられる粗末な竹の足場だけ。

初めて訪れた時、長崎はこのような場所ではなかった。まだ美しい緑の山野や赤鳥居の小さな神社、そしてそれらを愛でる純朴な人々が暮らしていた。だが今の長崎は違う。ハーンがこれまでに体験した二つの大都市、紐育と倫敦、その最悪の部分を混ぜ合わせたかのような、巨大な魔都へと変わりつつあった。

『……神は科学的に実在が証明され、神の愛と恩恵は直流電流の中にのみ流れている。すなわち強化アーク灯の光こそが理知の福音であり、無知蒙昧の闇を切りひらく炎の剣……』

街頭拡声器から漏れるのは、聖トマス・エジソンの説教蓄音機音声。無数の労働者たちが真鍮アンプの音に頭を押さえつけられながら、海岸線沿いの工場地帯や倉庫街へと重い足取りで歩いてゆく。かつてこの国の人々は自然と調和する生き方を知っていたが、都市と近代化がそれを忘れさせ、今では時計の針が定める八時間労働という名の軛に自ら繋がれてしまった。逆に、港から酒場へ向かって意気揚々と凱旋するのは、軍人と貿易商たちの高笑いである。

それら全てが渾然一体となった大通りを煌々と照らすのは、エジソン社が誇る強化アーク灯の光だ。ハーンも愛馬シャドウウィングも、その人工的な光を何よりも忌み嫌う。

「いけ好かん！　長崎もすっかり変わってしまったな！」

ハーンは鍔広帽をさらに目深に被りなおした。留まれば留まるほど、都市は彼らの力を奪い取って行く。シャドウウィングは港へ向かう人々の群れの横を駆け抜けながら、不機嫌そうに鼻を鳴らした。

「ならば何故(なぜ)こんな不快な場所に留まるのか?」と、彼に聞いているようだった。

ハーンはその首を撫(な)でてやった。

「背に腹は代えられぬ」

妖怪狩りの装備の維持費は高くつく。だがハーンは幕府や薩長政府から金を貰いすぎることをよしとしない。権力への依存や甘えをよしとしない。依存すれば、荒野の開拓地で狩りを行う気概(ガッツ)と信念(グリット)が永遠に失われてしまうことを、ハーンは誰よりも深く知っているからだ。

だから、誰が相手でも幽霊十両、妖怪五十両。

ハーンは決してその信念を曲げない。そして洋酒と煙草もやめない。ゆえに資金繰りに窮すると、ハーンはしばしば彼自身が忌み嫌う大都市に滞在し、そこに潜む妖怪を狩って金を稼がねばならないのだ。

「大丈夫だ、そう長くはかかるまい、今夜は稼ぎ時だ……」

シャドウウィングも、結局最後はそれに同意する。ハーンの行く場所であれば、彼女はどこへでも共に行く。多少の不便は慣れている。どれほど憂鬱な大都市でも、ハーンといれば気が紛れ、退屈もしないからだ。

ハーンは鍔広帽から暗い家々のシルエットを眺めた。遥か先、貧民街の屋根の上に、背中の折れ曲がった禍々(まがまが)しい人影がいくつも蠢(うごめ)いているのが見えた。これから狩るべき、地下の怪物たちだ。既に地上へと湧き出してきている。

「今夜は旧暦の七月一日……地獄の釜蓋が開く日だからな！」

万聖節の夜のように、日本には旧暦の七月一日から三十一日まで地獄の釜蓋が開き、善良なるものも邪悪なるものも関係なく、様々の霊が地上に解き放たれるという伝承が存在する。もはや長崎の如き場所ではそうした民間信仰は失われて久しいが、幽霊や妖怪にとっては関係のないことだ。

普段は強化アーク灯の光を恐れて闇に潜んでいる下級の怪物たちですら、にわかに活気付き……。

「アイエエエエエエ！　アイエーエエエエエエエエ！」

まさにその時、婦人の甲高い悲鳴が都市の暗がりから聞こえてきた！

ハーンが方向を示すまでもなく、黒の軍馬はそちらに向かって猛然と走った！

3

「太郎！　太郎ーッ!?　どこへ行ったの!?」

土砂降りの雨の中、黒い傘を差し、カンテラを掲げて歩く和洋折衷ドレスの婦人。

〈見捨てられた娼婦館通り〉に人の気配は無い。家々や倉庫は荒れ果て、窓ガラスは割られ、電灯どころか蠟燭の明かりひとつ見えない。魔都長崎の目覚ましい経済的成長の影で、そのレールに乗り損ねた貧民街の成れの果てのひとつだ。

だが彼女は明らかに、このような場所に来るべきではない上流階級の出には見えまいか。

婦人は視界を塞ぐヴェールを脱ぎ、カンテラの灯りを高く掲げ、路地や物陰を照らしながら歩いた。一歩前に進むたびに闇が濃くなった。

婦人は不安そうに何度も後方を振り返る。

大通りを照らす強化アーク灯の光は、もう遥か後方だ。

「イエズス様、イエズス様、お護りください……！　太郎をお護りください……！」

胸の十字架を握りしめ、東の島原カテドラルの方向を見上げた。だが分厚い黒雲で大聖堂の尖塔は覆い隠され、ゴーン、ゴーン、ゴーン、ゴーンと四度、弔鐘（ちょうしょう）めいた陰鬱な鐘の音が聞こえてくるのみである。

婦人は怖気（おぞけ）を震いながらも、通りの奥へと進んでいった。

「太郎ーッ！　悪ふざけはやめて、出てきなさい！　太郎ーッ！」

その時。「フアルケンスフレヰス」と書かれた肉屋と「隙間より安全で安い」と書かれたぶら下がり宿の間、幅一メートルもない細い路地裏の奥で、何かが動いた。

「太郎ちゃん!?」

婦人はそちらをカンテラで照らした。何かが四つん這いでこちらに背を向けていた。

「……違う……野良犬かし、ら……？」

婦人は失望のため息を吐いた。直後、それは困惑の声へと変わっていった。

白い犬のように見えたそれは、背を向けてうずくまる男であったからだ。

「あぎ、あぎ、あぎ、あぎ……」

男は何かを夢中で貪り食っている。

婦人は本能的に目を背け、危険から遠ざかろうとした。

だが太郎を探さねばならない。

彼女は思い切って声をかけ、恐る恐る近づいた。

「あ、あの……」

その男には頭髪も体毛も無い。婦人の側に背を向けたまま、バリバリと音を立て、何かに夢中でむしゃぶりついている。服と呼べるのは薄汚い腰布一枚だけ。靴も靴下も穿いていない。異様なほど青ざめたラバーの如き肌には、異常にゴツゴツとした背骨が浮き上がっている。

婦人はすぐに後悔した。

貧民か、病人か、狂人か、あるいはその全てか。

本来ならば声などかけるべきではない。近づくべきでもない相手だ。

だが彼女は我が子を探し、死に物狂いであったのだ。

「あの、もし！」

「あぎ、あぎ、あぎ……」

男は何も答えない。目の前の食事に集中している。

「すみません……！　この辺りで、小さな子供を、見ませんでした、か……ッ？」

何か異様なものを本能的に察し、婦人の手がガクガクと震え、声が上擦（うわず）った。

少し遅れて気づいた。

その白い男がむしゃぶりついているのは、妙に肉付きの悪い、血塗れの骨つき肉であった。動物のものではない。手の形を見ればわかる。骨肉の先端には、明らかに子供のものと思しき指がついていた。

もいだ子供の腕を、食っているのだ。

「ちょっと、何を、何を食べてるんですの……⁉　**誰か！　誰か助けて！**」

婦人はカンテラを取り落とし、絶叫した。

「イヤーーーーーアアアアアアアア！」

「あぎぎぎ……？」

白肌の男が悲鳴に気づき、ぎこちなく振り返った。鼻はカミソリで削ぎ落とされたかのように低い。目元は黒紫色の隈に覆われ、瞳は黄色くギラギラと輝いている。口元は腐った血を浴び、黒く染まっている。耳は枯葉のように丸まり尖っている。

「ひいいッ」

婦人は名状しがたい恐怖に後ずさりした。強い風が吹き、彼女の黒傘を飛ばした。

「……あぎぎ……にぐダよォ……」

怪物が近づいてくる。目を歓喜に輝かせながら、白い男はネコ科動物めいた四つん這いの姿勢でゆっくりと這い寄る。手足は細く引き締まり、腹は内臓をごっそりと抜かれたかのように落ち窪み、腿の部分の筋肉だけが異常に発達している。手も足も、その爪は鋭く黒い。

「ま、まさか太郎を⁉　食べ……⁉」

婦人は恐怖のあまり失禁し、後ずさった。

「シシシシシ……」

アドレナリンとアンモニアの臭いを嗅ぎつけ、怪物は満足げに唸（うな）った。

「おマえも、柔らカいにぐニなルよォ……」

「アイエエエ！　アイエーエエエエエエ！」

婦人は腰を抜かし、震える足で石畳を蹴って、後ろへ逃げようとした。かかとが滑り、上手くいかない。両手も萎（な）え、力が入らない。冷たい石畳に転がるカンテラの光に、怪物の顔が照らし出された。その口元には残忍な笑みが浮かんでいた。

「太郎……！」

婦人は目を閉じ、胸の十字架を握りながら祈った。

「あぎぎぎぎ！」

食屍鬼は十字架も神の名も恐れず、牙を剝（む）き出しにして跳びかかった。

「アイエエエエエエエエエエエエエエエ！」

BLAMN！

大通り側から銃声が響いた。

食屍鬼は空中で肩を撃ち抜かれ、回転しながら、婦人の横に落下した。それから類人猿じみた金切り声で叫び、どす黒い血を撒き散らしてのたうち回った。

「あぎゃぎゃぎゃぎゃぎゃぎゃッ」

「……大雨に浮かれて地下から這い出してきたか、薄汚い食屍鬼めが」

厳しい声が聞こえた。

婦人と怪物は、同時にそちらを仰ぎ見た。そして息を飲んだ。

土砂降りの雨の中、黒馬に乗った猟兵の不吉なシルエットが浮かび上がった。

その鞍には「幽霊十両」「妖怪五十両」と書かれたボロボロの幟。その手にはウインチェスター社製M1876Wリピーター・カービン銃、通称ウィッチハンター。

「おノれ！　ぎザま！　ヤーヘルだな……！」

食屍鬼が震え声で唸った。いまや狩られる番となったのは、この食屍鬼の側であった。

「いかにも。食屍鬼狩りの季節と聞いて、我輩は戻ってきた。このいけ好かん街にな」

馬上のハーンは噛み煙草を噛みながら、ライフル銃の狙いを定めた。

「えッ？　えッ⁉」

婦人は混乱し、偉丈夫と食屍鬼を交互に見た。

「今年の食屍鬼狩りの一匹目は、貴様だ」

「呪わレろ、永遠ニ呪われ……」

BLAMN！

食屍鬼はその体をバネのように縮め、ハーンに飛び掛かろうとし、

「Arrrrrgh」

胸に銃弾を受けて真後ろに倒れ、白目を剝いて痙攣した。銃創が燐光を帯びたように白く輝き、黒い血が霧のようになって噴き出していった。

「God damn it……」

ただの銃弾ではない。ヤドリギの精油を塗り込んだ銃弾がもたらす、真の滅びである。

「ヒイイイイ……こ、殺した……？」

婦人はまだ混乱の最中にあり、偉丈夫と白肌の怪物を交互に見ていた。

「殺したか、だと？　ご婦人、我輩を浅ましい人殺しか何かと勘違いしているのではないだろうな⁉」

偉丈夫はライフル銃を背中側に回すと、馬から降り、右手にはカタナ、左手にはリボルバー拳銃を構えて、食屍鬼の横に大股で歩いた。

「いいか、こやつは食屍鬼、グール、あるいはジキニンキとも呼ばれる、動く死体だ！」

「し、死体……⁉」

「左様！　ゾンビーと同様、餓えた悪霊が乗り移っただけの死体であり、妖怪ほどの自我や知性は持たない。つまり殆どの場合、死んだ本人ではなく別の悪霊がその死体に乗り移り、これを操っているのだ」

ハーンの足元で、食屍鬼は蛙のように仰向けになって痙攣し、舌をだらしなく垂らしていた。濁った血が雨に流され、冷たい側溝へと吸い込まれてゆく。

「グールは、ゾンビーよりも遥かに狡猾に狩りを行う。だが生肉は食わん。まずじわじわと恐怖を与え、肉に旨味を与えるのだ。少なくとも死後数日経過して腐った肉だけを喰らう。こやつらの食卓に並ばなくて幸運であったな！」

「ハ、ハイ……なるほど、最初から死体だった……」

婦人はまだ混乱していたが、聡明な女性であったため、すぐに理性を取り戻していった。都会人の多くは、化け物の分類や科学的生態について聞かされると、理解不能の怪異に対して抱く恐怖心を、狼やライオンなどの猛獣に対する恐怖程度にまで減衰させるのだ。

「そして、腐った肉しか食べないのですね……！」

ならば先ほどの子供の腕は、太郎のものではない。太郎はまだ生きているかもしれない。そう思うと、恐怖と絶望に萎えていた足腰に希望の力が蘇り始めた。

「その通りだ。つまり、こ奴らは人間でも妖怪でもない。ごく稀に、生きたままカンニバル行為を行って上級のジキニンキになる者もいるが、これはただの動く死体！　ゾンビーと同じ下級の幽霊だ！　よって、一匹につき十両！　我輩はこ奴らを狩るのが生業よ！」

ハーンは痙攣する食屍鬼の顔をブーツの爪先で蹴り転がして横を向かせると、適切な角度と強さをもって踏み下ろし、完全に止めを刺した。

「ひッ」

流石に婦人は顔を背けた。木枝の折れるような音が鳴り、食屍鬼の頭が踏み潰された。砕けた歯が十数本、脱穀されたトウモロコシの実のように石畳に転がった。その横では、真っ白い体がひときわ大きく痙攣し、動かなくなった。

「ご婦人、引っかかれてはいまいな？　グール熱はすぐに発症するぞ」

「だ、大丈夫です、引っかかれてはおりません。ありがとうございます……」

失神寸前だった婦人は、ハーンの手を借り、ふらふらと立ち上がった。

「も、もしや、噂に聞く猟兵（ヤーヘル）様ですか？」

「いかにも」

ハーンは食屍鬼の死体の上に嚙み煙草をペッと吐き捨てた。

「な、なんとお礼を言えば……！」

「気にするな。都市に付きものの幽霊の類（たぐい）だ。報奨金は別の者に請求する」

ハーンは貴婦人には目もくれず、笑った。そして石畳に散らばる歯の中から、グールに特徴的な上の犬歯だけを拾い上げ、それを外套のポケットに手早く収めた。

「妖怪と違って、可愛げのない連中よ！」

ハーンは鉄格子の外された側溝を見つけると、食屍鬼の死体をそこに蹴り込んだ。あとには黒い血の跡と割れ砕けた茶色の奥歯、そして腐った酢飯のような異臭だけが残ったが、それもすぐに硝煙の雨に流されていった。

「大通りへ戻れ」

ハーンはライフル銃を背負い直すと、黒馬の横に戻り、飛び乗った。そして鍔広帽を目深に被り直すと、今来た大通りのほうを指差して、貴婦人にこう警告した。

「このような日は、アーク灯の光が届く場所にとどまっていろ。この地区は立入禁止のはずだ。

警官も軍人も助けには来んぞ！」

「……」

婦人はヤーヘルについての良からぬ噂を幾つも知っていた。何しろ、未だに葵(あおい)の御紋(ごもん)を背負って薩長同盟の領土を渡るアウトローだ。彼女は一瞬言い淀み、しかし意を決して、この不吉な偉丈夫を呼び止めた。もう頼れる相手はこの無法者しかいない。

「待ってください！　ヤーヘル様にお願いしたいことが……！　お金ならば家に戻ればいくらでも払えますので……！」

「どうした？　……いや、待てよ、嫌な予感がするな」

ハーンは舌打ちし、婦人の方を振り返った。

「なぜ危険を承知でこんな暗い場所まで来た？」

「太郎が……十歳になったばかりの私の息子がいないのです……！　あちらの大通りを歩いていた時に、息子を見失って、危険を承知で探しに来たのです……！」

婦人は馬の横へと駆け寄り、藁(わら)にもすがるような思いで、この異人に助けを求めた。

「見失った？　近頃流行りの人買い馬車にでも攫(さら)われたか？」

「いいえ、夢遊病の類なのです！　太郎はもとから夢遊病の気がある子だったのですが、近頃は昼日中に歩いている時にも発作を起こすようになって……！」

「それでこの先に向かったと？　バカな！　間違いなく大規模な食屍鬼の巣があるぞ。いったい何故そんなことを許した」

ハーンは眉根を寄せた。婦人は自らの罪を告白するように首を横に振った。

「今日も雨宿りをしながら馬車を待っていて、ほんの少し目を離した隙に……ふらふらと、太郎がこの無人地区のほうに引き寄せられて行ってしまって……！」

「……諦めろ。助かるまい。葬儀屋の手配をしておけ」

ハーンは洋酒を呷った。

「お願いです、探すのを手伝ってください！　太郎を！」

「足手まとい以外の何者でもない。これ以上手間をかけさせるな！」

ＢＬＡＭＮ！　彼は空に向かって大口径リボルバー銃を撃った。それは婦人を黙らせるためではなかった。少し離れた路地裏や廃屋の屋根の上には、先ほど射殺したのと同様、グールの人影が数体。物欲しそうな目でハーンたちを見下ろしている。それらを追い散らすための威嚇射撃であったのだ。

「ヤーヘルウゥウ……」「ショーグンの犬めエエエ……」「呪われろォオオオ……」

怪物たちは銃声に怯えると、呪い文句を吐き捨て、暗がりの中へと逃げていった。

「……もう一度だけ言う。大通りに引き返し、アーク灯の光の下に戻れ。運が良ければ、まだ地下に運び込まれてはいない。子供を見つけたらすぐに大通りの療養院まで運ぶ……」

妖怪猟兵の目は、遺棄された貧民街の先の暗黒を睨んでいた。

4

魔都長崎の上流階級が好む服の色は、色褪(いろあ)せていない白、黒、灰色の三色だ。

上等な黒いビロードの上下に、レインブーツ。白シャツの上には蝶ネクタイ。太郎は傘をさして歩きながら、夢を見ていた。叩きつける雨音がもたらすノイズは母親の羊水のように優しかった。その奥に、エコーのかかった不思議な声が聞こえていた。遠い昔の、物心つく前の記憶だった。顔もよく覚えていない父親の声。そして母親の声。

暖炉の炎。暖かい、最良の時代だった。だがそれも永遠には続かない。父親の罵声。何かが割れる音。母親のすすり泣く声。そして途切れた。父親はいなくなった。

太郎は一人っ子で、片親だった。

貴族の分家の生まれで、決して貧しくはなかったが、働かずに一生食えるほどの身分でもなかった。士官学校の級友たちからは、夢遊病の気があることと父親がいないことを理由に、いつも虐(いじ)められ、バカにされていた。だからお前はそんなに軟弱者なんだと。そんなことで盛況なる薩長無敵艦隊の提督になれるものかと。

太郎の見る夢は暗く、深くなっていった。

(((太郎……太郎よ……父さんのような強い男に育つんだぞ……)))

低く心地よい、父の声が聞こえてきた。そして夢が。昔の家の光景が走馬灯のように回転する。だがそれだけではない。見たことがない遠い異国の光景。父親が話をしてくれたインドの光景だろうか。

……黄色い無数の星がまたたく夜空。魔都長崎の空に星はない。スモッグで徹底的に汚染されているからだ。軍港。工場。そして貧民街のような場所。労働者たちが最後に行き着く恐ろしいぶら下がり宿。得体の知れぬ箱入りヌードル屋。古着を着た子供たちが折り重なって寒さをしのぐ路地裏。酒場。そして……娼館。

実際に娼館を見たことはない。そこがどういう場所なのかも解らない。だが夢には現れる。

……医者と母親は、太郎を重篤な病気と断じた。このまま矯正されなければ、長崎海軍を率いる立派な軍人にもなれない。それどころか家の存続にすら関わる危険な病気だと。

それでも太郎は、次第に夢に浸るようになっていった。阿片(アヘン)中毒者めいて少しずつ、だが確実に深く浸っていった。

母親は太郎を案じ、無理やりに乗馬やボクシング運動をやらせたり、社交界に積極的に連れ出した。彼はそのどれも大嫌いだった。今日もまた夜会があり、母親は気が遠くなるほど化粧に時間を費やしてから彼を連れ出した。再婚相手を探しているのだ。だが目的のダンス会館は見つからず、右往左往しているうちに雨脚が強まった。そして太郎はまた歩きながら夢を見始めたのだ。

雨音が消えた。

どこか建物の中に入ったのだ。

太郎はそれで夢から覚めた。

彼は傘をさしたまま、廃墟となった暗い娼婦館の中に立っていた。

「お母さん……いる？」

太郎は周囲を見た。どこにも母親の姿はなかった。これまでも何度か、こうして街を出歩いている途中に夢遊病の発作が起こってしまったことがある。いつもは母親がすぐそばにいた。そして彼の手を引っ張り、夢から引き戻してくれたのだ。だが今はいない。

「お母さん⁉」

太郎は娼婦館の中を歩き回った。足元の床は腐り果てているのか、クリィク、クリィクと不気味な軋み音を立てた。病院ベッドのようにヴェールが引かれたぼろぼろのベッドが、八つほど並んでいる。割れた姿見鏡。いかがわしい絵のポスター。積み上げられた木箱と残骸。室内は黴臭く、あちこちに大きな蜘蛛の巣が張り、床には腐ったゴミが散乱している。

「帰ら、ないと……」

太郎はまた強い眠りに襲われた。視界がグルグルと回転する。夢の中の光景が重なる。そしてふらふらと、歩き始める。

先ほどまで廃墟だった娼婦館は、夢の中で色と賑わいを取り戻した。上等な蠟燭と燭台。壁に並ぶ油絵の絵画。ピーコートを着た羽振りの良さそうな軍人、あるいは立派な髭を蓄えた貴族風の男さえいる。上の階と下の階で、来る客が完全に違うのだ。

娼婦たちは皆あどけなく笑い、暖かな音楽が鳴り響いている。鍵束を持った背の低い禿頭の男が来ると、彼女たちの顔が少しだけ曇る。痩せた女が路地裏から帰ってきて、くしゃくしゃの札を禿頭の男に渡す。舞踏会のような音楽が鳴る。仮面をかぶった男女が踊り始める。

太郎はふらふらと、さらに娼館の奥へ、奥へと……。そこには太郎と同じくらいの少年たちもいた。鍵のかかった部屋。蠟燭の炎。鍵束の男。書状を持った軍人たち。怒鳴り声。もう嫌だ。誰かを殴るのを見たくない。だが太郎の夢はどこまでも深くなり……。

「えッ？」

誰かが、不意に太郎の腕を摑み、再び現実へと引き戻した。

太郎は床に開いた大穴の前で立ち止まっていた。あと数歩歩いていたら、彼はその下へと落下していただろう。

「お母さん？　来てくれたの？」

太郎は振り向いた。だがそこにいたのは見覚えのない、黒い和服を着た、黒髪の女性だった。

「うん、うん」

女は太郎の顔を見ると、満面の笑みを浮かべた。美しい女性だったが、どこかその仕草は、太郎と同年代の無邪気な少女のようだった。

太郎は困惑した。

「お、お姉さん、だれ？」

「いたか、お蔭⁉　おお良くやった、でかしたぞ！　ここは蜘蛛の巣が多くてかなわんな！それに食屍鬼の酢飯の臭いがプンプンするぞ！　奴らの寝床に違いない！」

床をブーツで踏み鳴らしながら、偉丈夫の声が近づいてきた。

「あ、あの、だれですか？」

太郎は声を震わせた。

「誰ですか、だと⁉　我輩らはお前の母親に頼まれて、この貧民街まで捜索に来てやったのだぞ！　お前が太郎だな？」

「は、はい、そうです！」

太郎はその厳しい声を聞き、思わず背筋を伸ばした。

「我輩の名は妖怪猟兵小泉八雲、お前を助けたその女は、助手のお蔭だ」

「お蔭さん？　あ、ありがとうございます……」

太郎の可愛らしい仕草を見て、お蔭は思わず彼を抱き寄せて頬ずりした。お蔭の体は温かく、柔らかかった。

「うわッ……」

太郎は思わず顔を赤らめた。

「お蔭、奴らが戻ってくる前にここを出るぞ」

うん、と頷き、お蔭は太郎を抱いたまま、ハーンのあとに続いた。夢遊病から覚めたばかりの太郎はまだ少しきょとんとしていたが、お蔭が背中に異常なほど大量の荷物と旗竿を背負っているのを見て、思わず目を疑った。そこまで体格が良いわけでもないのに、彼女はそれを軽々と背負い、そのうえ太郎を抱いているのだ。

「大丈夫、自分で歩けるよ」

と太郎は気恥ずかしそうに耳打ちした。

「うん、うん」

お蔭は頷き、彼を床に降ろして、手を引いた。

「喋れないの？　あ、ごめんなさい、そんな事を聞いちゃって……」

お陰は上機嫌のまま頷いた。また誇らしげでもあった。太郎を見つけたのは全部、自分の手柄であると小泉八雲に対して言いたげだった。太郎は歩きながら猟兵を観察した。よく見ると、この偉丈夫は全身を銃器や刀剣で武装していた。まるでこれから戦争でもしに行くような物騒な格好だった。太郎は少しぎょっとして、口をつぐむことにした。

彼らは娼館の三階にいた。階段を軋ませながら下へと下りてゆく。一階へ達しようとした時、太郎は先ほどから聞こうとして我慢していたことを、質問することにした。

「あの、小泉さん」

「何だ？」

「さっき言っていた食屍鬼って、一体」

ＢＬＡＭＮ!!

ハーンは振り向きざま、ウィンチェスター・ライフル銃を発砲した。

弾丸は太郎の頭の上を抜け、後方にいた何かに命中した。

「God damn it……」

天井の穴から食屍鬼がぼたりと落ち、酢飯のような臭いを放ちながら痙攣した。

「アイエエエ……？」

太郎は目を丸くし、声を上擦らせた。それが何なのかを確かめる間も無く、
KRAAAAAAAAASH！

突然ガラス窓が外側から割られ、白い肌の怪物が何匹も飛び込んできた！

「アイエーエエエエエエエ⁉」

太郎は悲鳴をあげ、再びお蔭に抱き上げられる！

「来たか！」

BLAM！　BLAM！　BLAM！

ハーンは振り向きざまのウィンチェスター・ライフル銃射撃で、三匹の食屍鬼をたちまちのうちに射殺した！

「あぎあぎあぎ！」「あぎぎぎぎぎぎぎ！」「おイしい肉ゥウウウウウ！」

階下からも唸り声！　さらに五匹！　近づいてくる！　出口を塞がれた！

「イヤーアアアアアアアアアアア！」

「騒ぐな！」

ハーンは太郎を一喝する。

「下からも湧き出してきたか！　お蔭、太郎を守れ！」

「あぎぎぎぎッ！」

お蔭の背後を狙い、食屍鬼の一匹が飛びかかる。だが彼女はそれを見事な後ろ蹴りで撃墜し

た。その表情は先ほどまでとは打って変わり、野生的な凜々(りり)しさをたたえていた。太郎は恐怖と驚きで声も出せずにいた。

ＢＬＡＭ！　ＢＬＡＭ！　ＢＬＡＭ！

「武器を！」

ハーンが叫んだ。お陰は素早く駆け寄り、彼に背を向けた。妖怪猟兵はライフル銃を撃ち終えると、それをお蔭の背中の武器庫めいた仏壇箪笥(ぶつだんたんす)に引っ掛け、引き出しからリボルバー銃を取り出して持ち替えた。驚くほどの早業であった。

「お蔭、道は覚えているな！　先程の婦人のところへ運べ！　それから療養院だ！」

お蔭は強い表情でうん、と頷き、娼婦館から飛び出すと、雨の中、魔都長崎の裏路地を走り出した。

「我輩はもうひと稼ぎしてから向かう！」

ハーンはお蔭に呼びかけ、自分は手斧とコルト・ピースメーカー拳銃に持ち替えて戦った。

ＢＬＡＭ！

「あぎ」

ＢＬＡＭＮ!!

「あぎぎぎぎぎ！」

階段上、上と下から攻め寄せてくる食屍鬼たちを、見事な手並みで始末する。殺し損ねた者がいれば、手斧の一撃で素早く頭を砕いた。

「前歯を拾っている暇もないな！」

ハーンは返り血を浴びながら笑った。その様に、食屍鬼たちは次第に恐れをなし始めた。色褪せた分厚い革の外套。そこには確かに、葵の御紋が刻まれている。

「猟兵……」「ショーグンの犬ゥウウウ」「なぜここにいるゥウウウウウ……」

「貴様らを狩りにきたのだ！」

BLAMBLAMBLAMBLAM！

怖気付き始めた食屍鬼らをハーンは次々に射殺してゆく。しばしば死に物狂いの食屍鬼の攻撃が彼をかすめる。だがグール熱の病毒を宿した爪は、いずれも妖怪猟兵の分厚い外套を貫き破ることはなかった。

もうお蔭たちは大通りに達している頃だろう。だがハーンはまだ狩りを続けた。今日は地獄の釜蓋が開く日だ。普段は地下から出てこない臆病者でさえ、街路まで湧き出すほど気が大きくなっているのだ。

地下にどれほどの数がひしめいているのかは知らぬ。だがここでできるだけの数を狩っておけば、攫われる市民の数もいくらかは減るだろう。

それに前歯だ。これを幽霊狩りの証拠として長崎市庁舎に届け、一体あたり十両の退治金をせしめる。そうせねば、明日の宿どころか、今夜のスタウト一杯にありつくことすら怪しい。

「これで十一匹目か……？」

ハーンは床で痙攣する食屍鬼の顎をブーツで砕き、散らばった歯の中から前歯だけを拾い上げた。ゾンビーの場合は腐った耳を狩ることが多いが、食屍鬼の場合はもっぱら前歯である。

あらためてハーンは、古代の狩猟民族になったような心地だった。

そろそろ弾薬が減ってきた。お蔭と合流し、装備を交換すべきだろう。

「あぎぎぎぎ」「猟兵ゥウウウウめエエエエ」

地階の奥から、卑屈な犬のような声と、骨をガリガリと噛んで悔しがるが聞こえた。まだこの廃墟内に食屍鬼が残っているのだ。これで最後にするかと考えたハーンは、右手を腰のホルスターの拳銃グリップに添え、その声がした方向に向かって歩いた。

ふと、ハーンは顔をしかめた。クリィク、クリィク、と、嫌な音が鳴った。

「これは、床が腐……！」

「あぎぎぎぎぃ！」「かかったぞォオオ！」

二匹の食屍鬼が飛びかかってきた。

「おのれ小賢(こざか)しい……！」

BLAMBLAMBLAMBLAM！

ハーンはアンブローズ・ビアス・スペシャルのファニング連射でこれを射殺した。だが勢いをつけて飛びかかってきた食屍鬼らは、そのまま彼の上に覆いかぶさる！

その重みで、めきめきと音を立て、床板が割れ砕けた！

「しまった」

ハーンは落下した。下には黴臭い地下室があったが、床は無かった。這い出してきた食屍鬼によって床を掘り抜かれ、底無しの縦穴が続いていた。あたかも地獄の蓋が開いたかの如く、ハーンは闇の中へと真っ逆さまに墜落していった。

摑まる場所を求めて手を伸ばしたが、届かなかった。

地下には無数の横穴が開いていた。落下して行く獲物の体めがけ、新たな食屍鬼が左右から飛びかかった。ハーンの視界から、光が失われていった。

……ほぼ時を同じくして、大通りに向かって走る太郎とお蔭の周囲へと、二十数匹の食屍鬼が廃屋の屋根から一斉に飛び降りた。

太郎は叫んだ。お蔭が彼をかばいながら戦ってくれているのが見えた。だがすぐに、何も音が聞こえなくなった。

少年の視界はぐるぐると回り、また深い眠りに落ちていった。

5

((助けて、ハーン……!))

頭の中に少年の声が響き渡る。太郎の声ではない。日本語でもない。遠い昔の記憶。あの日助けられなかった級友トーマスの声だ。

「うう……」

最後の妖怪猟兵は、呻きながら立ち上がった。

真っ暗闇の下水道。微かな明かりが遠くに見える。

全身が痛む。特に脇腹だ。汚水がざばざばと、コートの裾(すそ)から滴った。

「あぎ、あぎぎぎぎぎぎ……！」

落下衝撃で背骨を砕かれたと思しき食屍鬼が、すぐ近くでのたうち回っていた。

ハーンは内なる信念(グリット)を松葉杖のようにして歩き、食屍鬼の横に立った。

「おまえでちょうど十二匹目の獲物」

最後の猟兵はブーツの踵(かかと)を上げる。

「Arrrrghhh……呪われろォオオオ」

「最上級のギネス・スタウト一杯分だ」

そして踏み下ろした。

「God damn it……！」

食屍鬼は頭蓋骨を砕かれ絶命した。バラバラになった歯が辺りに転がった。

ハーンは前歯を拾ってポケットに収めるうちに、徐々に頭が回り始めた。

ここは列車が走れそうなほど広いカマボコ型の下水道だ。

目を凝らす。壁には錆(さ)びた「海抜マイナス二十メートル」のプレート。少なくとも三層は下へ流されたことになる。水は雨で薄まってはいるが、今なおどす黒く、辺りには異臭と煙が漂っていた。

ハーンはこめかみを押さえ、記憶が途切れる直前の光景を思い出そうとした。

「少なくとも、五匹の食屍鬼と一緒にここへ落下してきたはずだ……。他の連中はどこへ行った……?」

BLAM!

「Arrrgh……」

少し離れた場所から、何者かの銃声と、食屍鬼の絶叫が響き渡った。

「なるほど……」

ハーンは反射的に、右腰のホルスターから42口径リボルバー銃を引き抜いた。

「ここには我輩の他にも掃除屋がいたという訳か……?」

ありえぬ話ではない。食屍鬼やゾンビーは、特別な戦闘訓練や知識を持つ者たちでなくとも狩れる。十分な銃弾と、動く死体を撃ち殺すことを躊躇(ちゅうちょ)しない強靭な精神があれば、誰にでも狩れるのだ。だがたいていの場合は、銃弾か精神力か、そのどちらかが尽き果てて終わりを迎える。大半は、後者が先に尽き果てる。

「面倒ごとの予感しかせぬわ……」

死体を狩る賞金稼ぎほど、危険で信用ならぬ奴らはいない。日本にもとうとう、そのような者が現れ始めたのか。ハーンはそう考えながら顔をしかめた。

少なくとも大西部には大勢いた。そしてそのような連中の大半は、ピンカートンや妖怪猟兵団のような矜持(きょうじ)を持たない、人型の者を殺すことを好む、ただの無法者たちだった。彼らはただ金のために死体を殺すのだ。ハーンもまた、米国時代はそのようならず者どもと何度も命のやり取りをしてきた。

　ハーンは音を立てぬように撃鉄を起こしてから、姿見えぬ相手に対して名乗った。

「聞け！　我輩は最後の妖怪猟兵、小泉八雲だ！　長崎市庁舎の許可を得て食屍鬼狩りを開始した！　同業者が雇われているとは聞いておらんぞ！　そちらも名乗るがいい！」

　相手はすぐには返事を返さなかった。代わりにカツ、カツ、カツと靴音が近づいてきた。そして前方の五叉路にチカチカと、青白い光が見えた。長い影が伸びる。コルセットで締め上げられた腰のくびれは、それが丈高い女性であることを彼に告げる。

「むう」

　ハーンは青白い光に顔をしかめ、顎を撫でた。眉間が万力で締め上げられるように軋む。街灯に比べれば遥かに弱いが、それは明らかに強化アーク灯の光であった。

「携行式の強化アーク灯か……！　そのような物を持っている女狩人は、一人しか知らぬぞ！　お前だろう！　イザベラ！」

「……お久しぶりね、パトリック・ラフカディオ・ハーン」

　女の声が聞こえた。錆び始めた年代物の刀剣を絹の布で包んだような、気品と気概を併せ持つスモーキーな声だった。

「……やはりお前か。我輩と平和的に話をしたいなら、そのアーク灯を収めることだな」

「アーク灯を？　ああ、そうでしたね、貴方は……」

　老婦人は微笑み、背負い電源式強化アーク灯の電源を落とした。強化コルセットと同化したハーネスの左肩からは、真鍮製のランタンが突き出している。ヒュンヒュンとファンの回転する音が鳴り、ランタンの光は脆弱な白熱ハロゲン灯の光に切り変わった。

ハーンの頭の中で反響していた不快な唸り音が、忌々しいアーク灯の波長が、次第に収まってゆく。

「その光がいけ好かんのだ」

ハーンは脂汗を拭い、安堵の息をついた。それと同時に、面倒なことになったと言いたげに顔をしかめた。

「……ここで何をしている？」

「助けてあげたのに、ずいぶんな物言いですこと」

ようやく全身が見えた。ヴィクトリアン様式の黒い喪服調コート。きつく巻かれた茶色の強化コルセット。長い白髪を額でまとめ上げる黒バンダナとゴーグル。両腰には年代物のフリントストーンを素体に改造された連射式拳銃と、背部電源ユニットに奇妙なケーブルで繋がれたサーベル。彼女が歩くたび、その装備から微かに真鍮と歯車の音が鳴った。

年は既に七十近いはずだ。痩せぎすだが、背は少しも曲がっておらず、その眼光はこの世の秘密全てを見透かすように鋭い。胸には弾薬ベルトと外科医道具の入った革製ポーチベルトがたすき掛けになっており、食屍鬼の死骸を見ても顔色ひとつ変えなかった。

無論、只者ではない。

老婦人の名はイザベラ・バード。世界を股にかける冒険旅行家として知られ、日本奥地に関する旅行記すらも残している高名な女性である。

そして彼女もまた、属する組織は違えど、その本質は妖怪狩りを生業（なりわい）とする狩人なのだ。

「あなたと一緒に落ちてきたグールどもを、追い散らしてやったというのに」

イザベラは敵ではない。堕落もしていない。腕の立つ女狩人だ。だが与（くみ）し易（やす）い味方かといえば、決してそうではない。これまでに三度、妖怪狩りの現場でイザベラと偶然に鉢合わせたことがあるが、互いの矜持の違いにより、そのどれもが好ましくない結果に終わっている。ある時は、苦労して狩ったグレーター天狗を奪われ、またある時は、拘束に成功した雪女をみすみす逃がす羽目に……。

ハーンの顔は、渋柿を食ったかのように渋くなった。

「それについては感謝している。あとで上物のギネス・スタウトを奢るとしよう。半パイント」

ハーンは答えた。下水道の奥から、食屍鬼どもの蠢（うごめ）めく微かな音が聞こえてきた。

「半パイント？　命を救ってあげた貴婦人に対する御礼がスタウトで、しかも一パイントですらない？」

イザベラは腰に手を当て、ため息をついた。

「……相変わらずね。どこでその強欲さを学んだのかしら」

「紐育（ニューヨーク）のノミの市で買った」

ハーンは酒を呷（あお）りながら返した。浮かれた食屍鬼どもの声が、そこかしこの暗闇から聞こえてきた。こんな所まで生きた人間が降りてくることは珍しいのだろう。

イザベラは厄介であり、可能な限り関わり合いになりたくない女だが、この状況下では止むをえない。生き残るためだ。ハーンは収めたばかりの拳銃を、再びホルスターから引き抜いて撃鉄を起こした。

「それより、我輩など足元にも及ばぬほどの強欲な連中が来るぞ……！」

「そのようね」

イザベラも既に敵の接近に気づいている。彼女は右手にロイヤル・スモール・アームズ社製の連射式フリントロックを、左手には美しい装飾の施された護拳サーベルを構えた。

前方、下水道の水の中、壁、天井、その一面に、何十もの黄色い光が浮かび上がり始める。それはホタルの群れなどではない。黄色く発光する食屍鬼どもの目だ！

二人の狩人は食屍鬼の波に向かって前進し、先制攻撃を開始した。

BLAMBLAMBLAMBLAMBLAMBLAM！

銃声が下水道に鳴り響き、硝煙の香りが鼻腔をつく。たちまち二、二、二、二、合計八匹の、頭を撃ち抜かれた食屍鬼の死体が黒い水の中に転がった。敵は出鼻をくじかれ、色めき立つ。逃げずに向かってくるとは思ってもいなかったのだろう。凄まじい銃弾を浴びせられ、二人の狩人のところまで辿り着けない。辿り着けた者も、カタナとサーベルによって次々に斬り殺されてゆく。

「あぎぎぎぎぎぎ！」

それでも遮二無二(しゃにむに)、数匹の食屍鬼が突っ込んでくる。ハーンは下水道の壁をカタナの切っ先で引っ掻いた。カチカチと火花が爆ぜ、次の瞬間、刀身が真夏の太陽のように燃え上がる。刀身に塗られたヤドリギの精油に着火したのだ。炎を纏ったカタナはたちまち食屍鬼の血を燃やし、カタナ本来の切れ味を取り戻しただけでなく、その熱とヤドリギの力によって食屍鬼たちを恐れさせる。

「あぎ、あぎ」「まブじいよォオオオ」「あぎゃぎゃぎゃう」

食屍鬼たちは負傷した仲間をあっさりと見捨て、闇の中へと逃げ帰って行った。これでしばらくは安全だろう。

「仕事がはかどるわね」

「安心している暇はないぞ。食屍鬼は臆病だが狡猾な連中だ」

「言われなくても知っているわ。こちらがいずれ弾切れを起こすことを奴らは知っている。油断ならない敵」

二人は殺し損ねた食屍鬼に黙々と止めを刺して回り、銃弾の再装填を行った。

既にカタナの炎は燃え尽きている。ハーンは懐から小瓶を取り出し、残り少なくなった精油を塗り込んだ。

「それがあの炎の秘密というわけね」

「ヤドリギの秘儀だ」

「残り少ないの？」

「高価でな」

「次は私が受け持ちましょう」

そのような即席の作戦を立てながら、イザベラはコルセットに挿した外科手術刀で食屍鬼の腹を裂き、その脾臓(ひぞう)の一部を手早く切り取ってピンセットで摘み上げ、ガンベルト状に胸に並んだ小型試験管の一本の中へと放り込んだ。赤い液体が泡立ち、反応を開始するのを見てからコルク栓を締め、試験管を胸元に挿し直した。彼女はドルイドの秘儀を用いない。科学の力によって幽霊を狩るのだ。

「それは何だ？」

「グール熱用の即席血清」

「使わずに済むことを祈るとしよう」

狩人たちは移動を開始した。地下道は迷宮のように入り組んでいたが、道はイザベラが詳しかった。野放図に拡張され続けた下水道網と、工事途中で遺棄された地下鉄網。それらが複雑怪奇に絡(から)み合(あ)っているのだ。

「イザベラ、何故こんな危険な場所にいる？　いまさら幽霊狩りで小銭を稼ぐ必要もあるまい。英国王室がスポンサーを降りたか？」

「まさか。これはグールによる長崎地下の汚染規模を調べるため。無論、薩長政府に許可は取りましたよ。もう何日も続けて潜っています」

「長崎市庁舎の連中からは何も言われなかったぞ」

「英国や薩長政府は彼らより上にいるわ」

再び、カマボコ型の天井を持つ広い下水道が彼らの前に現れた。イザベラのハロゲン灯がその先の道を照らす。二人の靴音が響く。そこかしこに二叉路、三叉路、四叉路、五叉路が待っている。どこか遠い場所から奇妙な叫び声や悲鳴、あるいは巨大な生物の唸り声のようなものまでもが聞こえてくる。食屍鬼の臭いも強くなってきた。

「今まで見てきた地下下水道の中で、最も下劣で醜悪」

イザベラは呼吸装置で口元を覆った。ハーンは赤いバンダナスカーフと不屈の精神力でこれに耐えることにした。

水面から立ち上る奇妙な泡や蒸気。暗がりに転がる人骨。いずれも肉は綺麗に剝がされている。微かな音や声が狂ったように反響し、方向感覚を狂わせる。上下から押しつぶされそうな圧迫感。まともな人間がこのような地下道に放り出されれば、ものの数分で気が狂っていただろう。

ハーンはそんなことよりも、この下水道を設計した奴を全員殴り飛ばしたい気持ちでいっぱいだった。そやつらのせいでこうして死に掛けているのだから。彼は悪態をつき、汗を拭いながら進んだ。嫌な汗だった。

嚙み煙草をやろうとした所で、次の食屍鬼の波が来た。食屍鬼は元来臆病な者たちだ。地獄の釜蓋が開く夜とて、一度撃退されれば復讐しようなどとは考えず、三日三晩は暗がりの中で震え上がる。するとこれは先ほどの連中とは違う部族の者たちで、未だ士気も高い。

「奴らにもう一度、銃弾の味を教えてやるとするか！」

「よろしくてよ、ハーン」

ざばざばと音を立て、牙をむき出しにして迫り来る食屍鬼たち。

BLAMBLAMBLAMBLAMBLAMBLAM!

銃弾と硝煙がそれを出迎える!

「あぎぎぎぎぎッ!」

敵は一瞬ひるんだが、数匹が爪を突き立てて壁を左右から走ってくる。やはり最初の波とは別の部族だ。部族が違えば戦い方も違う。紐育(ニューヨーク)のように、部族ごとでまるで見た目が違う場合もある。

「堕落した犬ども、大英帝国の英知を見なさい!」

イザベラは右手に持ったケーブル付き護拳サーベルのハンドルを握りこんだ。背部電源ユニットが唸りを上げ、蒸気を吐き出し、刀身を赤熱させる。イザベラはそれを振るった。ジュッと音がし、右から飛びかかってきた食屍鬼の首はバターの如く切断されていた。返す刀で、左から跳躍してきた食屍鬼を脳天から真っ二つに切断する。

さらにイザベラは電源部を操作し、携行ハロゲン灯の明かりを強化アーク灯に切り替えた。電源ユニットはさらに唸りを増し、頭痛を催すほどの低音が下水道内に響く。その光を投げかけられた食屍鬼たちは、朝日を浴びた吸血鬼よろしく狼狽し、悲鳴をあげ、目を押さえて苦しんだ。

「イザベラ……!」

ハーンは鼻血を拭い、歯を食いしばって異議を申し立てた。視界が回転し、銃の狙いも定まらない。

「少し我慢していなさい！」

イザベラは携行アーク灯の絞りをさらに強め、その光ができるだけ前方にのみ向くように操作した。

「あぎぎぎいいいいい！」「God damn it……!」

ついに食屍鬼たちの戦意は崩壊し、情けない悲鳴をあげながら、蜘蛛の子を散らすように逃げて行った。イザベラはすぐに武器への電源供給をストップした。耳鳴りと頭痛が遠ざかって行く。イザベラの背部電源ユニットに並ぶ計器、残燃料メーターの残量が四分の一を切ろうとしているのをハーンは見て取った。

波を追い払い、再びの前進。交わす言葉は最低限に、しかし、そのどれもが極めて効率的だった。ほんの十数分の共闘であったが、二人の狩人のコンビネーションは熟練の相棒同士のように鍛え上げられていった。それがハーンにとっては少し不愉快であった。

「調査中だと言ったな、地下を」

「ええ」

「それで汚染規模は？　倫敦（ロンドン）よりも酷いのか？」

「二年前とは比べ物にならないほど悪化しているわね」

イザベラは匙（さじ）を投げる外科医めいて肩をすくた。

「大方予想はしていた。手に負える規模ではないとな。合衆国北軍の一個旅団を丸々投入しても駆除しきれんだろう」

「でも、この規模のおかげで救われている部分もあるかもしれませんね」

「どういう意味だ？」

「地下下水道内に、少なくとも十二個の食屍鬼の部族が作られ、縄張り争いをしている。そのせいで、いまのところ大きな脅威には育っていない」

「十二部族だと？　多いな。紐育（ニューヨーク）でもせいぜい三つ巴の戦いだった」

「ええ。こんな状況は見た事がありません」

彼女はそれ以上話そうとはしなかった。イザベラは表向きのところ、世界各地を股にかける冒険狩人だが、ハーンとは異なり、国に……大英帝国に仕えている。むろんこれは国家機密だ。ハーン以外の者がここにいれば、イザベラはその事実を決して認めないだろう。

やがて二人は、上下へと別れる階段の踊り場にたどり着いた。

イザベラが先を指し示しながら言った。

「上へ進めば……あとは一本道で地上へ出られます。下に進めば遺棄された礼拝堂に行き当たる。おそらくそこには大規模な巣があるでしょう」

「そうか。数百もの食屍鬼がひしめいているだろうな。だが生憎（あいにく）、装備が足りん。補給なしで狩れる食屍鬼の数は、数十が限界だろう。既に弾薬を半分以上使った。イザベラ、そちらもかなり消耗しているはずだ。このまま地上へ出るのが得策」

「ではここでお別れね。私は下へと向かいます」

「……さらに下へだと？」

ハーンは下り階段のほうを見た。壁には奇怪な血の模様が描かれ、剝がれた人の皮と骨で作られた野蛮なオブジェが飾られている。近くには同様のものがいくつも転がり、それらは無残に破壊されている。食屍鬼たちの激しいテリトリー争いを示すものだ。

「この先に大規模な巣があります。おそらく部族の長がいる。その調査を行い、あわよくば、巣から犠牲者を助け出す」

「犠牲者を……？　まだ生きた者が捕まっているのか？」

「少なくとも、一人は生きているわ。十歳ほどの可愛らしい少年よ。あなたが降ってくる直前、悲鳴が聞こえた。必死で母や神に助けを祈る声が。そちらに向かうと、食屍鬼たちが生きた子供を攫って運んでいるところだった……」

「子供だと？　それを見たのか？」

嫌な予感がした。もしや太郎か。いや、太郎は確かに逃したはずだ。お蔭の護衛までつけた。大通りまではさほど距離もないはずだ。それが……。

「ええ。食屍鬼が運んでいたのは、上等な夜会服を着た少年だった。それともう一人、黒い和服を着た女性もいたわ。私はそれを見るどころか、奴らを止めようとすらしましたよ。強化アーク灯と銃の力でね。二匹ほどグールを撃ち殺したけれど、数が多すぎ、奴らはそのまま逃げて行った……グールだけが通れる暗く細い道を通って」

これを聞き、予感はもはや確信へと変わっていた。あの後で、太郎とお蔭は大通りに戻る前に襲撃を受けたのだ。一匹か二匹の食屍鬼ならば、お蔭でも対処できたはずだ。相当な数の食屍鬼が組織だって行動しなければ無理だろう。

つまり敵は最初からずっと……太郎だけに狙いを定めていたのか？

「……そやつらの巣が、この下の礼拝堂ということか？」

「気が変わったとでも？」

「変わった。まさかお前がそんな理由で犠牲者を助けに行くとは思わなかったからだ。せいぜいが、今日中に調査報告を行うとかその程度の動機だろう思っていた……それを、何だ」

ハーンは痛み止めを混ぜた嚙み煙草を吐き捨てた。

「まったく、狡猾な奴だ。そんな分の悪い賭けを先に突きつけておいて、自分だけが潜ると？命知らずのピンカートンの連中でもそんな真似はせんぞ」

ハーンはイザベラを睨みつけた。口元は笑っていた。

「ではハーン、半パイントの代わりに命を預けてもらっても、よろしくて？」

イザベラ・バードは不敵に笑んだ。

「よかろう」

ハーンは返した。

「二人分の弾薬で、潜れるところまで潜り、囚われた者たちを救出する」

「その通りです。グールどもに、目に物見せてやりましょう」

二人は階段を下り、さらなる暗黒へと足を踏み入れた。

6

遠くで騒々しい食屍鬼たちの声が聞こえる。

((あぎ、あぎ！))((あぎゃぎゃう))((おイじイおにグになるよォオオオ……))

それは数十、あるいは数百か……。

((檻をオオ開けよオオオ……！ 太郎をオオオ余の前へ連れて参れエエイ……！))

打ち鳴らされる銅鑼のような、朗々たる声が響き渡った。食屍鬼特有のかすれ声だったが、太郎には不思議と馴染みのある声だった。まるで幼い頃から聞いていたような声……。夢遊病めいた歩みの中で聞く声……。

「ううん……」

太郎はゆっくりと目を開けた。女の白い太腿が目の前にあった。その間に顔を埋めていたのだ。

「うわッ……！」太郎は驚き、体を起こした。暗闇の中で体が大きく揺れ、キイキイと錆びた鉄の音が鳴った。太郎は大きな鳥籠を思わせる金属檻の中に閉じ込められていた。同じ籠の中、すぐ横には黒髪に黒服の娘、お蔭が拘束され、気を失っている。

「あぎあぎあぎあぎ！」「檻をあゲろォウウウウ！」「おイじイおにグになるよォオオオ！」「ワアウウウウウーーー！」

下の広間から数十匹もの食屍鬼たちの獣じみた声が響く。

「アイエエエ……！」

ここは地下洞窟の中に作られた食屍鬼たちの巣だった。巣となる以前は、隠れキリシタンたちが築いた地下礼拝堂だったようだ。太郎はそれを学校の授業で習ったことがある。このような隠し施設が長崎の地下には多数存在するのだと。

太郎はあたりを見渡した。ところどころで不気味な松明（たいまつ）が焚かれている。洞窟の端には岩を削って作られた石段があり、かつて説教台が置かれ十字架が掲げられていたと思（おぼ）しき場所には、巨大な玉座らしきものが置かれているのだった。

「ねえ、お姉さん、起きて、起きて……！　化け物がくるよ……！」

「ううん……」

太郎が揺するが、お蔭は目を覚まそうとしない。まるで糸の切れた繰り人形のようだ。しかも彼女の両手と胴体は鉄格子に縛り付けられている。

「ああ、何で、何でこんなことに……！」

食屍鬼たちに捕獲された時のことが次第に思い出されてきた。裏路地を走っていた二人めがけ、傾いた家々の屋根から十数匹の食屍鬼が一斉に飛び降り、攻撃を仕掛けたのだ。中には大腿骨（だいたいこつ）で作った太い棍棒を持つ者もいた。お蔭は何匹かを蹴り飛ばしたが、最後は太郎をかばったせいで隙をつかれ……後頭部を棍棒で殴りつけられて卒倒したのだ。

「お姉さん、お姉さん……助けて！　怖いよ！　食べられちゃうよォ！」

「あぎぎぎぎぎ」

　錆びた鍵束を持った食屍鬼が、高い竹材足場をヒョイヒョイと飛び渡って近づき、太郎の入っている檻を開けた。太郎は泣き声もあげられないほど震えていた。これは悪い夢なのだと考えていた。だが今回、いつまで経ってもその悪い夢から覚めようとしないのだ。

「嫌だ、嫌だよーッ！」

　太郎は籠にしがみついて抵抗したが、食屍鬼の力にはかなわない。食屍鬼は少年を引きずり出して小脇に抱え、鍵を締め直すと、またヒョイヒョイと足場を飛び渡った。そして大階段を登った。そこには人骨と皮と廃材で作られた玉座があり、後ろには地上から奪ってきたと思しき無数の旗竿が立てられていた。旗竿はてんでばらばらで、ただその数と仰々しい野蛮さだけが求められているようであった。

　玉座の前に作られた人皮のヴェールの奥から、あの不気味な声が聞こえた。

「余の前に見せよ……太郎を……！」

「あぎ、あぎ……」

　鍵束を持った獄吏と思しき食屍鬼は膝をつき、ぎこちなく頭を垂れた。この玉座の主人に対して忠誠の姿勢を見せているのだ。太郎はその玉座の前で、恭しく抱え上げられて、立たされた。

「よし……お前は下がってよい。往ね、往ね」

　人皮のヴェールが貼られた玉座の奥から奇妙にねじくれた長い手が伸び、厄介払いするように指を動かした。

「あぎぎ……」

鍵束の食屍鬼は太郎をその場に残し、また足場の方に飛び渡っていった。太郎は一瞬、後方を見下ろした。大階段の下、闇の中に、数百近い食屍鬼たちの目が輝き、黄色い星空のように瞬いていた。それがたまらなく恐ろしく、だが、不思議と、悲鳴をあげるほどではなかった。何故ならそれは、しばしば太郎が夢の中で見た光景だったからだ。

「よくぞ来た、太郎よ……」

食屍鬼の王はヴェールを内側から開いた。黄色い目が二つ、ギラギラと光っていた。そして醜く歪んだ、毛のない白い肌が見えた。他の食屍鬼たちは裸同然の状態だったが、王はぼろぼろのピーコートを羽織り、上等なトラウザーズを穿いていた。それがさらに不気味さを醸し出していた。

それでも太郎は悲鳴をあげなかった。その声に、面影に、覚えがあったからだ。

「あ、あの、も、もしかして……」

「おお、余を……余の声を覚えているというのか……？」

食屍鬼の王は玉座から降り、太郎を抱え上げた。そして言った。

「余は、お前の父だ」

「ウッ、ウェーッ……！」

酷（ひど）い臭いがして、太郎は吐き気を催した。

「余は食屍鬼の王となったのだ、太郎よ……！」

食屍鬼の王は意にも介さず続けた。

「じゃあ、ぼ、僕のお父さんなの？　本当に？」

「そうだ。おお……その目元、柔らかげな頬……。余の記憶にある通りの姿……触らせておくれ、触らせておくれ」

食屍鬼の王は頬擦りをした。餌を前にした犬のように舌を出し、フウフウと息を荒らげながら。

「ぼ、僕を食べちゃうの？」

「食べる？　お前を、食べるだと？　……ウワハハハハハ！　ウワハハハハハハハハハハア！　誰もお前を食べたりなどせぬ！　そんなことは誰にも許さぬ！　余は王だ！　食屍鬼の王だ！　王の息子が食われるなど、あってはならぬ！」

食屍鬼の王は笑った。

太郎はほんの少しだけ息をついた。だが安堵には程遠かった。

食べないのならば、何故、食屍鬼の王は太郎をここに連れてきたというのか。

「誰もお前を食べるものか！　確かにあの檻の中の女は、攫ってきた他の奴らと同じく、脅して肉をやわからくしてから、腐らせて、ソーセージにして食うがな。他の籠を見てみろ。ちょうどいま、生きた蓄えがなかったところだ」

「攫われた人はみんな、食べられちゃうの？」

「そうだ。だがお前は違う。ウワハハハハハ……太郎や、可愛いお前のことを食べなどするものか。お前はここでずっと暮らすのだ」

「暮らす……？」

「そうだ、お前も食屍鬼となってな。おお、余はこの時をどれほど待ち望んだか。今思っても、この腐った胸が張り裂けそうだ……何故余がこのような姿になったか、教えてやろう」

食屍鬼の王は、おぞましい真実を語り始めた。

「……よいか太郎、お前の母親は、血も涙も無い奴だ。金と権力のことしか頭に無いアバズレだ。奴のせいで余は食屍鬼となったのだ……。奴は、余が娼婦館通りに愛人を囲っていたことを口汚く罵り、親族に訴えて強引に離婚を行った。だがそれは、奴がより地位の高い男を結婚相手に選ぶためだったのだ！　現に今日も、お前を連れて貴族夜会に出席しようとしておったであろう……。ああ、哀れなお前は何も知らなかっただろう。東インド会社に行ったとでも伝えられたか？　実のところ余は名誉を失い、両家から爪弾き（つまはじ）にされ、貧民街で暮らし、病気で死んだ愛人の肉すらも喰らい……やがて飢えて死んだのだ」

王は骨の玉座の下から不気味な魔道書を取り出して掲げた。そこには和蘭陀（オランダ）語でターヘル・アナトミアと刻まれ、数々の忌まわしい人体損壊儀式が魔術暗号とともに図示されていた。

「だが……ただでは死ななかったぞ。愛人たちの骨をしゃぶり、何としても愛しいお前を取り戻してあのアバズレを苦しめてやると誓い、死ぬその瞬間まで魔術を学びながら死んだから、こうして食屍鬼……いや、ジキニンキとして蘇ることができたのだ……！」

「ジキ、ニンキ……？」

「そうだ！　余は類稀なる上級の食屍鬼だ。凡百の食屍鬼は、死んだ後に魂が抜け、悪霊によって乗っ取られる。ここにいる連中は皆そうだ！　だから容易に操れる……！」

食屍鬼の王は奇怪なる両腕を広げ、自らの地位を誇示した。

「あぎぎぎぎぎぎ！」「王よぉオオオオオ！」「わレらがおうざマあああああ！」

数十匹の食屍鬼の歓呼の声が、地下礼拝堂内に響き渡った！

「……余はあやつらとは違うのだ。余は復讐のために魔術を学んでおったから、いちど魂が抜けた後に、すぐに自らの死体へと魂を戻すことができた。そして太郎、お前にもジキニンキとなる素質がある。何故なら、余の血を引く実の息子だからだ……！　お前の中には余と同じ、貪欲で無慈悲な魔術士の血が流れているのだ……！」

「父さんと同じ血が……」

「いいか、お前を我がものとする方法を、余は来る日も来る日も考えた。この薄暗い地下道でな。直接お前を攫い取ることも考えたが、市街には強化アーク灯の光が輝いておる。あの光は我らにとって毒なのだ。そこで逆に、お前を引き寄せることにした……夢を送ってな」

「夢で……？」太郎は涙をぬぐいながら返した。「病気じゃ……なかったの……？」

「然り。余と同じ血がお前の中にも流れているから、そのような力が働くのだ。おお……まさかお前は、あの女から病気扱いされていたのというのか？」

「……うん、皆から」

「おお……王の息子に対してなんたる仕打ちだ……！　許せぬ……！　太郎よ、もう大丈夫だぞ、余とともに永遠にこの地下世界で暮らし、食屍鬼の帝国の王子となれ！」

「エッ？　そ、それは、い、嫌だよ……！」

「何も心配することはない。余はお前を食屍鬼にする方法を知っておる。余もまた、ある魔術に精通した御方からその秘技を授けられ、自ら食屍鬼となったのだからな。……食事の準備をせエエエエエい！　太郎のための椅子も持てェエエエい！」

食屍鬼の王は下僕たちに向けて怒鳴った。

「あぎ、あぎ」「おしジいお肉だよォオオオ」「あぎぎぎぎぎ」

食屍鬼たちが大机の上に欠けた食器の数々を運んでいた。その上には、骨つき肉やソーセージなどが盛られている。だがそのどれもが腐り果て、中には蛆(うじ)や奇怪な線虫が涌いているものすらあった。

「ひい……」

「おお……太郎よ、ようやく親子水入らずでの食事ができる……。余はこの時をどれだけ待ち望んだか……！　今宵は地獄の釜蓋が開く日なのだ……！　お前が食屍鬼となるのに、これほど相応(ふさわ)しい日は他にあるまい……！」

食屍鬼の王は我慢できぬらしく、ナイフとフォークを鳴らしながら、不気味なソーセージをバリバリと喰らい始めた。

「ウェーッ！」

太郎はそれを見ていただけで、たまらず嘔吐した。

「食べねばならんのは肉だけではないぞ……。これだ、この魔術の精髄たるエリクサーが肝要なのだ……！」

食屍鬼の王は玉座の下から、透明のガラス瓶に入った奇妙な薬を取り出した。それは緑色に輝き、何も加えていないのに、ボコボコと表面を常に泡立たせていた。

「食べれないよォ、こんなの……食べたらお腹を壊して死んじゃう……」

「ハハハハハハ！　それでいいのだ……！　そうせねばお前は食屍鬼の眷属となれぬ……！それ、まずは舐めてみよ……！　まずはこのエリクサーをひと舐めせよ！」

「嫌だよ……！　お家に返してよォーッ！」

「駄目だ！　人間たちの世界は醜い。お前を返すわけにはゆかぬ！」

「どうしてだよ⁉」

「その口の利き方は何だ……⁉　聞き分けのないガキめが！　余が食屍鬼となったのは、全てお前のためなのだぞ、太郎！」

食屍鬼の王は突如激昂して太郎の首を絞め上げ、吊るし、叱りつけた！

「ウッ」

「お前を余のものにするためにだ……！　それが解らんのか⁉　これがお前にとってもより幸せなのだ！　おお……すまぬ、つい……」

食屍鬼の王は、蒼白となり始めた太郎の首から手を離した。

「ゲホッ！　ゲホーッ……！　ウワッ！　ウワアアアアアーーーー！」

太郎は跪き、困惑と恐怖と惨めさの中で涙を流した。

「さあ、太郎、エリクサーを飲むのだ……！」

食屍鬼の王が歩み寄り、彼の顎を摑んで、強引にエリクサーを流し込もうとした、その時。

「あぎ？」「あぎぎぎぎ？」「あぎゃ？」

下で食屍鬼たちがざわめいた。

何かが後方の岩場から投げ込まれたのだ。

食屍鬼の王は目を凝らした。それは、葵の御紋入りのダイナマイトだった。

「あぎ」

ＫＲＡ－ＴＯＯＯＯＯＯＯＭ！

爆発！　トリ・ニトロ・トルエンの真っ赤な炎が地下礼拝堂を染め上げ、三ダース近い食屍鬼が粉々に吹っ飛んだ！　それに続き、東西それぞれの方向から二人の狩人が姿を表す！

「魔都長崎地下をねぐらとする、食屍鬼の部族だな！　大公儀魑魅魍魎改方、妖怪猟兵小泉八雲である！　貴様らを地獄へと送り返す！」

東からはハーン！

「堕落した犬ども！　大英帝国の栄光と聖トマス・エジソンの光のもとに滅びなさい！」

西からはイザベラ・バード！

ＢＬＡＭＢＬＡＭＢＬＡＭＢＬＡＭＢＬＡＭＢＬＡＭＢＬＡＭ！

銃弾の嵐!

「あぎぎぎぎぎ!」「God damn it……!」

不意を打たれた食屍鬼たちが逃げまどい、押し合い、乱闘を始める! まるで地獄のモッシュピットだ! 銃撃の第一波が終わると、イザベラは電源ユニットを唸らせ、強化アーク灯の投光を開始した! 食屍鬼たちの怒号は悲鳴へと変わり始めた!

「おのれ、猟兵どもか……!」

食屍鬼の王は太郎を放り捨て、玉座の上に立って叫んだ。そして玉座の下に隠した黒いマスケット銃をずるずると引き出す。彼は最新鋭の機械装置を装備した女が数日前から下水道を調査している事を知っていた。そしてアーク灯投光器を装備していることも。

「ものどもオオオオオ! 怯むでない! 余とともに戦ぇェエエエい!」

BLAMN! BLAMN!

食屍鬼の王が放った弾丸は、携行型アーク投光器に命中。火花を散らし、動作不良に陥った! これを見て食屍鬼の軍勢は沸き返り、戦意を新たに狩人たちへと襲いかかる!

「SHIT!」

イザベラが口汚く罵った。まさか下劣なる食屍鬼の中に、銃を使えるほどの知性を持つ者がいようとは! だが銃弾は彼女の高貴なる戦意までも砕くことはできなかった! 彼女は聖トマス・エジソンの力を赤熱サーベルへと送り、もう一丁の連射式フリントロック銃を構えて突撃する!

「ハーン！　援護を！」

「任せておけ！」

BLAMBLAMBLAMBLAMBLAMBLAMBLAM！

ハーンはアンブローズ・ビアス・スペシャルの連射で一気呵成に攻め込み、活路を切りひらき、燃え盛る地下礼拝堂の中央付近でイザベラと合流した！　そのまま二人は互いの背中を守り合い、互いの手際の悪さに皮肉を飛ばしながら、玉座に向かって攻め上がる。

「おのれ、余の王国を……！　斯くなる上は……!!」

食屍鬼の王は何かを命じかけたが、隣にいる太郎を見ると、歯ぎしりをして思いとどまった。そして撃ち尽くしたマスケット銃を放り捨てると、敵部族の長の大腿骨で作った棍棒を構えた。

「余が直々に決着をつけてくれる！」

彼は玉座を蹴って跳躍し、ハーンたちに切り掛かった。三度切り結んだ後、食屍鬼の王はイザベラの赤熱サーベルで背中を斬りつけられ、あまりの熱さに猿のような悲鳴をあげて、階段を転げ落ちていった。再び食屍鬼たちは混乱し、白い肉の海の中に飲まれてゆく。ハーンとイザベラは下に向かって射撃しつつ、そのまま階段を登りきり、冒瀆の玉座のもとへと辿り着いた。

「助けに来てくれたの!?」

太郎はハーンたちを見て叫んだ。

「ええ、そうよ。感謝の祈りを神に捧げなさい。これで悪夢の時間は終わりです」

イザベラは微笑んだ。ハーンは彼女がそのような表情を見せるとは知らなかった。しかめ面を作り、痛み止め入りの嚙み煙草を吐き捨てると、太郎に問うた。

「お蔭はどこだ？」

「あそこにいます！」

太郎は洞窟の天井から吊り下げられた大きな鳥籠状の檻を指差した。香港や紐育の高層ビル建築現場を連想させる不安定なバンブー足場を飛び渡らなければ到達できない。しかも鍵が掛かっているはずだ。

「厄介だぞ……！　お蔭！　いつまで寝ている！　起きろ！　シャドウウィング！」

ハーンは鳥籠の鎖を狙って何発も射撃を行った。一発が命中し、火花を散らせたが、とても破壊できるとは思えなかった。これ以上の試みは弾の無駄だ。さりとて、足場を飛び渡ってゆこうとすれば、たちまち敵にその試みを見抜かれるだろう。少なくとも、ここにいる敵を全滅させてからでなければ。

ハーンは黄泉の腐肉やソーセージが並べられた大食卓を蹴り倒し、玉座と合わせて即席のバリケードを作った。

「奪い返せェエエエエ！　余の玉座を！　何としても！　奪還した者には、あの黒髪の女の大腿肉をくれてやる！」

食屍鬼の王の傷は浅く、再び銅鑼のような声で全軍の指揮を開始した。棍棒を振りかざし、食屍鬼たちに命令する。食屍鬼たちは階段を登り、玉座に向かって攻め寄せたが、高所の利は絶大であった。ハーンとイザベラは即席バリケードを巧みに使い、籠城した銀行強盗めいて次々に食屍鬼の尖兵を射殺、または至近距離で斬り捨てたのだ。

間も無くして、戦闘は膠着(こうちゃく)状態に陥った。

これはハーンたちにとって全く好ましい事態ではなかった。時間が経過すればするほど食屍鬼の数は増えるだろう。残弾や電力は減る一方だ。カタナを振るい続けた腕の筋肉もパンパンに腫れ上がり、動きが鈍り始めている。

太郎が不安そうにハーン、イザベラ、そして遠く離れたお蔭を見る。

次の手を考えねばならない。速やかに。

そう考えた矢先、敵が先手を打った。

「……聞け、妖怪猟兵どもよォオオオ！」

食屍鬼の王が叫んだのだ。

「今日が何の日か解るか⁉ 旧暦七月一日、地獄の釜蓋が開く日である！ 地獄より湧き上がる力を得て、余の軍勢はいつになく猛り、荒ぶっておる！ もはやお前たちに勝ち目はない！だがお前たちは、実に諦めが悪いと見える！ そこでだ！」

「取引をしようと言うのか⁈」

ハーンが即席バリケードの陰から叫び返した。

「そうだ！ 余はこの者らの王である！ このまま攻め続ければ勝てるのは明らかであるが、兵士どもが死ぬのは忍びない！ 加えて、お前たちが死に物狂いで戦えば、近くにいる太郎が傷つくやも知れぬ！」

「試みに聞いてやろう！　停戦の条件はなんだ?!」

玉座の陰で、ハーンは銃にありったけの弾を再装塡しながら叫んだ。

食屍鬼の王がほくそ笑みながら返した。

「観念し、太郎を差し出すがよい！　それは余の息子なのだ！　さすれば、余はお前たち二人と、そこの鳥籠の中に捕えた女を、無事に地上まで返すと約束してやろうぞ！　おお……そうだ、それだけではない！　あのアバズレを、この太郎の母親についても、いずれは捕えて喰い殺す算段であったが、やめにしよう！　余は太郎さえ手に入れれば、その他のものをすっぱりと諦めるぞ！　考える時間をくれてやる！」

くれてやる、やる、やる、やる……王の声が洞窟の中に響き渡り、小さくなっていった。地下礼拝堂で戦う両軍は息を潜め、小声で囁き合った。

「……僕が残れば、みんな助かるんですか？」

子供ながらに思いつめた表情で、太郎が問うた。

「いけませんよ。幽霊や妖怪どもと取引するのは、主に背き、悪魔に魂を売るにも等しい愚行です。奴らの言葉は、すべて嘘」

イザベラは銃弾の再装塡を行いながら、厳しい口調で諌めた。玉座の廃材に古い隠れキリシタンの十字架の残骸が使われているのを見ると、彼女の戦意は再び烈火のように燃え上がっていた。

「どうした少年、こんな臭い場所に残りたくなったか？　あのクソ親父が好きか？」

ハーンが太郎の肩を叩き、問い返す。

「そんなわけありません。だ、大嫌いでした……。だって、母さんを殴るんだもの」

「死ぬ前からクソ野郎だったか。ならどうしてお前はここに残る？」

「だ、だって、僕の中には、父さんと同じ血が流れてるんです」

「……だから何だ？」

ハーンは不思議そうに尋ねた。

「だから？　だから従うんじゃないですか？　学校でもそう習います。だから僕も大きくなったら、きっと、お父さんみたいになって……」

「いいか小僧。泣き言を言うな。ひとつ教えてやろう。重要なのはお前の中に流れる血ではない。どのように生まれついたかではない」

ハーンは隻眼（せきがん）で少年の目を真正面から見据え、押し殺した声で言った。革手袋を嵌（は）めた逞（たくま）しい腕で、その肩を叩き、勇気付けながら。

「根性を見せろ。男の価値を決めるのは気概（ガッツ）と信念（グリット）だ。何を為すかだ。その心を鍛え上げ真の男になれ。お前は父親の所有物ではない。クソ野郎にケツを差し出す必要もない」

「じゃあ、みんな、し、死ぬまで戦うんですか……？」

「死ぬために闘うのではない。死に物狂いで闘うのだ。少なくとも我輩はな。ここまで来たら腹を括（くく）るのみよ。イザベラ、お前の考えはどうだ？」

「私にそれを聞くというの、ハーン？」

イザベラは連射式フリントロック銃の装塡を終えていた。

「悪霊どもの穢らわしい言葉に聞く耳など持つ必要はありません。たとえ命乞いの言葉でさえもね。奴らの血と臓物で下水が満たされ溢れる時まで、徹底抗戦あるのみです」

「今回ばかりはどうも気が合うな！　……少年、耳を貸せ」

ハーンは太郎を手招きし、作戦を耳打ちした。そして黒い丸薬の入った袋と洋酒スキットルを手渡した。

「これは……？」

「ロッキーマウンテンオイスターだ。上手くやるのだぞ……！」

間もなく、痺れを切らした食屍鬼たちが喚き始めた。

「狩人どもよオオオオ、答えは出たか⁉　余の寛大さもそう長くは……！」

「腰抜けの骨拾いどもめが！　これが答えだ！」

BLAMN！

ハーンのコルト・ピースメーカーが火を噴いた。高い足場の上からハーンたちの様子を窺っていた看守の食屍鬼が、銃弾を胸に受けて倒れた。がちゃりと重い音を立て、鍵束が足場に落ちた。

「Arrrrgh…… God damn it……」

その悲鳴が合図となり、再び地下礼拝堂で激しい戦闘が始まった！　堰を切ったように、食屍鬼の群れが石段を駆け上ってくる！

「行くぞイザベラ！」

「解っています」

ハーンは玉座の右、イザベラ・バードは玉座の左へと姿を現し、凄まじい勢いで射撃を行った。ハロゲン灯に照らされながら、狂乱した食屍鬼たちが押し寄せてくる！

ＢＬＡＭＢＬＡＭＢＬＡＭＢＬＡＭ！

ハーンの大口径銃からは、ヤドリギ精油の塗りこまれた銃弾が撃ち出され、暗闇に炎の軌跡を描いた！

ＢＬＡＭＮ！

「あぎ」「ぎぎぎ」

先頭にいた食屍鬼どもの頭をイザベラとほぼ同時に撃ちぬき、
ＢＬＡＭＮ！

「あぎぎぎ」

二匹目の胸を破壊し、

「ショーグンの犬めえええ！」

さらにその死体を乗り越えて飛びかかってきた食屍鬼を、ハーンは右手のカタナで串刺しにする。

「あぎぎぎぎぎ！　呪われろ！　呪われろ！　呪われろッ！」

食屍鬼は心臓を貫かれたまま手を前方に突き出し、鋭い爪で引っ掻こうともがく。ハーンはそれを蹴り飛ばし、心筋で拘束されかかっていたカタナを再び自由にした。蹴り飛ばされた食屍鬼は仲間たちを巻き添えにしながら転がってゆく。

「こんなものか！　ガッツを見せろ！」

ハーンは汗をだらだらと垂らしながら叫んだ。汗の量が尋常ではない。食屍鬼の毒ではないことを祈るしかない。グール熱はデング熱に似た症状をわずか数時間のうちに引き起こし、酷（ひど）い時には筋肉痙攣を伴う。紐育（ニューヨーク）では痛い目にあったが、それで感覚を覚えた。これは毒ではない。おそらく、落下時に肋骨にヒビが入ったのだろう。それが今更になって痛み出したのだ。

「殺されたい奴から掛かってこい！」

「おのれエエエエ！　許しはせぬぞ！　殺せ！　殺せ！　殺して喰え！」

食屍鬼の王が唸り、尖った指先で玉座を指差す。煽り立てられた食屍鬼の多くは、イザベラの側に向かった。彼女は既に連射式フリント銃の弾切れに見舞われていた。

ハーンも最後の切り札であるヤドリギの炎を使い切り、そのカタナの刀身は血と脂でぬめり始めていた。

「イザベラ！　凌（しの）ぎきれんぞ！」

「大英帝国の叡智（えいち）を甘く見ないこと！」

イザベラは最後の電力を振り絞り、赤熱サーベルを振るう。

「押し潰せェエエエエ！　我らの数を見せつけろォオオオオ！」

「あ……ぎぎぎぎぎぎ！」

その時、食屍鬼の一人が何かに気づき、畏れながら食屍鬼の王の肩を叩いた。

「どうした⁉　余に触れるとは何事か⁉」

「あぎ、あぎ」

「あれは……太郎……！」

食屍鬼の王が見上げると、そこには危険な材木足場を跳び渡る太郎の姿があった。その手には、先程の銃撃で倒された獄吏食屍鬼の鍵束！

「太郎、急げ！」

ハーンは死に物狂いでカタナと拳を振るい、イザベラと互いの背中を守り合っていた。「太郎！」

「下を見るな……下を見るな……下を見るな……！」

太郎はそう言い聞かせながら、先程まで自分が捕まっていた鳥籠型の檻の前へと到達した。鍵を差し込み、捻る。軋んだ音とともに、錆だらけの鉄格子が開いた。太郎は素早くその中へと飛び込む。彼の動きに気付いた食屍鬼たちが何匹も壁を登り、足場を飛び渡って迫ってくる。

「おのれエエエエエエ！　太郎よォオオオオ！　余の息子よォオオオオ！　余を裏切るか⁉　余はお前のために食屍鬼の王となったというのに！　お前のためにこの帝国を用意してやったというのに‼　呪われろ！　呪われろ！　呪われろ！」

「お姉ちゃん、起きてよ！　お願い！」

太郎は震える手で鍵を内側から締めた。間一髪！　鉄格子の隙間から食屍鬼たちが手を伸ばしてくるが、太郎には届かない！

「ほら、気付け薬だよ……！」

「ううン……」

太郎はお蔭の口を開かせ、ロッキーマウンテンオイスターと呼ばれた黒い丸薬を押し込んだ。そしてピンカートン・ヘルスポーン・ハンティング社の刻印が押された真鍮製スキットルの蓋を捻り、強い洋酒をお蔭の口に流し込んだ。

「ン……」

お陰の目蓋がピクピクと動き……開き始めた。

「やった……！　やったよ！」

太郎は玉座の方を振り向いた。だが既にハーンとイザベラは、無数の食屍鬼によって群がられ、饅頭めいて押しつぶされて、その姿は見えなかった。

「そ、そんな……折角助けたのに……！」

太郎は泣き喚きながら、お蔭の体をゆすり続けた。

「早く！　早く！」

「何をモタモタしておるか！　太郎を捕まえよ……！　余の息子を……殺せ！　殺してしまえ！」

食屍鬼の王が鳥籠檻を仰ぎ、指差しながら喚き散らす。

その時、不意に、檻が大きく揺れた。内側から揺さぶられているのだ。

「何事だ……⁉」

KREEEEEEEEEK！

凄まじい軋み音が鳴り、鳥籠と天井をつないでいた鎖が捩じ切られた！

鳥籠はそのまま、食屍鬼たちの広間へと落下した！

SMAAAAAASH‼

「あぎ⁉」「あぎぎぎぎぎ！」

押し潰された二匹が即死した。

直後、太郎を捕まえるために十数匹の食屍鬼が押し寄せてきたが、彼らはたちまち恐慌状態に陥った。鉄格子を内側から押し開けて出てきたのは、燃え盛る蹄を持つ黒い軍馬であったからだ。

「何だと⁉」

食屍鬼の王は己の目を疑った。

鳥籠から外へ出るまで、それは確かに、黒い和服を着た女、お蔭であったはずだ。

だがいまや目を覚まし、シャドウウィング本来の姿を取り戻した彼女は、暴れ狂い、逃げ惑う食屍鬼たちを踏みしだきながら、誇り高く嘶いたのだ。

「仏国産のナイトメア？　とんでもないものを連れているわね」

イザベラも舌を巻いた。

「今日は旧暦の七月一日、地獄の釜蓋が開く日だ！　活力を漲らせるのは、食屍鬼どもだけでないぞ！」

ハーンが叫んだ。食屍鬼たちはたちまち悲鳴をあげ、逃げ惑い始めた。

「お前たち！　逃げるな！　余の王国を守れエエエイ！　馬鹿者どもめがアアアア！」

食屍鬼の王が叫ぶ。だが兵隊や側近たちは既に総崩れとなっていた。

「斯くなる上は……！」

王はその両眼をぎらぎらと狂気に輝かせ、地下礼拝堂の端に作られた大きな岩牢へと向かった。そして全体重と渾身の力を乗せて、錆びたレバーを独りで動かし始めた。王が何をしているのか気づいた食屍鬼たちは、逃げるのを止め、爪を立てて岩壁に張り付いた。側近の者たちは骨と廃材で作った粗末な槍を持ち、王の近くへと駆け戻った。

「奴め、何を……!?」

ハーンは目を凝らした。

ガゴン、という大きな音がして、岩牢の鉄格子が開いた。

そこに囚われていたのは、この部族と地下礼拝堂を他の部族の攻撃から守るために使われた、恐るべき化け物であった。

「……やれ！　奴らを喰らい尽くせ！　太郎もろとも喰らい尽くしてしまえ！」

「ミルミルミルミルーッ！」

ZGOOOOOM！　奇怪な唸り声とともに、体長三十メートル近い奇怪な巨大線虫が岩牢から解き放たれた！　牛の腸の如き体を持ち、眼のない頭部にはゴカイを思わせる鋭い牙と何本もの触手が生えている！　その体色は食屍鬼を思わせる白！

「あぎぎ！」「あぎぎぎぎ！」「あぎゃぎゃぎゃぎゃ!!」

槍で突いてこれを追い立てようとしていた側近の食屍鬼二匹が貪り食われ、逃げようとした一匹も溶解液を吐きかけられて溶けた！

「アイエーエエエエエエ！」

あまりの恐ろしさに太郎は腰を抜かし悲鳴をあげる！　先ほどから聞こえていた不気味な地鳴りのような音は、この怪物が原因だったのだ！

「野槌か！」

ハーンが唸った！

「モンゴリアン・デスワームの類ね！」

イザベラも舌打ちし、二人は最後の銃弾を惜しみなく浴びせた！

BLAMBLAMBLAMBLAMBLAMBLAMBLAM！

「ミルミルミルミルーッ！」

頭部へと銃弾を浴びせられ、緑色の血を噴き出してのたうつ野槌！　だがその巨体を仕留めるには、銃弾が圧倒的に不足している！　シャドウウィングが踏みつけ、かじりついても、微動だにしない！

「ミルミルミルーッ！」

野槌は狂ったように反撃を開始し、洞窟全体がグラグラと揺れ始めた！　食屍鬼の王は狂ったように笑っている。己の王国の崩壊を悟り、全てを犠牲にしてでも一矢報いるつもりなのだ！

「ぶるるるるるるるる！」シャドウウィングさえも触手で絡め取られた！　口元へ運ばれそうになるのを、燃え盛る蹄で必死に抵抗している！

「これには勝てんな！」

ハーンは唸った。虎の子のダイナマイトは残り一発。だが、混戦の中で爆発物を使えば巻き添えを出しかねない。野槌だけを爆破するのは不可能に等しい。運良く口の中にさえ放り込めれば、その爆発の被害を最低限に抑えられるだろう……。

だが、どうすれば？

「ここまで来て退くというの⁉」

「本来ならば数日がかりで罠を仕掛ける類の大物だぞ！」

「ミルミミルミルミルーッ！」

野槌はハーンとイザベラが陣取る場所へと消化毒液を吐き散らし、かわされたと見るや、闇雲な体当たりを仕掛けてきた。それを紙一重で前転回避しながら、ハーンは気づく。野槌の腹の部分だけが紅色である……！

「この体色、鞍馬山の亜種か！　ならば……！」

ハーンは懐中火打石を使い、最後の一本のダイナマイトに着火した！

「ハーン、やめなさい！　危険すぎる！　近すぎますよ！」

だがハーンはイザベラの忠告を聞かず、ダイナマイトの紐に火打石をくくりつけ、迷いなく投擲（とうてき）した！

「これでも喰らえ！」

野槌に向かってダイナマイトが投擲される！　そして野槌は……

「ミルミルミル」

投擲されたダイナマイトを……自ら進んで食べた！

ＫＡ－ＤＯＯＯＯＯＯＯＯＯＯＯＭ！

野槌の体内で凄まじい爆発が起こった！

「ＨＥＬＬ　ＹＥＡＨ！　思った通りだ！」

「どういうことです、ハーン」

「フリントストーン・ワームとも呼ばれる鞍馬山の亜種は、火打石に目がないのだ！　ここまで巨大な奴を見たのは初めてだがな！」

「ＡＲＲＲＧＨ……God damn it……」

体内におけるダイナマイト爆発によって食道中部および神経管を破壊された野槌は、無数の肉片と化して崩れ落ち、絶命した！

「おのれエエエエエエエ！」

食屍鬼の王は人間の大腿骨で作られた凶悪な棍棒を構えると、戦場の真ん中に転がる檻を睨んだ。そこには無防備な太郎が一人取り残されている。王は息子を睨み、牙を剝き出しにして走った。父の目ではなかった。己の王国を失う恐怖で狂気に陥った、醜い怪物の目であった。野槌さえも失った今、せめて己の最後の所有物である太郎だけでも抱えて逃げ去ろうとしたのであろうか。

「イヤーアアアアアアアアア！」太郎は叫んだ。

そこへ、触手から逃れたシャドウウィングが突き進んだ。王は振り返り、鬼の形相で唸り、棍棒を掲げて迎え撃たんとした。

「ARRRRRRGH!!」

食屍鬼の王が唸る。

どかかッ、どかかッ、どかかッと、炎の蹄が鳴り響いた。並の食屍鬼はその音だけで恐れをなして逃げた。だが食屍鬼の王は退かなかった。呪いの言葉を吐き捨て、切り結んだ。

勝負は一瞬だった。

CRACK、という小気味の良い破砕音とともに、シャドウウィングの炎の蹄が王の脳天を砕いた。目玉が飛び出し、腐った脳みそがポップコーンの如く弾け飛んだ！

「Arrrrggghh……　God damn it……」

食屍鬼の王はがくりと膝をつき、前のめりに倒れて痙攣した。シャドウウィングはぶるるるる、と荒い息を吐いて蹄を打ち鳴らし、竿立ちになって嘶いた。

「よくやったぞ、お蔭……！」

ハーンが脂汗を拭いながら駆け寄り、シャドウウィングのたてがみを撫で、飛び散ったジキニンキの前歯を拾い上げた。

「おのれエエエ……猟兵……ショーグンの犬……呪われろ……」

「手間をかけさせおって、貴様も十両だ！」

BLAMN！　BLAMN！　BLAMN！　ハーンの止めの銃弾が、立て続けに三発、ジキニンキの背中に打ち込まれた。王はうつ伏せに倒れたまま、その場で小さく跳ね、ついに動かなくなった。

イザベラが野槌の肉片を蹴り飛ばして進み、檻の中の太郎に手を差し伸べた。

「よく頑張りましたね、良い子でした」

「HELL　YEAH……！」

太郎がガッツポーズを作った。

「まあ」イザベラが口元に手を当てた。「そんな汚い言葉は使ってはいけませんよ」

ほぼ同時に、凄まじい量の水が洞窟の天井から降り注ぎ始めた。

7

野槌の体内で破裂したダイナマイト爆発は、地下礼拝堂の天井の一部を崩落させていた。まるで空に大穴が開いたかのように大量の雨水が流れ込み、奇怪なデスワームの肉片とともに、隠れキリシタン礼拝堂の周囲に潜んでいた食屍鬼たちを地の底へと押し流していったのだ。

食屍鬼の数はそれでも減らなかった。切り札であるデスワームが死んだことを知るや、対立関係にあった他の部族が、ここぞとばかりに攻め込んできたのである。地底の領地を奪い取り、骨や皮で作った不気味な宝飾品を略奪し、共喰いを行うために。

「急ぎましょう、我々だけでどうにかできるものではない」

ダイナマイト爆発で生じた炎の灯りに照らされ、無数の白肌の怪物たちの蠢く影と、黄色い目が浮かび上がった。熱り立っていたシャドウウィングも、食屍鬼の王を殺したことでようやく正気を取り戻し、お蔭の姿を取って太郎に無邪気に微笑みかけた。太郎は彼女に抱きついた。

ハーン、イザベラ、そして太郎を抱いたお蔭は、立ちふさがる食屍鬼たちを蹴散らしながら、闇雲に階段と梯子を登っていった。新たに攻め寄せてきた食屍鬼たちは、今のところ彼らには興味を見せず、食屍鬼の王が座していた奇怪な骨の玉座を奪い合っているようであったが、いずれにせよ長居は無用である。

ハーンが先陣を切って戦い、お蔭が太郎を抱き抱え、イザベラが彼を励ました。最後は食屍鬼たちが作ったと思しき、不気味な骨と腱の縄梯子すらも使い、残弾が底を尽きかける前にどうにか地上へと到達した。

そこは奇しくも、ハーンがあの貴婦人と別れた最初の貧民街であった。街路には「幽霊十両」「妖怪五十両」の旗竿とともに、お蔭の荷物一式が散乱していた。お蔭はそれを見て安心し、手早く纏めて背中に担ぎ直した。冷たい雨が心地よいらしく、鼻歌すら歌い始めていた。

「やれやれね。ようやくひと心地つけるわ」イザベラが息を吐いた。

「こんな日は雨もいいものだ」ハーンが呵々と笑い、山手を仰いだ。

「なぜ食屍鬼の領土がこれほどまでに増えている？」

「倫敦と同じ。つまりは貧富の差が開きすぎ、餓死者が増えているということ」イザベラは傾いた肉屋の看板を一瞥してから、かぶりを振った。「食うや食わずで、人の屍肉で餓えをしのがねばならない人々が増えているということ」

「政府は動かんのか？」

「……そのために私が調査に潜った。二十世紀万国博覧会の開催までに地下鉄を走らせ、長崎を正式な日本首都と認めさせるのが、英国と薩長同盟の意志です。地下鉄坑道の作業員たちが襲われている。食屍鬼を排除しなければ、彼らは鉄道を走らせられない」

「それで、何と進言する？　根本的な解決をする気は政府には無いのか？」

「根本的解決とは？」

「餓死者が出ているからだろう」

「この流れは止められないでしょう。少なくとも、一年や二年では」

「ではどうする」

「地下の主要な地点にも強化アーク灯を設置するよう、政府に進言します」

「あの忌々しい光を今以上に増やすか」

気休めと解っていても、ハーンは鍔広帽を少し目深に被った。ブラム・ストーカーと同じだ。イザベラにとって、強化アーク灯の光は苦痛の源どころか、幽霊を狩るための武器にさえなる。

太郎にとっては救いですらあろう。だがハーンやお蔭にとっては違うのだ。

三人は強化アーク灯が煌々と輝く大通りに向かって、土砂降りの雨の中を歩いた。

「太郎！　太郎！　ああ、良かった！」

不安になって療養院から出てきたのであろう、黒い傘をさした貴婦人が狩人たちを見て呼びかけた。

「お母さァん！」

太郎も叫んだ。お蔭は抱いていた太郎に笑顔で頬ずりすると、石畳の上に少年を下ろし、母親のところに行くように促した。太郎は少し名残おしそうにお蔭たちのほうを振り返り、頭を下げて礼を言い、母親のところに走っていった。そして飛びついた。親子は強化アーク灯の光の下で守られている。もはや彼らをおびやかすものはない。

「だが、強化アーク灯の光だけで食屍鬼を完全駆逐することはできんぞ」

「果たしてそうかしら」

「この世界の隅々を、完全に強化アーク灯の光で照らすとでも？」

「輝かしき二十世紀はそうなっているかもしれないわ」

「だとしてもだ。奴らはさらに暗い場所へ、暗い場所へと潜って行くだけだ。この世界の隅々までを強化アーク灯の光で照らせる日が来るとは、我輩には思えぬ」

「強化アーク灯の光こそが主の思し召しだとしても？」

「教会は信じぬ主義だ。この捨てられた貧民街に強化アーク灯は設置されぬだろう」

「……何事にも優先順位があります」

「優先順位か」ハーンは嚙み煙草を吐き捨てた。「優先順位の最後まで至ることは永遠にないと保証してやろう。世界の隅々まで人間が行き渡ったとしたら、強化アーク灯のある富める者の世界と、蠟燭しかない暗黒の世界に二分されるだけだ。神の王国など到来するものか。教会は南軍と同じ、無能の奴隷主義者どもだ」

「次に私の前で神の威光を罵ったならば、その口にフリントロックを撃ち込みます」

「ＧＥＥ」

ハーンは遠回しにジーザスの無能ぶりを罵った。

「それに貴方の考え方は、時代遅れですらあるわ。既に大英帝国とイングランド国教会は、全ての強化アーク灯に対して聖別番号を振る決定を下した。すぐに大量生産が始まるでしょう」

「相当なカネでその権利を買ったのだろうな、エジソンとかいう男は」

「疑り深いのね」

「疑り深いのと堅い頭だけが取り柄だ。ピンカートン社で叩き込まれた」

降り注ぐのは硝煙の臭いの雨。

かつてハーンが愛した古き良き日本の面影は、影も形もなく消え去ってゆく。

それでもこの国の人々は、さらなる富と蒸気とアーク灯の輝きを求める。人口百五十万人超。来るべき薩長同盟新世界の首都。第二の倫敦（ロンドン）かと見紛うほどに肥大化した魔都長崎には、厳しいヴィクトリア様式の新政府公舎と高級住宅地、和洋折衷貧民長屋と煉瓦造りの工場群の煙突がひしめき、その全てから黒い煙の筋を無数に立ち上らせている。

あたかも痩せ細った煙突掃除の子らが、天に向かって黒い両手を伸ばし曖昧な救いを乞うているかの如く。

「おい、何をモタモタしている！　とっとと療養院に連れて行け！」

ハーンは貴婦人と太郎に向かって不機嫌そうに叫び、邪険に追い払うように腕を振った。

「お前たちと話しても一銭にもならん！　とっとと消えてしまえ！」

貴婦人と太郎は礼を告げ、大通りの向こうへと消えていった。

ハーンはコートの内側からスキットルを取り出し、強いスピリットで喉を潤した。重労働で枯れた喉から、さらに容赦なく水分が搾り取られる。だがこれがピンカートン式の喉の潤し方なのだ。

天を仰ぐ。空は暗い。

先ず大英帝国に倣(なら)って速やかに工業化し、然る後に新日本国の首都に相応しき独自の大都市を築き上げ、二十世紀万国博覧会を開催して列強諸国と肩を並べる……薩長政府首脳は声高にそう述べるが、今の所この地で観察できるのは、封建時代の気質を残したまま倫敦、巴里(パリ)、紐育(ニューヨーク)にも比肩するほどの混沌の魔都へと捏(こ)ね直されてゆく市街と、船底の病原菌の如く輸入されてきた経済格差という言葉に翻弄される人々だ。

「ところでハーン」

「何だ、イザベラ」

「半パイントを奢る約束はまだ有効ですか。食屍鬼への対策について、いくらか意見を聞かせて欲しい。貴方は紐育のそれも知っているでしょう」

「いかにも。倫敦、紐育、長崎、この三大都市全てでグールを狩った経験がある男は、我輩を置いて他にはおるまい。ただし、長い話になるぞ。一杯では済まんからな。倫敦の現状も聞きたい」

「ブラム・ストーカーについても？」

その言葉を聞いたハーンは微かに眉根を寄せ、嚙み煙草を吐き捨てた。

「まだ生きていたのか、あの男は」

「興味があるようね」

「すぐにお偉いさん方に報告に行かんのか？　骨を見つけた犬のようにな」

「ハ！」イザベラは愉快そうに鼻で笑った。「あなたこそ、先にグールの前歯を換金に行かないと、スタウトを奢る金も無いのでしょう」

「いい着眼点だ」

ハーンはしかめ面で頷いた。

「だが生憎だったな。五番街にツケで飲めるアイリッシュ式パブがある。二年前に難儀な幽霊を退治してやったので、店主は我輩に頭が上がらん。食屍鬼の血と汚水にまみれた狩人でも歓迎させる」

「リアル・エールは飲めるのかしら」

「無論だ」

「悪くないわね」

イザベラが合意した。ハーンとお蔭、そしてイザベラは、強化アーク灯が煌々と輝く大通りではなく暗い路地へと入り、五番街への近道を進み始めた。

島津支部内陣にて

一八九九年、九月末。

風が吹くたび、踏み固められた土は白い粉塵を舞い上げた。馬たちは身体にたかってくる蠅を尻尾で払い、着物をはだけた乳房もあらわな女たちが路傍に並べられた大きな湯桶で湯浴みを行っている。編み笠を被った旅姿の侍たちが集団で行き交い、ものほしそうな浮浪児たちが視線を投げる。しかしこのとき子らが注意を向けたのは侍ではなく、その向こう、砂塵に洋外套を揺らす旅姿の異国人であった。小泉八雲である。

ハーンがまたがる猛々しき黒馬の鞍には旗がくくられ、その異様な生業を端的に示していた。

「幽霊十両」「妖怪五十両」。馬は鉄の鎖を曳いていた。鎖に括られ、引きずられてくるのは、無惨に損壊した死人侍。昨夜彼が相手にした「幽霊」の大将格の死体であった。

子供らが追いかけてくるのを、八雲は剣呑なひと睨みで退散させた。さらにそれを遠巻きに、町人たちが口々に囁き合って、恐怖心と野次馬根性のはざまで見物するのだった。

「幽霊……」「あれが……」「聞いたか。例の耳無し芳一の……」

彼らは口々に囁き合った。

峠道を上り、ハーンが馬を止めたのは、島津の丸十字紋旗が翻る砦の前であった。門前で哨戒に当たっていた藩士は、ハーンの姿を見るや血相を変え、中へ走っていった。八雲は馬に跨ったまま、嚙み煙草を嚙み、しばし待った。

「小泉殿……これは一体……！」

不吉な惨殺体を見て啞然と口を開けたのは、島津の上級藩士、河野主一郎である。

ハーンは、

「見ての通り、幽霊だ。阿弥陀寺の件」

と、顎で示した。

「ご、ご苦労でありました。まずは、内陣へ」河野は口元を押さえながら返す。

ぶるる、と黒馬が鼻を鳴らし、河野の後ろに続いた。

「二十四体狩った、しめて二百四十両。うち百両は阿弥陀寺の坊主が支払ったが、それが限界だった。思いの外、困窮しておってな」

「残る百四十両は誰が支払うことに……？」

「何のために我輩が大将の死体を運んできたと思う？」

「解りました、用意いたしましょう。おかげで薩長の面子も保たれましたので、百四十と言わず、二百でも構いませんが」

「我輩は規定以上の金は受け取らん、それに」ハーンは見事な気概と信念を示した。「国から金を受け取りすぎると軟弱になる」

「そうでしたな、失礼しました」

かつ、かつ、かつ、かつ、と黒馬の蹄が敷石に打ち鳴らされる。

二人は門を三つ抜け、古い樫の樹が生えたなだらかな坂道を登った。

両脇は高い壁で守られている。この先は島津藩山口支部の内陣であり、下級藩士は立ち入りすら許されない。なのに何故この異人が、妖怪狩りの賞金稼ぎが、特別扱いを受けるのか。

馬上のハーンは、下級藩士の何人かが自分に向けて怪訝な目を向けているのを感じた。ここもまた、彼の家ではないのだ。

ハーンと河野は鳥居をくぐり、小高い丘の上にある内陣へと到着した。和風庭園。その中央には、苔むした環状列石が隠されていた。

古代ケルト文明の遺跡、ストーンヘンジである。

島津の旗印たる丸十字紋は、その源をケルト十字と同じくしている。その秘密を知る者は藩士にも多くない。知らぬ者にとって、この列石は風変わりな庭石に過ぎぬが、河野はその意味を知り……ハーンはその利用法を心得ていた。

庭園に他の藩士の姿は無かった。ハーンは河野の許可を待たず、馬を下り、死人侍の大将を荒っぽく引きずって、列石のひとつに鎖で縛り付けた。それから彼は小袋を開き、いとわしい肉片を大量にばら撒いた。それは幽霊狩りの証として刈り取られた死人侍の左耳であった。その数、じつに二十三個。それに大将のぶんを加え、

「この通り、幽霊二十四体だ」

「確認いたしました」

河野もまた馬を下りた。彼はハーンの行いを咎めず、そのさまをじっと見守った。

「では、これはもう用無しだな」

ハーンは懐からひとふりの小瓶を取り出した。高純度のヤドリギ粉末を混ぜた精油である。これを振りまくと、死人侍の耳は突如その場で発火し、灰燼へと帰した。

銃で撃ち殺せる妖怪とは異なり、死人侍はゾンビーと同じ幽霊の一種である。脳天や心臓を撃ち抜いても容易には死なぬが、陽光とヤドリギの力には弱い。ましてそれが古きストーンヘンジの中心ともなれば、ヤドリギの力は本来の何倍にも増強されるのだ。

「God Damn It……!」

死人侍の大将も唸り声を上げ、白濁した目を開いた。

だが……ハーンは訝しんだ。

死人侍の大将が灰燼へと帰さぬのである。

「……何かが臭うな」

「相変わらず荒っぽいやり方ですね」

不意に、樫の木陰から声が聞こえた。

ハーンが振り向くと、そこには機械扇子を広げた老婦人が立っていた。

「私がもう一日早く長州に着いていれば、その場で異常に気づいていたでしょうに」

老婦人は微笑んだ。

「……河野よ、何故イザベラがここにいる」

ハーンは眉根を寄せ、露骨に舌打ちした。イザベラとは商売敵である。今はそのように見せておいたほうが良いのだ。

「ぐ、偶然にも昨晩、長崎より到着いたしまして……」

河野はしどろもどろに返す。

「つまり、我輩が見つからなかった場合に備え、耳無し芳一の件で保険をかけていたわけか？」

「まあ見ていなさい、ハーン。あなたの受け取る報奨金に難癖をつける気はありませんよ」

イザベラはつかつかと歩き、死人侍の横に座ると、コルセットに差し込んでいた手術刀を抜いて閃かせた。素早く真鍮(しんちゆう)製の開創器をねじこみ、腐れた腹の中の何かを探る。

「God Damn It……！」

死人侍の大将が呻(うめ)いた。

「イ、イザベラ殿、何を!?」

突然の幽霊開腹手術を目の前に、河野は顔面蒼白となった。

「私はとある陰謀を追ううちに、この芳一と阿弥陀寺の一件にたどり着き、〝手荒なこと〟をする許可を取り付けに来たのです。それを証明してみせるとしましょう」

イザベラは手術刀を振るい続けた。それは人体解剖図を思わせる見事な手捌(てさば)きであった。

河野は思わず口元を抑え、ストーンヘンジの陰で嘔吐(おうと)した。

「……見つけました」

イザベラの握る鉗子(かんし)は、幾重(いくえ)にも折り畳まれた奇妙な羊皮紙を摑んでいた。

「God Damn It……」

死人侍の大将はついに灰へと変わり、乾いた風に吹き散らされていった。

「これは一体……！」

ハーンは眉根を寄せ、その羊皮紙を摑み取り、開いた。

七度、八度、計九度も折り畳まれたそれは魔導書ターヘル・アナトミアの一節、禍々(まがまが)しい呪言と冒瀆的な人体損壊図が記された頁であった。

（やはりか。これは柳田(ヤナギダ)の一派によるもの……）

ハーンは忌々(いまいま)しげに唸った。

「そう、これは自然発生的な幽霊ではない。ターヘル・アナトミアの屍術を用いて死人侍を操り、何者かが意図的に芳一を暗殺しようとしていたということ」

イザベラは手術器具を布で神経質に拭(ぬぐ)い、レザーコルセットに挿し直した。イザベラの服には返り血一つついていなかった。

「それに、死体が新しすぎますね。これは平家落武者の軀(むくろ)ではないと推測します」

「何ですって？」

河野は眉を顰(ひそ)め、ハーンの方を見た。

「だがこの装束は間違いなく源平時代のもの……昨日今日に作られたものではない。河野、それはお前の目から見ても明らかであろう？」

「はい、確かに」

「確かにこの鎧兜は数百年前のものでしょう。水底に沈んでいたのです」

「イザベラよ、何が言いたい？　我輩は、こ奴らが確かに平家の怨霊であると名乗るのを聞いたのだぞ」

「取り憑いていたのは確かに平家落武者の低級幽霊でしょう。身につけている武具も源平時代のもの。ですが、解剖学的見地から言えば、水死体自体はつい最近になって調達されたものに違いありませんね」

「なるほどな。それで八百年ものにしては意気地がなかったわけか。すべて合点がいったぞ」

「小泉殿、どういうことですか？」

河野は脂汗を拭いながら問うた。

「芳一が言っていたな。数ヶ月前、赤間関の沖合で薩長の大型船が沈んだと」

「はい、確かに。痛ましい海難事故でした」

「犠牲者は何名だ」

「二十四名どころではありません。数百名ほどが行方不明となりました。と、いうことは……」

河野が青ざめた顔で言い、もう一度嘔吐した。

「阿弥陀寺の襲撃は、予行演習に過ぎなかったとすれば、どうだ」

ハーンは吐き捨てるように言い、黒馬シャドウウィングの背に飛び乗った。

「数百の死人侍の軍団が狙うとすれば、どこだ?」

「薩長新政府首都、長崎……」

イザベラが舌打ちしながら言った。

「長崎……!? そんな馬鹿なことが……!」

河野が返答を返す間も無く、ハーンは黒馬を駆けさせた。

「長崎だ! 奴らは長崎を直接狙うぞ! 長崎へ向かえ!」

賢き黒馬は、その言葉の意味と怒りを理解したかのように荒々しく嘶き、鼻息を吐きながら街道を駆けた。

その後ろから、イザベラ・バードの乗るダイムラー社製装甲自動二輪D1897V2が内燃機関より黒煙を吐き出しながら猛追。速度を上げ、小泉八雲の黒馬と並走した。

聖カスバーツ校のハーン

1

彼はトーマスの手を引いて逃げた。

木の根に足を取られ、顔から転倒した。そこには岩があった。

ごりッという痛み、それから骨と石がぶつかる嫌な感触。

目の前の火花。世界の半分が消えてゆく。

左目から光が失われてゆく。

彼はうめき、膝立ちになった。顔に触れ、左手を見た。それは血で真っ赤に染まっていた。

血だけではなかった。涙でもない。何か流れてはいけないものが、左目から流れ出しているのだと直感した。

こんな事があっていいはずがない。

ハーンは右目を閉じた。何も見えない。そして絶望した。左目が失われたのだと悟った。これから先、本を読むことも、美しい故郷の景色を眺めることも、家族や友達の顔を見ることも。

「僕の目が……！　僕の目が……！」

大切なものを台無しにしてしまった。母さんからもらった大切なものを。

その恐怖がハーン少年の頭を支配していた。

「ハハハハハハ！　ハハハハハハ！　ハハハハハハハ！」

「ウーフフフフフフ！　何をそんな深刻そうにしているんです？　ちょっとした悪戯です

よ！　ウーフフフフフフフ！　アーハハハハハハハハハハ！」

「ハーン！　たッ、助けて！　ハーン！」

少し離れた柳の木の下で、トーマスは十字架の首飾りを掲げていた。だがブギーマンたちは十字架を恐れない。神の名も、救いの御子の名も、聖書も、そこに記された言葉も、夜の怪物たちには通用しないのだ。

「ハハハハハハ！　ハハハハハハ！　アーハハハハハハ！」

ブギーマンたちの笑い声が林の中に響いた。カンテラの炎が彼らを照らし、その長い影を林の木々に浮かび上がらせた。影は野蛮に躍り、揺らめいていた。

「アイエエエエエ！　アイエーエエエエエエ！」

トーマスの悲痛な叫び声が聞こえた。誰も助けには来なかった。

やがてハーンの中で、絶望は激しい怒りへと変わった。

2

……忌々(いまいま)しい記憶とともに、左眼窩(がんか)の奥が疼(うず)いた。肌寒い、霧雨の秋の日だった。空は灰色で、ダブリンに立ち並ぶ石造りの建物はどれも湿り、その威容を増していた。

「あれから、もう一年か……」

黒い眼帯をかけた少年、ラフカディオ・ハーンは、正門と表通りに煌々(こうこう)と輝くアーク灯の光を疎(うと)みながら、聖カスバーツ中学校の裏門を出た。

そこで彼は、思いがけない客と出会った。インバネス外套に鍔広帽の、見慣れぬ男であった。

「お前がハーンだな？　パトリック・ラフカディオ・ハーン」

男が近づき、声をかけた。

ハーンは警戒し、身構えた。

真っ先に思いついたのは、警察の可能性だった。

だが大人の男ではない。ハーンは速やかに相手を観察する。立てた襟と帽子の陰で顔はよく見えなかったが、その声から、ハーンよりも二つ三つほど歳上の学生……高校生か大学生だろうと思われた。体つきは良い。相当鍛えている。コートを着ていても解る。下手に動かないほうがいい。

「そうだけど……」

ハーンは陰気な目つきで返した。その右目に、深い疑念と憎悪を滲ませながら。

「あなた誰です？　僕に関わらないほうがいいですよ。呪われているんです」

「俺の名は、ブラム」

有無を言わさぬ、逞しい声だった。彼はハーンの前に立ちふさがって行く手を阻むばかりか、厚手の革手袋を外し、握手を求めてきた。

「ブラム・ストーカーだ」

「ブラム・ストーカー？」

ハーンは握手には応じたものの、未だ警戒心は解かず、露骨に訝しむような顔で言った。

「以前に会ったことが？」

「いや、ない。お前は俺の事を知らないだろう。だが俺はお前を知っている。お前の行動に強い興味を持った」

「どういう意味です？」

「まあ歩きながら話そうぜ。立ち話をしてると目立つだろ」

ブラムは横に立ち、ハーンの背中を軽く叩いた。

「トリニティ大学図書館で、特定の分野に属する本ばかりがゴッソリと借りられていた。そうとう特殊な分野だ。そんな事をする奴はいまどき珍しい」

「本……？」

小脇に書物を抱えたハーンの手に、汗が滲み始めた。

そして確信した。このブラムという男は、何かが妙だ。いや、完全におかしい。

「そうだ。具体的に言うなら、アイルランドに関する歴史資料。それも、かなりマニアックなやつをな。歴史や神話伝承に興味があるのかと思えば、解剖学や精神医学、さらには格闘術や銃火器の扱いに関する最新の文献……」

「それがどうしたんです？　僕が何に興味を持とうと勝手でしょう？」

「そりゃあ確かにお前の勝手だ。だが俺は気になったんで、後をつけた。そして、聖カスパーツ中学の奴だと解った。で、色々調べさせてもらって、益々興味が湧いたというわけだ」

「そうですか。解りました。急いでいるので失礼します」

「まあ待てよ。**お前をみすみす死なせるわけにはいかないんだ**」

ブラム・ストーカーは、酒飲みの大人が相棒にくだを巻くように、ハーンの肩を組んでグイと引き寄せた。コート越しでも、鍛え上げられたその筋肉を感じ取れた。そして胸元に隠した鋼鉄の重みを。

このブラムという男は銃を持っている。

ハーンは直感した。緊張で胃が鉛のように重くなった。

「僕が、死ぬ……？」

「体はそれなりに鍛えてるようだが、全く足りない」

ブラムは身体検査めいてハーンの腕や肩、胸などを叩きながら言った。

「お前は内側に凄まじい破壊衝動と暴力性を抱えている。それはいいことだ。奴らに対抗するなら、そのくらいの気概(ガッツ)がなけりゃあな。……だが、その精神が肉体と全く釣り合っていない。鍛え方が足りない」

「どういう意味です？　僕はいずれ旅行文筆家として身を立てるつもりなんです。だから体を鍛え、広い知識を学ぼうと思って、図書館でいろいろな本を。ですから、あなたが何を言ってるのか、皆目(かいもく)見当が……」

ハーンの目は泳ぎ、助けを求める相手がいないかどうか通りを探した。

「どうやったかは知らんが、〝奴ら〟を運良く狩り殺したな……」

不意にブラムの声色が変わった。押し殺した恐ろしい声でそう囁(ささや)いた。

隠していた秘密を言い当てられ、ハーンは小さく身震いした。トーマス以外の誰も、警察も、教師も、家族や親類でさえも信じてくれなかった、あの暗い秘密を。

「奴ら……？」

ハーン少年はシラを切り通そうとしたが、無駄だった。

「そう、〝奴ら〟だ。お前はその一匹を狩り殺した。運良くな。だが狩り漏らした奴がいる。お前はそれを憎み、追っている。追いつめて、狩り殺し、奴らを根絶やしにしようとしている……！　そうだよな？」

「何故それを……！」

「何故ェ？」

ブラムは拍子抜けしたような声で言った。

「さっきも言ったろ。俺はお前の事を調べ尽くしてるんだよ。行き先も解ってる。今日もまたトリニティ大学図書館だな」

「……そうです」

「俺もこれから向かう。来いよ。特別閲覧室に案内してやる。ケルズの書を見せてやる」

「ケルズの書を？」

ハーンは訝しんだ。ケルズの書は八世紀に作られた国宝級のキリスト教福音書であり、トリニティ大学図書館に収蔵されている。

だが、それはハーンの求める知識ではない。

何故この男は自分にケルズの書などを見せようというのか。キリスト教の書物に用は無い。あの日以来、ハーンは神や教会への信仰心をほぼ失っていた。それらが全くの無力であると思い知ったからだ。

「……何故僕がケルズの書を読みたがるなんて思ったんです？」

ブラムは顎に手を当て、少し思案してから、面倒臭がるように返した。

「読めば解るさ。これで確信したぜ。お前には、筋力だけでなく知識も足りていない。誰にでも閲覧できるような枝葉の本ばかり読んだって、根本の、最も重要な知識は身につかん。逆に言うと、根本さえ学べば、枝葉についてはその応用によって対応できる」

ハーンは少し思案してから尋ねた。

「……今すぐ行くんですか？　あなたと、二人で」

「そうさ」

「……もし、断ったら？」

「お前が死ぬだけだ」

「その銃で僕を殺すんですか？」

ハーンは困惑し、小声で問うた。

「俺が？　お前を？　……馬鹿馬鹿しい！」

ブラムは笑った。

「全然違う。その反対だよ、俺は味方だ。お前を助けに来てやったんだぜ。俺の助けがなかったら、お前は〝奴ら〟に太刀打ちできず殺されるんだ。野垂れ死にさ。……いいか、幸運は二度は続かない。パトリック・ラフカディオ・ハーン、どこにでも四つ葉のクローバーが生えていると思うな」

3

午後七時を回り、ダブリン・トリニティ大学図書館は暗闇と静寂に包まれていた。

二人の少年はランタンを掲げ、迷宮のように立ち並ぶ書架の間を歩いた。そして突き当たり、特別閲覧室へと向かう。大時計の針が彼らの歩調に合わせて鳴った。

特別閲覧室の明かりは落ちていた。ブラム・ストーカーが偽造鍵を差し込み、捻ると、鉄柵はキイキイと軋むような音を立てて開いた。二人は盗人のように忍び込んだ。

「てっきり、図書館員に知り合いがいるのかと」

ハーンが咎めるように言った。

「案内してやると言っただけだ」

ブラムは臆面もなく返した。

「見つかったら、ただでは済まないでしょう?」

「ハ！　今更何を言ってる。〝奴ら〟を狩り殺そうとしてる奴が、この程度のことで怖気付くのか？　〝奴ら〟に対抗するなら、いくつもの境界を踏み越えなきゃならんぞ」

ブラム・ストーカーは肩をすくめ、大股で特別閲覧室内を闊歩した。ハーンは不本意ながら、この胡乱（うろん）な大学生に対して不信感と頼もしさの両方を感じ始めていた。

ブラム・ストーカーは偽造鍵束をジャラジャラと鳴らし、さらに二つの鍵を開いた。古代エジプトの謎めいたパピルス、狂えるアラブ詩人の書物、あるいは南北朝時代日本の絵巻物など、ハーンが目にしたこともない歴史的収蔵物や稀覯書（きこうしょ）の数々が所狭しと並んでいた。

その間を、まるで己の庭のように、ブラムは先へ先へと進んでいった。

突き当たり、最も厳重に守られていた書架のひとつに到達すると、挿された場所を探すまでもなく、すぐに一冊の書物を取り出した。その手つきから、ブラムがこの書物に対して深い敬意を捧げていることが見て取れた。

「……これがケルズの書だ。作られたのは八世紀頃……」

ローマ・カトリックの伝道師らは、自然崇拝を続けてきた荒々しきアイルランドの人々にキリスト教を伝導するため、その伝統的文化とローマ・カトリックの教義を融和させていった。その寛容なる時代に作成された宗教美術の粋、極彩色の三大写本のひとつが、このケルズの書である。

ブラムはそれを司書官机の上に置き、ハーンを隣の椅子に座らせた。この時ばかりは、ブラムも額に汗を滲ませていた。

「ブラム、さっきも言ったけど、福音書に何の用が……」

「まあ黙ってろ。俺も信心深い方じゃないし、女王陛下と神の威光など信じてもいない」ブラム・ストーカーは倫敦（ロンドン）の方角に中指を突き立てながら言った。「だが少なくとも、先人たちの知恵と努力と血には、敬意を表すべきだと考えていてな。……見ろ、ハーン」

ブラムはケルズの書を開いた。

「……！」

ハーンはその美しさと荘厳さに圧倒され、思わず息を飲んだ。

七百頁近い、分厚い書物。その全てのページに、精密で色彩豊かな手書き文字とケルト様式装飾がちりばめられている。全てのページが美麗なる宝石細工か、あるいはスイスの懐中時計職人が生み出す、最も精巧なる機械仕掛けのムーブメントを想起させた。

「何だ、この文様……」

それは家や学校では絶対に見ることがない、たおやかな曲線美と生命力に溢れた宗教装飾であった。彼が知るキリスト教的装飾といえば、父のように整然として、冷徹で、直線的で、威厳に溢れ、無機質で、完璧な均整が取れた、ゴシック教会建築のようなものであった。ところがケルズの書には、異質で妖しい闇が、そして母のように悠然と優しい曲線が、ごく自然に紛れ込んでいるのだ。古い街道のケルト十字架に這う、あの蔦（つた）植物めいて。

「ケルト装飾……？　ドルイドの文化が混じっている……？」

「その通りだ。当時は境目が曖昧（あいまい）だった。今では英国国教会に目をつけられて、漂白されてしまったがな。だからケルズの書は門外不出。一般には貸出どころか、閲覧も禁じられている。歴史学を学ぶ教授か学生でなければ、この閲覧室にすら入れない」

ブラムは得意顔で頁をめくり続けた。

「例外といえば、この俺だけさ。ハハッ！」

「……ん？」

ハーンは眉根を顰(ひそ)めた。何らかの違和感に気づいた。今しがた開かれた荘厳なカーペット・ページに、何か蜃気楼(しんきろう)のようなものが一瞬、浮かび上がったような気がした。だがその違和感をブラムに伝える術(すべ)がなかった。

「読めるか、ハーン。メルクリウスの光を追え。幽(かす)かな光を……！」

ブラムは声を抑えていたが、その高揚ぶりは明らかだった。

「光を……？」

ハーンは片目を凝らした。そして書物のすぐ側まで顔を近づけた。ブラム・ストーカーがランタンの灯を掌(てのひら)で遮り、その光量を調節し始めた。

すると、隠されていたものが見え始めた。

「文字……が……！」

ハーンは驚き、隻眼(せきがん)を見開いた。緻密な装飾の中に隠された、微細な文字の数々に気づいた。ごく小さな文字が、トリスケル模様や組紐模様やケルト十字の中に隠され、大都市の暗い小道のように縦横無尽に走っていたのだ。

そしてそれらの隠し文字全ては……幽かな燐光を放つ！

「俺の見込み通りだ……！　続けろ。読んでみろ、文章を……！」

「……ヤドリギの精油の秘技……？　呪わしき古ノルドの妖怪、ドラウグルの見分け方について……？　ブラム、これは一体……」

ハーンは微かに身震いした。その隠し文字で記された秘密は、ケルズの書の表向きの内容、すなわち福音書の内容からあまりにもかけ離れていたからだ。

「いいか、ハーン。ケルズの書の一部は、ヤドリギの粉と血を混ぜた特別なインクで書かれていた。そこだけが、微かに燐光を放つ。その光はあまりにも微弱だが、装飾の中に文字が隠してあるのが読み取れるはずだ。その文字だけを読むと、福音書に隠された別の智慧が浮かび上がる……」

ブラムは薄い顎鬚（あごひげ）を撫でながらそう答えた。

「ブラム、当然あなたにも」

「いや、俺には読めん。特殊な方法を使わねばな。だが、毎度そんなことはしていられない。だから俺は一度読んで、おおよそ覚えた」

「覚えた？　書いてあること全てを？　一度読んだだけで？」

「そうだ。例えばこの頁は、各季節におけるヤドリギの扱い方。こちらは狼憑（おおかみつ）きの殺し方。そういう大まかな要点だけをな。だから、どの装飾の中にどんな文字が隠されているか、細かい部分までは覚えていない。なのにハーン、お前は、何も使わずにこの文字を読めるんだろう？」

「はい」

ハーンはゆっくりと頷いた。由来もわからぬ自分の力に困惑しているようでもあった。

ブラム・ストーカーは心配するなと言いたげに肩を叩いた。

「これでハッキリした事がある。お前はヤドリギの光の波長を読み取れる。つまりお前は生まれついての狩人(ハンター)か。まったく、嫉妬するぜ」

そう言いながら、ブラム・ストーカーの口元には堪えきれぬ笑みが浮かんでいた。

「つまり、この光を見えない人が？」

ハーンはまだ状況をうまく飲み込めていなかった。

「見えない人がいるかって？　いや、それどころの話じゃない。この世界に生きてる連中のほとんどは、その光を読み取れない。そもそも読み取ろうという気がないからだ。俺はその中間だ。秘密を読み取りたいと考えているが、能力が不足していた。そういうことができる奴を探し求めていたんだ。同年代で、お前みたいなやつがダブリンにいるなんて、これはもう運命だろ。昔から霊感が鋭かったり、死んだ家族の幻を見たことはなかったか？」

ブラムの言葉には、異様な熱が帯び始めていた。

「……あったよ。父親からはそれで、薄気味悪がられていた」

「よし、よし、いいぞ。それともきっと何か因果関係がある。いいか、ヤドリギの光を何も使わずに読み取れるのは、本来、妖怪や幽霊どもだけだ。奴らはこの光を恐れる。強化アーク灯が放つ光の波長には、この光に近い性質が含まれている上に、激しい不快感を催させる。この世界にアーク灯が増え、それに反比例して闇が払われ続けているのは、レ・ファニュいわく、そういう理由らしい」

「レ・ファニュ？　アーク灯が妖怪や幽霊を？」

未知の情報の洪水にハーンは困惑し、その心臓は早鐘を打った。

ブラム・ストーカーは片眉を釣り上げた。

「ああ、まあいい、少し話が逸れた。すぐに脱線する。俺の悪い癖だ。ともかくお前はそれを読み取れるんだ。少し霊感の優れた人間になると、何かが妙だと本能的に感じ取るが、一字一句を解読するまでには至らない。つまりハーン、お前は完全に特別だ。そういう運命のもとに生まれつき、神……か何かから能力を授けられたか、あるいは……」

「そういう血が混じっているか？」

「そうだ。思い当たる節が？」

ブラムは頁をめくりながら問うた。

少し思案してから、ハーンは言葉を濁した。

「いえ……」

「まあいい！　その話は後だ。俺が味方だということを完全に解らせる必要があった。お前が今読まなくちゃいけないページを、先に見せておく。……ブギーマンだ」

ブラムが言い、目的の頁を探し当てた。表向きはやはりヨハネの福音の一節が書かれた、装飾過多のセクションであった。……**主は私を滅びの穴、泥の沼から引きあげた……そして私の足を岩の上に置き、私の歩みを確かにされた……。**

ハーンはそこに隠された文字を読み始めた。

「……沼……顔持たぬ悪辣なる妖怪……暗黒の沼から生み出された狂気と無貌の怪物……ボーゲイ、ボガート、ボガース、ボーグルマン、ハルストマン、バブラス……」

「それがブギーマンだ。あるものは子供を拉致し、一年と一日、沼の国で遊び相手にする。クソのペド野郎だな。他にも亜種がいくつも存在する。ハーン、お前が見たのは無毛なるペラドーの一種だろう。ダブリンにも昔からいる。俺はまだ見たことがない」

ブラムは革手袋に包まれた指先で該当箇所を指し示した。

「奴らは二、三体でまとまって行動し、道行く旅人を大人も子供も問わずに怯えさせ、つけいりやすい相手を見つけると、その精神を徹底的に破壊する。決して肉体的な手出しはせず、精神だけを責め苛む」

「ボガートの眷属にキリスト教の武器は通用せぬ……。何故なら先史時代の原初的な暗闇と恐怖から生まれ出た妖怪であるがゆえ……教会やそのシンボルはいかなる守りの力も発揮せず無力なり……」

ハーンはそのような文言がケルズの書に隠されていることに対する恐怖と、それを上回る興奮を感じ取っていた。

「俺の見立てに間違いはなさそうか？」

「間違いない、こいつらだ……！」

「読み続けろ、殺し方や封じ方も書いてある」

「殺し方が……！」

次第に、ハーンの隻眼が輝きを帯びてゆく。その文字は彼に力を与えてくれた。今は失われてしまったが、かつて妖怪や幽霊を狩り殺そうとしていた自分のような者たちが、この世界に確かに実在したのだと。そしてその秘技がこうして書物と文字の形で残され、千年以上の時を超えて、自分がその秘密を再発見しているという事実によって。

「……冷たい鉄、ヤドリギの精油の炎、摘みたての四つ葉のクローバー、あるいはそれらやドルメンによって祝福された場を除いて、ボガートの眷属を屠ること能わじ……」

ハーンは微かなヤドリギの燐光文字を追い、貪るように暗黒時代の秘密を漁った。

妖怪や幽霊は殺せるのだ。人間の力によって。アーク灯も銃弾もキリスト教もない時代から、人々はその闇に抗い続けてきた。ドルイドの秘技と、全ての人間に宿る信念と気概によって。

その事実がハーンの胸を打った。

〝奴ら〟は殺せる。殺せるのだ。

一年前のあの日。少女の姿をした怪物に馬乗りになり、石で何度も殴りつけて殺した時の光景が、ハーンの脳裏にフラッシュバックする。周囲の林。下生え。血飛沫。弱々しいカンテラの光に照らし出されたのは……クローバーの茂み。幸運の象徴！

「そうか……！　あの時あいつを殺せたのは、四つ葉のクローバーが……！」

「お前は奴らを撃退した。だから奴らの呪いはお前には向けられていない。一緒に襲われた級友は、トーマスと言ったか？」

「ええ」

「狂気の呪いは、永遠に残り続ける。奴らは狙った獲物に対して、一年と一日の間執着する。特に、狂気に陥らせた相手に対しては、徹底的にいたぶり抜く」

「つまり、トーマスに……これ以上の危険が？」

「そうだ。ハーン、お前とトーマスが襲われたのはいつだ？　正確に教えろ。奴らは一度見つけた玩具（おもちゃ）をそう簡単に放り出したりはしないぞ」

ブラムとハーンは目を見合わせた。ハーンはごくりと唾を飲んだ。

「今からちょうど、一年前です」

「トーマスは今どこにいる」

「ダブリン市内、ラスガー地区……」

ハーンは歯ぎしりし、吐き捨てるように言った。

「……王立ベツヘレム狂気矯正院のダブリン分院」

「何てこった、ベドラムか」

ブラムは舌打ちし、ケルズの書を閉じた。窓にカーテンを引かれたかのように、ハーンの瞳から好奇の光は失われた。だが代わりに湧き上がってきたのは、絶望でも恐怖でもなく、妖怪に対する憎悪と覚悟、そして信念であった。

「ブラム・ストーカー、どうするつもり？」

「行くぞハーン。お前に真のハンターの気概（ガッツ）があるなら、俺についてこい」

4

カチカチという規則的な時計の音だけが、トーマスの友人だった。

王立ベドラム分院には、倫敦の本院と同じく、重度の精神病患者が溢れんばかりに詰め込まれている。トーマスも皆と同様、薄汚れた麻の拘束シャツを着せられ、首輪をはめられ、野蛮な動物のごとく鎖で壁に繋がれているのだ。

トーマスはベッドの上に座り込み、夜九時を告げる時計の音に耳を澄ました。ベドラムは療養院と呼べるような高潔な代物ではない。見世物小屋だ。医療費を広く一般から募るためという名目で、ベドラムは入館料を徴収し、入院患者らを見世物にしているのだ。毎日、何百人もの客がベドラムを訪れ、好奇の目や嘲りの目や哀れみの言葉を投げかける。

幸い動物園とは異なり、ベドラムではまだナイトツアーは開催されていないが、見物客たちが帰った後も、建物内に安寧が訪れることはない。廊下から聞こえてくるのは、他の患者たちの声と、彼らが漏らした排泄物の臭い、そして騒々しい蠅の羽音だ。

「アイエエエエエ！　アッ！　アイエーエエエエエ！」

「医者だ！　医者が私の頭を開いてその中に蜂の巣を入れたんだ！　誰か！　取り出してくれ！　誰かーッ！　蜂の音が！　蜂の音が！　アイエーエエエエエエ！　ブーン、ブンブンブブーーンブンブーン」

「今こそ秘密を暴露いたします！　女王陛下は古代アトランティス大陸の爬虫類人でありアー

ッ！　やめろ！　くそったれめ！　俺をどうするつもりだ！　精神波だ！　女王からの！　アアアアアアアーーーーッ！　アイエーエエエエエエエエ！」

　廊下から患者たちの痛々しい叫び声が聞こえる。ベドラムで試みられる治療は実験的なものばかりで、患者たちの病状は悪化の一途を辿っている。ベドラムで彼らは平等な人間として扱われない。動物以下の存在なのだ。

「静粛に！　皆さん、静粛に！」太った修道女が鐘を騒々しく叩きながら廊下を巡回していた。「冒瀆的なうわ言を叫んでは、なりません！　叫んで良いのは、主に対する祈りの言葉だけ！　よろしいですね！」

「明日から新しい治療法の実験が始まる！」医師がさらに大声で叫ぶ。「電磁コイルと瀉血を組み合わせた全く新たな治療法だ！　これは凄いぞお前たち！　本当に凄いぞ！　**覚悟していろよ！**」

「ウワアアアアアアアーーーーーーーーッ！　アアアアアアアアーーーーーーーーーッ！」

　トーマスは叫び、患者たちの声も、修道女の声も、医者の声も、全て振り払った。彼らは友達ではない。誰も友達ではない。だから狂いたくない。

　カチ、カチ、カチ、カチ。壁にかけられた時計の針、正確なその動きと音だけが、自分の友達だ。そう考えなければ、さらなる狂気の深みに落ちてゆく。トーマス自身にもそれが解っていた。

「もう嫌だ、もうこんな所は嫌だ……！　神に祈ってどうなる？　こんな所にいたら、絶対に……良くなんかなりっこない……！　僕は帰りたい……中学校に帰ってまた皆と勉強をしたいだけなのに……！」

「君、よければ話を聞かせてはくれないか？」

「エッ？」

トーマスがふと顔を上げると、病室の端の椅子にひとりの紳士が座っていた。トップハットを目深に被り、顔はよく見えないが、上等な燕尾服(えんびふく)とコートを着ているようだった。

「あ、あなたは誰です？　もう面会時間も見物時間も終わったはず……」

「私はね、英国王室から調査のために派遣された者だ」

紳士は丁寧な物腰で返した。

「英国王室から？」

「君の体験を詳しく話してはくれまいか。私はいま、ベドラム精神療養院グループの前時代的で野蛮な実態について調査をしていて、広くその是非を世間に問おうとしているんだ」

「ほ、本当ですか……？」

トーマスの表情が、数ヶ月ぶりに明るくなった。彼はそこに一縷(いちる)の希望を見たのだ。

「本当だとも。まずは君がなぜこの病院に入る事になったのかを聞かせてくれないか」

「わかりました……一年前の事です」

トーマスは語り始めた。

「僕と級友のハーン君は、フェニックス・パーク近くの沼沢地に行ったんです。学校の課題で、史跡調査のために……。それで熱中してしまって……ずいぶん遅くなって……その帰り道、街道の近くの林を横切ろうとしていた時に……道端で泣いている少女を見かけたんです。ちゃんとした身なりの女の子ですよ。十歳かそのくらいに見えました」

「少女？　迷子か何かかね？」

「そう思うでしょう。僕らもそう思いました。でも……違ったんです。僕らが声をかけると、少女は笑いながら振り向きました。その顔が……！　アッ！　ダメだ！　ンーッ！　ンンンンーーーッ！」

トーマスは恐怖の発作を起こしかけ、体をよじって、枕に噛り付いた。

数十秒ほど、トーマスはそのまま枕に向かって叫び続けた。そしてようやく息を整え、顔を上げた。

「……すみません、取り乱しました」

トーマスは涙を流していた。

「大丈夫だ、続けてくれるかね」

「はい。振り向いたその少女は……ああ、神よ……。言葉にするのもおぞましい怪物だったんです。どんな怪物かは……まあ、ご想像にお任せします。僕とハーンは**助けてくれ、助けてくれ**って叫びながら、林の中を逃げました。あたりはもうかなり暗くなっていて、何度もつまずきかけました。もうダメかと思った時、林の中にカンテラの明かりを見つけました。……警官が立っていたんです」

「それで終わりかね？　フウーム、意外だな。確かにぞっとする話ではあるが……その程度のことで、君がベドラムに入るほどの狂気を抱えるようになったとは……」

「いえ、まだ続きがあるんです」

トーマスの声が上擦り始めた。

「と、いうと？」

紳士は僅かに身を乗り出した。

「その警官は、何かがおかしかったんです。何故って、警官は僕らに背を向けて立っていたんですよ？」

「背中を向けていた？　それのどこが妙なんだね？」

「解りませんか？　僕らは助けを求めて叫び、林の中を駆け回っていたんですよ？　警官だったら、助けを求める声を聞いて、当然、僕らの方を向いてカンテラを掲げているべきでしょう？　それなのに、ずっと背中を向けていたんです」

「なるほど、言われてみれば確かにそうだ。警官は何をしていたんだね？　そこで何かを探していたとか……」

「何も。後ろを向いて突っ立っていたんです……僕らもおかしいと気づくべきでした。でも、その時は、もう、死に物狂いで逃げていましたから……気付けなかったんですよ」

「それで、どうなった？」

「僕とハーンは息を切らして警官のすぐ近くまで走りました。そして、助けてくれ、怪物が出たって、警官に言ったんです。一部始終を話しました。頭がおかしいと思われるかもしれないと思いましたが、もう、なりふり構っていられませんでした。それで、全部話し終えて……そしたら、そいつが……その警官が……不気味に笑い始めたんですよ」

「笑い始めた……？　子供にからかわれているとでも思ったのかな」

「僕らは怒りました。おまわりさん、嘘じゃないんです、本当に見たんですって。それでも、警官は笑い止まないんですよ。そして言ったんです。ああ、嘘じゃないって知ってるよ、って。その怪物というのは、もしかして、こんな奴だったか……？　って……！」

トーマスはまた枕に向かって叫び、鼻水と涙で枕を濡らした。

「ンンンーーーッ！」嗚咽し、また顔を上げた。

これをすべて話せば、狂気を克服できるかもしれない、ここから出られるかもしれないと、自分を奮い立たせながら。

「……け、警官も、怪物が化けていたんです。少女の怪物と、同じ顔をしていました。僕らはもう、理性が吹き飛んでしまったみたいになって、また逃げ始めました。アウッ……僕はもう恐怖で、足がガクガク震えて、走れなかったんですけど、ハーン君が、ハーン君が手を引っ張ってくれて……励ましてくれて……それで二人で逃げていたら、ハーン君が、木の根に足を取られて……転んだんです。転んだ所に大きな石があって。それが、彼の左目を……僕のせいで……アウッ……」

トーマスは首を横に振り、鼻水をすすった。

「僕はもう動けなくなって、それで……」

「なるほど、それは大変な経験をしたものだ。だが……君は見た限り、もはや正気を取り戻しているのではないか？　こうして私と、実に理性的にやり取りを行えているじゃないか」

「いいえ。とんでもない。今でも時折、あの日の悪夢が蘇るんです。脳裏にあいつの顔と笑い声が焼き付いて、離れないんですよ……。そして、そうなると、決まって……」

「狂気の発作を起こし、叫び、暴れ始めてしまうと……？」

「……そうです」

「いったいその怪物とやらは、どれほど恐ろしい外見だったんだ？　そうだ、君の話からはそこがすっぽりと欠落している」

「ウッ、それは……」

トーマスは反射的に目を閉じ、歯を食いしばった。

「その怪物は、いったい、どんな顔をしていたんだ……？」

「か、顔が……無いんです」

「無い？」

「は、はい。か、顔が、まるで剝(む)いたゆで卵のようにツルツルで、真っ白で……目も鼻も……口もなかったんです……！」

「なんてことだ。そんな怪物が、未だこのダブリンに存在すると……？」

「はい、そうなんです。そいつが今でも時折夢の中に……きっと、死ぬまで続くんです……」

「そうか、それはそれは……。イヒッ、イヒヒヒヒヒ……まあ実に、不運な災難だったね……イヒヒヒヒヒ……ハハハハハ……ハーッハハハハハハ！」

紳士は不意に手を叩き、笑い始めた。地獄の底から響くような、不吉な笑い声であった。

「エッ、ど、どうしたんです……？」

トーマスはそう言いかけ、声を詰まらせた。やはりこの紳士も、自分を見下して嘲笑うためにに来た見物人か何かだったのだろうか？　いや、違う。この声、この異常な雰囲気は……一年前のあの日の悪夢が、哀れなるトーマス少年の脳裏にありありと蘇った。

「ハハッ！　ハハハハハ……そいつはもしかして」

紳士は笑うのを止め、立ち上がった。

「あッ、やめてください」

「こんな顔だったんじゃア」

「やめて」

「ないですかねェーーーーーッ！」

紳士は帽子を脱ぎ捨てた！

そこに現れたのは、剝かれたゆで卵の如き異形の面相！

目も、鼻も、口すらもなく、真っ白なラバーめいた皮膚が不気味に蠢いているのみ！

「アイエエエエエ！　アイエーエエエエエエエ！　また出たアアアアーーッ！　誰か！　誰か来てください！　化け物が！　ブギーマンがアーッ！」

トーマスは絶叫し、助けを求めた！　全身は拘束され、ベッドから逃げる事もできない！　首輪の鎖がガチャガチャと鳴り響いた！

「静粛に！　静粛になさいーッ！」

遠い場所から修道女の怒鳴り声が聞こえる！

だが誰も助けになど来ない！　化け物が現れたなどと助けを求めても、また患者の妄想が悪化したと思われるだけだ。その程度でベドラムの職員は動かないのだ！　誰一人も！

「ウワーッハハハハハハハ！　ウフフフフフ！　ウワーッハハハハア！」

ブギーマンは身を仰け反らせて笑う！　そしてトーマスを嘲笑うようににじり寄った！「残念だったなア！　君は一生このベドラムで！」

ＢＬＡＭＮ！

「グワーーーーーーーッ!?」

突如の銃声！　後ろから背中を撃ち抜かれた無貌の怪物は、血を吐いて床に倒れた！

「アイエエエ!?」

トーマスは驚きに目を見開いた。

先ほどまで彼を責め苛んでいた怪物が、目の前の床で無様に転がり、痙攣（けいれん）していた。

「Arrrgh……一体、誰が……？」

ブギーマンが呻（うめ）く。

「……ダブリンの沼沢地より生まれ出でた、ボガートの眷属に相違無いな」

戸口から声が聞こえた。トーマスは顔を上げた。そこには二人の少年が立っていた。

二人は声をそろえて言った。

「「……ルゴス、タラニス、テウタテスの名に於いて、沼から出でし悪意の化身、このファック野郎に滅びをもたらす……」」

一人はコルト・ピースメーカー拳銃を構えた、分厚いコートの見慣れぬ若者。

そしてもう一人は、防火斧を構えた黒い眼帯の少年。ラフカディオ・ハーン。

「助けに……来てくれたの……ハーン?」

トーマスは友達の姿を見て、涙を流した。

「ああ」

ハーンは頷いた。

彼の右目には、トーマスの首輪と鎖が焼き付いていた。ブギーマンがもたらした狂気。それを理解せぬ人間たち。そしてベドラム。ハーンはその全てに対して、激しい反抗心を燃やしているのだった。

「Arrrgh…… バ、バカな……何故ただの銃弾で、この私が……!」

ブギーマンは必死に呻いた。

「ただの銃弾じゃないからさ。ヤドリギの精油による二重のコーティングを施してある。もう助からんぞ」

コートの若者が銃口を突きつけながら告げた。

「きッ、貴様……ブラム・ストーカーだな……！　レ・ファニュの門弟！　呪われろ！　永遠に呪われろ！」

「静粛に！　静粛になさいーッ！」

遠い場所から修道女の怒鳴り声が聞こえた。別の病室で、無関係の発作が起こり始めた。誰もトーマスのところに来る気配は無かった。

ハーンはブラムのほうを一瞥(いちべつ)して肩をすくめた。

「お前がやれよ。お前の獲物だ」

ブラムはそう言うと銃をブギーマンに突きつけ、うつ伏せに倒れたその背をブーツで踏みつけた。

「……」

ハーンは無言で頷き、ブギーマンの横に立った。そして語りかけた。

「僕のことを覚えているか……？　ハーンだ。ラフカディオ・ハーン。お前らに大切な友達と、この左目を奪われた」

ハーン少年は防火斧の鈍い刃をブギーマンの首に押し当てた。腹の底から煮えたぎるような憎悪がせり上がってきた。

「Arrrgh……God damn it……！　！　左目？　左目がどうしたって!?　ほんの悪戯だ！　ハハッ！　ハハハハハ！　驚かせただけじゃないか！　何をそんなに躍起(やっき)になって私を殺そうと」

「ムンッ！」

ハーンは防火斧を振り下ろした。

鈍い音がし、刃が数センチ食い込んだが、切断には至らなかった。

場所と角度が正しくなかった。そしてハーンには筋力も不足していた。

びちゃりと、返り血がハーンの顔にかかった。腕には肉が裂け骨の砕ける感触が伝わってきた。

「Arrrrrrrgh……」

ブギーマンは激痛に喘いだ。だが、まだ息があった。

「骨に当たったぞ。継ぎ目を狙えって言ったろ。この辺りだ、この辺り」

ブラムは右手で拳銃を構えたまま、左手でハーンの首の後ろをとんとんと叩き、的確な指示を下した。

「それとも、俺が代わりにやってやろうか？」

「いや……もう一回やってみる」

ハーンはブギーマンの後頭部を踏みつけ、両腕に力を込めて、斧を引き抜いた。

「Arrrgh... Damn it……!」

ブギーマンは身悶えした。

「うえッ」トーマスの鼻先に返り血が飛んだ。彼は顔をしかめ、嘔吐した。「うえええええええええええーーーッ！」

「トーマス」

ハーンは袖で額の汗を拭い、声をかけた。

「目を閉じてていいんだぞ」

ハーンは袖を捲(まく)り、防火斧を握り直す。

トーマスはごくりと息を飲んだ。ハーンの腕は一年前とは比べ物にならないほど逞しくなっていた。それはハーンがこの一年間、〝奴ら〟を追い詰めて狩り殺すために、どれほど過酷な肉体訓練を積んできたかを、何よりも雄弁に物語っていたからだ。

「や、め」

ブギーマンは懇願した。

だがハーンは止めなかった。止める理由も無かった。

「て」

ダン、という防火斧の床を打つ音が、命乞いの声を途中で遮った。今回は狙い過たず、防火斧の刃は第五頸椎(けいつい)と第六頸椎の間を打ち、ブギーマンの脊髄(せきずい)を切断、椎間板(ついかんばん)を越えて、喉側の皮膜を破った。

切断されたブギーマンの生首は二メートルほど飛び、壁にぶつかって、湿った音を立てた。生肉の塊が俎板(まないた)の上に叩きつけられるような音だった。

傷口から飛び散ったブギーマンの血と髄液は、壁に貼られた聖書の一頁を濃い茶色に染めた。それはイエス・キリストが磔刑によって罪を贖うシーンであり、完璧な肉体と精神を併せ持つイエスの銅版画を伴っていた。

作りたての真っ新の書物であれば別であろうが、それはもとより薄汚れており、この程度の染み汚れの追加など、誰にも気に留めはしないだろう。

「Arrrgh……God damn it……」

白いラバーじみた顔を歪めさせ、断末魔の呻き声を洩らすと、ブギーマンはもう動かなくなった。頭頂部付近に浮き上がった毛細血管群は、次第に紫色へと変色を始めた。

「完全に死んだな」

ブラム・ストーカーは携えていた麻袋に手早くブギーマンの生首を突っ込み、それを背負った。後には首無し死体が残された。

「ア……ア……」トーマスは驚きのあまり、声も出せなかった。

「急ぐぞハーン、感動の面会はまた後日だ」

ブラム・ストーカーは黒いストールを取り出し、それを自分で巻いて鼻先から口元を隠した。それから手早く、首なし死体の両足を脇に抱えた。その手際は鮮やかで、これまでに何度も同様の仕事をこなしてきたことを感じさせた。

「解った」

ハーンは頷き、同じように黒のストールを巻いて顔を隠した。それからブギーマンの肩側に立ち、両脇の下に手を入れ、持ち上げた。

ブラムは足でカーペットを動かし、血の跡を雑に覆い隠した。

「よし」

いまや大西部の血に濡れた鉄道強盗かハイウェイマンじみた外見となった二人の狩人は、ブギーマンの死体を担いで戸口へと向かい、廊下の様子を窺った。

「あ、あの……」

残されたトーマスは、寝台の上で小さく震えていた。

「トーマス、また後で。ええと……良い夜を」

去り際に、ハーンは言った。ベッドの上に残された友達を落ち着かせるため、何か気の利いたことを言おうとしたが、即興ではそのくらいしか思いつかなかった。

「ハーン君……」

トーマスは、去りゆく二人組に向かって声をかけた。

「あ、ありがとう」

「いいんだ」

ハーンは目で語りかけ、小さく頷いた。病室にはヤドリギの精油が燃やされた時の、優しい残り香があった。

ブラム・ストーカーとともに、ハーンは死体を運んだ。あとは職員の監視を欺いて厨房まで運び、裏口から脱出するのだ。血の跡が残されることになるが、この程度ならばベドラムでは日常茶飯事だろう。

しかし死体が残されるのはまずい。ブギーマンの死体が見つかることもそうだが、王立施設でドルイドの秘技が用いられたことをスコットランド・ヤードに勘ぐられるのが、何よりも良くない。そうなれば、二度と大英帝国の地を踏めなくなるだろう。ブラム・ストーカーはそれを口酸っぱくハーンに警告した。

「王室はどこまで知ってるんですか?」

「どこまでって?」

二人は裏口から脱出し、月明かりの下、冷たい霧雨の中を河に向かって歩いた。川沿いに植えられた木々に隠れながら。

「こういう化け物がいて、滅ぼす方法があるって事を」

「かなり深いところまで知ってる。だがあいつらには、俺たちみたいなのを組織化する案は採用できず、黙殺することにしたそうだ」

「国教会の立場に反するから?」

「察しがいいな。勿論(もちろん)、それもあるだろうな。神と女王陛下の威光を瀆(けが)すことなかれ、だ」

「でも、たったそれだけの理由で?」

「もっと現実的な問題もあるぜ。俺の言葉を思い出してみろ。ケルズの書に記されたヤドリギの光を解読できるやつが、この世界にどれだけいる? 俺にだって読めないんだ。上に立つ奴らが、そんな不確かなモンを信用すると思うか? だから奴らは別な方法を採用した」

「別な方法……?」

「科学の力だよ。大英帝国と英国国教会は、東インド会社と阿片(アヘン)貿易から得た利益の大半を注ぎ込んで、強化アーク灯の開発を進めてるらしい……」

ハーンは眉根を寄せた。ブラム・ストーカーの語るところによれば、直流強化アーク灯の光は闇を照らすだけでなく、妖怪、幽霊の類を苦しめ、遠ざけ、あるいは狂わせるという。だが……それだけではない。自分や、母のような者にとっても、アーク灯の波長は有害だった。腕にはブギーマンの首を切断した時の感触がまだ残っている。トーマスの瞳に光が取り戻された。一方で、彼の左目は永遠に失われたままだ。

二人はベドラム分院を抜け出すと、アーク街灯の光を避けながら、人気の無い路地を抜けて、リフィー川に架かるハーフペニー・ブリッジへと向かった。幸いにも人気の無い寂しい夜だった。ギネス醸造所から漂ってくる香りと、パブ街から漏れ聞こえてくる楽しげな音楽を背に、二人は霧雨の中を進んだ。

ハーフペニー・ブリッジの真ん中には、強化アーク灯の光が輝いていた。ブラムは人に見咎められる危険性を案じた。ハーンはただその強烈すぎる光の波長を嫌った。

光の下に身を晒(さら)す時間を最小限にするため、頃合いを見計らった。そしてブラムの合図で駆け、橋の上からブギーマンの首無し死体を投げ捨てた。ドブンと陰気な音がして、死体はすぐに見えなくなった。

二人は柳の木の下まで戻り、息を切らした。ハーンの腕は重労働ですっかり痺れていた。

「これで全て片付いたな。気分はどうだよ。妖怪をブッ殺して、首なし死体を川に投げ捨てた気分は」

「そうですね」

ハーンは陰気そうな思案顔のまま返した。

「すっきりしましたよ」

「ハハハハハ!」

ブラムは彼の肩をどやしながら笑った。

「なあ、これで俺を信用したか?」

「敵じゃないってことは、解った」

「アハハハハ! 謙虚さに欠ける奴だな! ……どうした? 疲れたか?」

「ちょっと気分が……眩しすぎて」

ハーンはこめかみを押さえながら、ハーフペニー・ブリッジに背を向けた。

「おい、無理するなよ。妖怪をブッ殺したんだ。疲れもするさ。ここから離れた方が楽か?」

ハーンが頷くと、ブラムは彼に肩を貸し、ハーフペニー・ブリッジの光から遠ざかるように歩き始めた。

「図書館で話しかけた。力の由来について……」

ハーンは言いながら、思案した。最初から直感していた、ブラムは敵ではない。伝えておくべきだろう。ハーンの心はそう訴えていた。だが長年のうちに彼の中で培われた猜疑心が……決して誰に対しても心を許すべきではないという人間嫌いの心が、最後までわだかまり続けていた。ハーンはそれを振り払い、言った。

「母親が……ギリシャの生まれで……おそらく、そういう血が半分混じっていたんじゃないかと思う。父さんはそれを後悔していたか、心から恥じていて……」

「何故そう思う？　確信は？」

「確証は無い。父さんはろくに話もしてくれない。いつもインドにいるし、帰ってきても会おうとしない。母さんは初めから、アーク灯の光を忌み嫌っていた……」

ハーンは奥歯をかみしめた。

「それで少し……おかしくなって、何年も前に出て行った。どこに行ったかは解らないし、父さんも叔母も教えてくれない」

「もしかして、お前もお袋さんのようにアーク灯の光が？　……苦痛なのか？」

「大嫌いだ。頭痛がする。近づきたくもない」

ハーンは苛立たしげに頭を掻いた。

「……今まで僕がアーク灯を憎んでいるのは、それが母さんを狂わせたからだと思っていたんだ。つまり心理的な……そういう内面の作用だと」

「だが実際は違った」

「自分自身の血のせいだった……」

ハーンは猜疑心に満ちた目で、ブラムを見た。この告白で、彼はどんな目を向けるだろうかと。哀れみか。侮蔑か。怒りか。敵愾心か。断絶か。それとも薄気味悪がり、遠ざかってゆくだけか。

「ワオ。なんだよ、驚愕の事実だな」

ブラムはぶっきらぼうに言った。

「あとでギネス・スタウトでも一杯奢ってやるよ」

そしてハーンを励ますように肩を叩いた。

「それだけですか？」

「何がだ？」

「僕が呪われた生い立ちを話したってのに」

「可哀想がられたかったか？」

「いえ。もう少しくらい、驚くとか……」

「先輩様をナメるなよ。最初から、大体察しはついてたよ。俺はお前より何年も早く、ハンターの道に入ってるんだぜ」

ハーンは溜息をついた。

「僕もあなたのような強心臓になれればいいんだが。ブラム・ストーカー、どうやってそれを手に入れたんです？」

「倫敦（ロンドン）のノミの市で買った」

ブラムは真顔で言った。

「二十ペンスくらいでな。粗悪品を摑まされた」

「そうですか」

ハーンは小さく舌打ちして、笑った。

「割と本気で聞いたんですけど」

「俺はこういう奴なのさ」

「クソ野郎ってことですよね」

「ああ」

「なんでそんなに楽しそうにしてるんですか？」

「俺は楽しみでしょうがないんだよ、ハーン」

「何がです？」

「これからお前と毎日一緒にダブリン中を駆けずり回り、忘却の淵に消えかかった智慧を探し出し、邪悪な妖怪や幽霊どもを見つけ出して、片端から狩り殺すのがさ」

　二人の狩人はアーク灯の光に背を向け、ダブリンの霧の中へと消えていった。これが、ラフカディオ・ハーンとブラム・ストーカーの出会いであった。

死者の黒船

「屍を浪に沈めてもォ、引かぬ忠義のマスラオがァ、守る心の甲鉄艦ンンン――！」

霧の中、薩長無敵艦隊の甲板上で歌う下級水兵二人。

「いやまったく、壮観じゃねえか。守り過ぎにもほどがあらァ……」

「全くだぜ。ここにさらに、大英帝国無敵艦隊の分隊が合流するってんだろ？　世界中の軍艦全部持ってきたって、この守りは突破できねえよ」

長崎を防衛する蒸気鉄鋼船の数、常時百二十隻超。まさしく十重二十重の守り。この二人が乗る軍船は、その最後衛に位置する。

「このままじゃ退屈で死んじまいそうだな」

「死ぬんなら娼婦を抱きながらがいいね。今夜はどこで一杯やることに……」

「おい、待てよ、ありゃ何だ？　おい、まずいぞ！」

「何って、何だよ……」

双眼鏡を受け取った水兵は、唖然とした。

一八九九年十月一日。死人侍を満載にした二隻の沈没船が、密かに海底を潜行し、長崎を囲む薩長無敵艦隊および大英帝国無敵艦隊分隊の守りを潜り抜け接岸。

長崎市街に向けて砲撃を行えぬ無敵艦隊を尻目に、殺戮を開始した。

あとがき

トレヴォー・S・マイルズ

親愛なる読者の皆さんへ。トレヴォー・S・マイルズだ。俺はニンジャスレイヤー（ブラッドレー・ボンド&フィリップ・N・モーゼズ著）に影響を受けてハーン・シリーズを書き始めた。だが、俺のスタイルはボンド&モーゼズの二人とはいささか異なっている。俺のスタイルはもっとストレートで荒っぽい。

今回のシリーズを刊行するにあたり、日本のパブリッシャーである筑摩書房から「ハーンを新たに長編のシリーズ物にして刊行したい」という光栄なオファーがあったので、俺は自分が小説を書くルーツと再び向き合うことになった。

もちろん、俺の原点は決まっている。八歳の頃だ。俺のオフクロが小泉八雲（こいずみやくも）の「Mujina」を読んでくれたのだが、そこに出てくるノッペラボウが、俺の心に深い傷を残した。ラストで被害者の安否がどうなったか全く語られないからだ。オフクロは「目撃者は助かってる。だから目撃談があるのよ。大丈夫」と言って一笑にふしたが、俺は納得いかなかった。いくらノッペラボウに襲われて生き残っても、精神が崩壊していたとしたら、どこが大丈夫なんだ。そいつは死んだも同然だろ？　しかもこんなナメくさった非道行為を働いているノッペラボウどもは、のうのうと生きてやがる。誰がこいつらを殺すんだ？　妖怪だから仕方がない？　知るか。俺は人間だ。そんなクソ野郎どもは情け容赦なく殺さなけりゃいけない。そうしなけりゃ、俺たちの精神や家族がおびやかされるんだぞ？

俺はノッペラボウどもが絶対に許せなくなり、体を鍛え、マーシャルアーツを習い、武器の扱いを学び始めた。そうしているうちにフットボールを始め、俺の性格も変わり、もうノッペラボウのことなんて綺麗さっぱり忘れてしまっていた。ちゃんとした仕事にもつき、ホラー小説を読む必要もなくなっていった。色々あって足を負傷し、趣味のスポーツをやめてから、ニンジャスレイヤーと出会い、俺にも何か小説がかけるんじゃないかと思った。そして不意に、あの憎たらしいノッペラボウどものことが頭に思い浮かんだんだ。こうして、情け容赦ないハンターであるハーンが生まれたというわけだ。

ここまでは今までも何度か語ったことがある。今回はその先だ。俺は長編シリーズを共作するにあたり、これまで設定しか作ってこなかったハーンの幼少期について、実際のエピソードを書いてさらに掘り下げるべきだと考えた。それが「聖カスバーツ校のハーン」だ。これを書き上げた時、俺の中で「ハーン」は新しい段階に入った。彼が「信念」や「矜持」と呼ぶものの根っこが確定したのだ。最初の敵がノッペラボウになったのは、とある資料に基づいている。ダイハードテイルズの奴らは俺のために小泉八雲の生涯についても色々と調べてくれていたのだが、その中に、幼少期のハーンが「顔のない少女」を見たというものがあった。これを聞いた時、俺は戦慄した。ノッペラボウだ。

もしかすると小泉八雲自身も、ノッペラボウに対して俺と同じようなトラウマや憎悪を抱えていたのかもしれない。だが当時は激動の時代で、小泉八雲自身も様々な理不尽に襲われて困窮していたから、今この現代に生きる俺のように効率的なトレーニングをしたり、インターネットで調べ物をしたり、FPSをプレイすることもできなかった。だがもし実際の小泉八雲が、過酷かつ効率的なトレーニングによって精神と肉体を鍛え上げられていたら、何が起こっていただろう……？　こうしてどんどん肉付けがなされていった。俺は自分の精神の中で小泉八雲の精神と合一し、俺の想像力は一九世紀中頃のダブリンへ、そして南北戦争時代の大西部へ、そして江戸末期の日本へとタイムトラベルしていった。こうして「ハーン」は新たな物語として蘇った。より強力でタフな男となって。

今回「ハーン：ザ・ラストハンター・アンド・ザ・エソテリック・セブン」と名付けたシリーズを日本で発表できることに、大きな感謝を。本書はニンジャスレイヤー翻訳チームである杉ライカ、本兌有との共同製作となった。俺たちはSKYPEを使って、まさに共著と呼ぶのがふさわしい体制を取った。特に一九世紀末の日本に関してはダイハードテイルズの二人が様々な歴史的考証を行ってくれたので、俺はストーリーの骨子に集中することができた。これは初めての経験だったが、最高にエキサイティングなものになった。そしてまた日本の偉大なコミックアーティストの一人、久正人＝センセイが挿絵をつけてくれたことも大きな喜びであり、光栄だ。ハーンの物語をより多くの人に読んでいただければ幸いだ。

二〇一八年一月　トレヴォー・S・マイルズ

次回予告

桜島の噴火とともに、敵は動き出した。

山林から湧き出した奇兵隊ゾンビーの軍勢を率いるのは、邪悪なドルイドの術とエリクサーによって蘇った坂本龍馬と新撰組。破壊されるアーク発電所。地下から一斉に打って出るグールと、人工ノッペラボウの狂気の軍団。さらに海底からは、赤間関(あかまぜき)で沈んだはずの大型船二隻が死人侍を満載にして出現。二隻の黒船は海上の守りを固めていた薩長無敵艦隊と大英帝国ドレッドノート艦隊の下を潜(くぐ)り抜け、長崎港に接岸。その推進力は、沈没船の内側に巣くう奇怪なる二匹の大型妖怪。片方は船体側面を突き破り脚と鋏(はさみ)を伸ばす巨大平家蟹(ヘイケガニ)。もう片方は得体の知れぬ触手の怪物であった。

東郷平八郎ら、薩長政府首脳陣はツェッペリンによる脱出を果したが、対地砲撃と長崎隔離焼却の決断を迫られた。このままでは長崎に残された市民が全滅し、一帯は死者の都と化してしまうだろう。東軍もこれに乗じて進撃を開始。薩長鉄道が敵の手に落ち、市民の脱出もままならない。

猶予は僅かに十二時間。それまでに、この闇の軍勢を退けねばならぬ。ハーン、シャドウウィング、富吉、そしてイザベラは、勝ち目なしの戦いに身を投じた。市街地で繰り広げられる死闘。圧倒的な物量の前に疲弊するハーン。もはやこれまでかと思われたその時。英国最後の妖怪狩人、ブラム・ストーカーが到着する。

本兌有（ほんだ・ゆう）
「ダイハードテイルズ」所属。杉と共作体制を敷き、「ニンジャスレイヤー」シリーズなどの翻訳を行い、「オフィスハック」などみずから作品の執筆も行う。コナン・ザ・グレートや、西部劇、タランティーノ映画を愛好。

杉ライカ（すぎ・らいか）
「ダイハードテイルズ」所属。本兌と共作体制を敷き、「ニンジャスレイヤー」シリーズなどの翻訳を行い、「オフィスハック」などみずから作品の執筆も行う。好きな映画は「デスペラード」と「処刑人」と「パルプフィクション」。

トレヴォー・S・マイルズ（Trevor S. Myles）
一九七六年生まれ。アリゾナ州出身。「ハーン・ザ・ラストハンター」シリーズの原作者。「ニンジャスレイヤー」のブラッドレー・ボンド氏による紹介を受け、本兌有、杉ライカとともに今回の新シリーズを共同制作する。ノッペラボウを強く憎む。FPSが好き。

久正人（ひさ・まさと）
漫画家。主な作品に『グレイトフルデッド』、『ジャバウォッキー』、『ジャバウォッキー1914』、『ノブナガン』、『エリア51』、『カムヤライド』などがある。近刊に『ニンジャスレイヤーG　カラテ・ネオン・サイバネティカ』がある。

妖怪処刑人（ようかいしょけいにん）　小泉（こいずみ）ハーン

二〇一八年二月二十日　初版第一刷発行

著者　本兌有＋杉ライカ＋トレヴォー・S・マイルズ
画　久正人
発行者　山野浩一
発行所　株式会社筑摩書房
東京都台東区蔵前二―五―三　〒一一一―八七五五
振替〇〇一六〇―八―四一二三
装幀　新上ヒロシ＋ナルティス
印刷　三松堂印刷株式会社
製本　三松堂印刷株式会社

ISBN978-4-480-80478-5　C0093

乱丁・落丁本の場合は、左記あてにご送付ください。送料小社負担でお取り替えいたします。ご注文・お問い合わせも左記へお願いいたします。
筑摩書房サービスセンター　電話番号〇四八―六五一―〇〇五三
さいたま市北区櫛引町二―六〇四　〒三三一―八五〇七

◉筑摩書房の本◉

〈ちくま文庫〉

戦闘破壊学園ダンゲロス

架神恭介

峯丸破壊、性別転換、猥褻目的限定遠距離干渉、瞬間死刑……多彩な力を持つ魔人たちが繰り広げるご都合主義一切ナシの極限能力バトル。

解説　藤田直哉

〈ちくま学芸文庫〉

秘密の動物誌

ジョアン・フォンクベルタ
ペレ・フォルミゲーラ
荒俣宏監修・管啓次郎訳

光る象、多足蛇、水面直立魚——謎の失踪を遂げた動物学者によって発見された「新種の動物」とは。世界を騒然とさせた驚愕の書。

解説　茂木健一郎

ウェブ小説の衝撃

ネット発ヒットコンテンツのしくみ

飯田一史

〈ウェブ小説〉はなぜヒットを連発できるのか——ネットの特性を活かした出版の新たなトレンドのしくみと可能性をわかりやすく解説する。

マンガ熱

マンガ家の現場ではなにが起こっているのか

斎藤宣彦

マンガの面白さとは何か。ちばてつや、大友克洋、藤田和日郎、田中相……ベテランから気鋭までが熱気あふれるマンガの〈現場〉を語りつくしたインタビュー集。